敢为天下先

中国航展二十年

李鸣生

著

图书在版编目（CIP）数据

敢为天下先：中国航展二十年/李鸣生著. —北京：人民文学出版社，2019

ISBN 978-7-02-015289-6

I.①敢… II.①李… III.①纪实文学—中国—当代 IV.①I25

中国版本图书馆 CIP 数据核字（2019）第 091892 号

责任编辑　脚　印　张梦瑶
装帧设计　刘　远
责任印制　徐　冉

出版发行　人民文学出版社
社　　址　北京市朝内大街 166 号
邮政编码　100705
网　　址　http：//www. rw-cn. com

印　　刷　三河市龙林印务有限公司
经　　销　全国新华书店等

字　　数　250 千字
开　　本　680 毫米×1000 毫米　1/16
印　　张　16.25　插页 1
印　　数　1—30000
版　　次　2019 年 7 月北京第 1 版
印　　次　2019 年 7 月第 1 次印刷

书　　号　978-7-02-015289-6
定　　价　48.00 元

如有印装质量问题,请与本社图书销售中心调换。电话:010-65233595

脚 印 工 作 室

航展是一个国家在航空航天方面最具实力、最富形象的展示。航展就是国展。

目 录

引子：什么是航展

　　航展的全称是航空航天博览会，简称航展。

　　航展，通俗地说，就是一个国家把航空航天领域有代表性的产品找个地方摆出来；再加上某些生动精彩、吸引眼球的表演，比如让飞机在天上飞来飞去，让模特在地上来回"散步"；然后请人来瞧，来看，来观摩，来洽谈。若是有人看上了某个产品，双方再坐下来，谈价格，讲条件，签合同。最后，做上一单生意，促成一桩买卖，既向世人展示了国力，又顺便赚回一笔美元。

　　简而言之，航展就是一个国家在航空航天方面最具实力、最富形象的展示。所以在某种意义上说，航展就是国展。

　　航展的历史最早可追溯到 1909 年。也就是说，自 1909 年第一次航展问世至今，世界航展的历史已经走过了百余年。

　　而人类历史之所以出现航展，又与一对名叫莱特的兄弟有关。莱特兄弟是美国人，哥哥叫威尔伯·莱特，是飞机发明家，弟弟叫奥维尔·莱特，也是飞机发明家。兄弟俩从小对机械装配和飞行就怀有浓厚的兴趣，1896 年起他们开始迷恋上了对飞行的研究。1903 年 12 月 17 日，兄弟俩制造的第一架飞机——"飞行者一号"，在美国北卡罗来纳州试飞成功，为人类航空史翻开了崭新的一页。仅两年后，几个先进的工业国家便开始出现了群众性的飞行集会活动。这种由航空爱好者自发组织的、没有丝毫商业色彩的航空集会活动，实际上就是后来航展的雏形。

　　1908 年，法尔门首次完成了一千米的不间断飞行，轰动一时，并引起社会各界广泛关注。紧接着，1909 年 7 月 25 日，法国飞机设计师布莱里奥又驾机成功飞越英吉利海峡，人们眼前一亮，仿佛一抬眼便看见了飞机的大好前景。尤其是法国、德国、英国、美国、俄国、意大利以及日本等一些工业发达国家的政府和军方，很快就意识到飞机在未来战争中的潜在作用，于是纷纷开始建立自己的军事航空队和航空科研机构，使飞机的研制从原来航空爱好者的小作坊里走了出来，很快形成了生产各类飞机的独立产业——航空工业。

而就在布莱里奥驾机成功飞越英吉利海峡两个月之后，世界上第一个大规模的有组织的全国性航展在法国巴黎东北部的布尔歇机场拉开帷幕。这一天，是1909年9月25日。这个航展，叫巴黎航展。

巴黎航展是世界第一大航展，它的组织者是法国航空航天工业协会。巴黎航展最初的宗旨是保护航空遗产，航展的内容是飞机静态展示。然而，随着第一次世界大战的迫近，军事订货迅速增长，巴黎航展很快就发展成为法国飞机制造商展示战机、争夺军事订单的竞技场。遗憾的是，随着第一次、第二次世界大战的爆发，巴黎航展被迫中断。不过，由于战争推动了航空工业的高速发展，因此战争结束后，巴黎航展很快又得以恢复，并改为每两年举办一次。1949年，巴黎航展首次冲出国界，成为一项国际盛事。如今，巴黎航展已成功举办了五十一届，成为世界公认的规模最大、历史最悠久的航空航天技术交流与商贸盛会。世界各国通过巴黎航展上的订单数以及由航展带动的其他相关产业的现状，便可知晓全球航空航天工业的发展状况。所以，巴黎航展又被视作世界航空航天业界的"晴雨表"。

如果说法国的巴黎航展是世界第一大航展，那么英国的范堡罗航展便是世界第二大航展。范堡罗航展的全称叫"范堡罗国际航空航天展览会"，航展的组织者是英国航空航天公司协会，航展的规模和知名度仅次于巴黎航展，所以同样被人们视为业界的"晴雨表"。其实，英国最早的航展可以追溯到1920年。只是从严格意义上说，1920年的英国航展还算不上真正的航展，因为当时人们不过在航空的"庆典"活动上搞过一些简单的飞行表演而已。直至1932年，英国航空界才在位于伦敦西南部的小镇范堡罗举行了首次正式的飞机展示和飞机表演，从此为世人瞩目。1948年，航展正式移师范堡罗，以后每年举行一次，1962年后改为每两年一次。

世界第三大航展，当属莫斯科航展。就航空航天工业的实力和水平而言，苏联无疑是这个世界数一数二的，但莫斯科航展与法国、英国的两个航展相比，脚下的路要走得更坎坷、更艰难一些。原因是苏联解体后，经济转轨陷入困境，而此前称霸世界的航空工业更是首当其冲。它给莫斯科航展带来巨大冲击，导致国内军用民用飞机订货锐减，生产急剧下降。于是，为寻找市场与合作伙伴，一有国际航展，俄罗斯厂商们几乎每展必到。这一时期尽管俄罗斯在国内也举办了名目繁多的航展，但这些航展的规模和影响毕竟有限，其中有点影响的，也就只有莫斯科航展了。及至1992年，即苏联解体后的第二年，俄罗斯在距莫斯科东南约四十公里的儒可夫斯基城举办了首届国际航展，此后莫斯科航展的规模才逐步扩大，影响力快速提升。

除上述三大世界航展，西欧诸国还有一些历史悠久、影响较大的国际航展。比如，柏林国际航展，原为联邦德国汉诺威航展，其历史始于第二次世界大战前。1953年后，联邦德国继承了德国的航展传统，几乎每年都搞一次航展。但是规模大、连续性强的，还是要数每逢双数年在汉诺威举行的联邦德国汉诺威航展。德国统一后，从1992年起，汉诺威航展改在柏林举行，并更名为柏林国际航展。比如，加拿大阿伯斯福德国际航展，地点在加拿大阿伯斯福德机场，迄今已有四十年的历史，目前已成为北美规模最大的国际性航展。比如，代顿国际航展，地点在美国的俄亥俄州，即莱特兄弟的故乡。自二十世纪初以来，这里每年都要举行非正式的飞行表演，到七十年代才被正式命名为代顿航展。再比如，澳大利亚国际航展，首次举办的时间是1993年。其最大特点是军用飞机、军用航空技术以及机场技术占据了整个航展的主导地位。

亚洲当然也有航展。但亚洲最早举办航展的国家不是中国，而是日本。日本作为最早建立航空工业的国家，早在1966年就举办了首届航展，此后每两年一届，在亚洲一直处于领跑地位。进入八十年代以后，随着亚洲地区经济的发展和航空市场的迅速扩大，一些亚洲国家在把航空工业确定为新兴战略产业的同时，为促进本国航空航天工业的发展，也先后加入了航展主办国的行列。二十世纪九十年代以后，马来西亚兰卡威航展、韩国首尔航展和印度航展等先后问世。而印尼航展在经历了近十年的沉寂后，从1996年第二届起，改为每两年举行一次，使亚洲地区的航展形势变得扑朔迷离。但亚洲地区最引人注目的，还是新加坡航展和阿联酋迪拜航展。

新加坡国际航展全称为"亚洲国际航空航天展览会"。第一届新加坡航展是1981年，地点在新加坡的巴耶利巴，当时参展的厂商只有二百来个。第二届新加坡航展是1984年，地点在刚刚落成的新加坡樟宜机场的樟宜展览中心。由于新加坡在航展期间，还同时举办了"亚洲防务技术展"和"亚洲机场设备和技术展"，加上优越的地理位置和自然条件，新加坡航展因此被称为"三位一体的博览会"，其航展规模逐年扩大，影响日益深远。在1988年第四届航展期间，还首次进行了飞行表演。进入二十世纪九十年代后，随着亚太地区航空运输业的迅速发展，新加坡航展所蕴藏的巨大的航空市场潜能更是备受瞩目，以至于成为世界主要航空企业必须参加的航展。每届参加的厂商多达千余家，其规模直逼世界三大航展。

堪与新加坡航展比肩的，是阿联酋迪拜国际航展。迪拜国际航展创于1978年，是全球唯一一个纯商务性的航展。它的每次航展，参展人员仅限于受邀人员。迪拜国际航展虽然比新加坡航展晚了五年出现，却是中东最具影响力的航展，每届平均增长速度高达百分之十五至百分之二十，被人称为世界上发展最快的大型航展。迪拜航展的发展速度之所以如此惊人，主要原因是它背靠海湾地区，而海湾地区是军用航空和民用航空的一个庞大市场。据报道，在未来二十年内，仅阿联酋自己就需要约四十到八十架战斗机；而且海湾地区对民用运输机的需求量还将翻一番，总值高达六百亿美元。于是随着阿联酋经济实力的不断增长，迪拜航展越来越受到世人的关注，世界各个航空航天大国纷纷将迪拜航展视为淘金的乐园，甚至还有人认为，迪拜航展已经完全具备了与新加坡航展抗衡的态势与能力。

中国这个在亚洲乃至世界都有着举足轻重地位的经济大国，当然也有自己的航展，比如北京国际航展。自1984年首次北京国际航展举办，时至今日已成功举办了十六届。然而，由于受北京地区空域所限，飞机无法在北京上空进行各种花样翻新的飞行表演，所以北京航展只能局限在室内有限的空间。

很快，一个真正代表中国国家实力的航展——中国国际航空航天博览会，应运而生。

中国国际航空航天博览会简称中国航展，是中国唯一由国务院批准的大型国际航展，它集产品展示、经贸洽谈、技术交流、地面动态演示和飞行表演于一体，其规格之高，远非国内任何一个会展可比。由于中国航展的举办地点在珠海，所以人们又习惯把中国航展称为珠海航展。

珠海航展第一届的举办时间是 1996 年，此后每两年一届。截至 2016 年10 月，珠海航展历经风雨，已连续成功地举办了十一届，走过了整整二十年。由于每个国家的航空航天领域几乎都体现了本国的高科技水平，每个细小进步都标志着这个国家文明的进步，所以每一届珠海航展都吸引了世界各国航空航天界人士、军政要人、各种贸易代表团以及国内外众多记者和中国广大民众的到来，"珠海航展"也因此成了珠海一张光彩耀人的名片。

目前，珠海航展已经发展成为集贸易性、专业性、观赏性为一体的，展示当今世界航空航天业先进发展水平的国际盛会，是世界上最具国际影响力的航展之一，跻身世界五大航展之列。它既是中国航空航天工业迈向世界的重要舞台，又是中国向世界展示自己国力、军力的最好平台，同时也是让世界了解中国、认识中国的独特窗口。

那么，小小的珠海为什么要搞国际航展？中国航展为什么会落在了珠海？尤其是在过去的二十年时间里，中国航展都经历了哪些风风雨雨，哪些曲曲折折？

要想了解中国航展，得先认识珠海。

第 一 章

梁广大与珠海航展

第一章　梁广大与珠海航展

珠海，一座去了就想呼吸的城市

小渔村与垃圾场

珠海来了个梁广大

命运工程

建机场，不是建鸡窝

金钱，买不来新鲜空气

珠海，一座去了就想呼吸的城市

有人说，成都是一座来了就不想走的城市。

我说，珠海是一座去了就想呼吸的城市。

为什么？

空气好。

众所周知，人一来到这个世界，除了忙着吃奶，便是急于呼吸，呼吸一旦停止，便意味着生命终结。所以呼吸对任何人而言，片刻不可缺，须臾不可离。

然而，近几十年来，全国各地的空气质量一度直线下降，蓝天白云不见了，青山绿水消失了，随处可见的是烟囱林立，乌烟瘴气。尤其是北京，近几年雾霾频频来袭，不仅不能推窗开门，离家出行，甚至已经到了无法呼吸的地步。而呼吸是"天赋人权"，倘若一个人连正常呼吸都不能保证，那就不只是苦难，而是灾难了。

所幸，我们还有珠海，还有珠海的空气。

凡到过珠海的人，我听到的反应，几乎都是："珠海的空气，真好！"

多年前，一位外地人到珠海，深深迷恋上珠海的空气。后来不仅他人留在了珠海，还为珠海留下了这样一段文字：

> 苦拼半生，不想后半生累死在赚钱路上，一直在寻找有山有水属于自己的心灵家园，让疲惫的心得以栖息。终于找到了：我在珠海买了房，安了家。可我买的不是房，买的是天，是云，是呼吸和空气，是肺的舒展……

的确，珠海的空气，新鲜、干净、纯正，还略带几分妩媚、湿润。倘若你去珠海，一下飞机，就会为扑面而来的鲜美空气而惊讶，而迷醉；尤其是初夏时节，日落时分，站在堤岸边，面对大海，深吸一口，身心畅快，春暖花开。

当然，珠海不光有鲜美的空气，还有一条独特的路，这条独特的路叫情侣路。

珠海的情侣路与珠海的空气一样，有着异乎寻常的象征意义。当年珠海成立特区，规划修路时，有人提出，小小的珠海修那么宽的马路干什么？而且还要留那么优雅宽大的绿化带、那么漫长阔绰的步行道，有必要吗？后来步行道建起来了，抬眼一望，确实独特而漂亮，众人这才叫好。可在为其命名时，又有了分歧。有人提议叫海湾路，有人建议叫香湾路，还有人说别花里胡哨了，干脆就叫遛弯路。时任珠海市委书记的梁广大听了，手一挥，说："这个湾那个湾的，全世界到处都是，难道我们就不能有点创意，改一改？"

于是，有人提议，叫情侣路如何？

当即就有反对声音出来，且为数还不少。有人说，情侣路太小资、太情调了，不大气；有人说，情侣路不适合公开化，叫起来在社会上影响不好；还有人说……又是梁广大一挥手，道："算了吧，我们就不要那么虚情假意、口是心非了，谁年轻的时候没谈过恋爱啊？谈恋爱时，还不是哪里浪漫往哪里去，哪里黑往哪里钻？"

最终，梁广大一锤定音："不要再争了，就叫情侣路吧！"

从此，珠海便有了一条属于自己的路——情侣路。而且，情侣路一举成名，独一无二，成为珠海最早的一张名片。

后来事实证明，情侣路不单是情侣们喜欢，不是情侣的珠海人亦同样喜欢，外来的游客更是喜欢。后来便有了一个说法：去珠海，不到情侣路走一走，等于没到珠海。而再以后的说法便更是多了几分哲理与诗意：情侣路在珠海人的心里是没有尽头的，珠海的海岸线有多长，情侣路就有多长；情侣们的情有多深，情侣路就有多长。在情侣路上，情侣们可以从日出走到日落，从年轻走到年老。尤其是在清晨或傍晚，情侣们漫步在情侣路上，面对海面，大口大口地呼吸着迎面而来的新鲜空气，那份畅快，那份清洁，那份幸福，那份愉悦，天下难得！

情侣路沿海湾而建，全长二十八公里，蜿蜒、宽阔、闲适。开车经过，你会情不自禁为她的绵长与美丽所感动；倘若停下车来，随意自在地走上一段，你会为满眼的海涛、灯火、树影以及远方的浪漫与近处的闲适所陶醉，同时疲惫与烦躁也会很快消失，甚至还会有不知身在何处的感觉。倒是一旁的车行道上略显冷清，车辆极少，多半停靠在路旁，偶尔一辆车过，受惊一般，轻轻地擦过路面，一晃而过。而比道路更宽的，是临海一侧的绿化带和步行道。步行道上，日落黄昏，灯光沉静，树影婆娑，潮起潮落；观海的，散步的，遛狗的，垂钓的，谈情的，说爱的，亲吻的，拥抱的，悠然自得，来去自如。难怪有人说，珠海的山浪漫，珠海的海浪漫，珠海的情侣路更浪漫。

其实，以一条街道代表一座城市，并不鲜见，比如长安街代表北京，汉正街代表武汉，春熙路代表成都，南京路代表上海，但这些路都是以繁华和热闹著称，珠海的情侣路则不然。情侣路的气质，从来不在于富丽与繁华，而在于质朴与清纯；情侣路的知名，从来不在于喧嚣与热闹，而在于宁静与井然。有了情侣路，珠海的情侣们便显得更年轻、更漂亮、更甜蜜、更浪漫；有了情侣路，珠海的每一立方空气，显得更鲜美、更清洁、更干净、更纯正。

在二十世纪九十年代"中国旅游胜地四十佳"评选中，珠海是唯一一个以整个城市作为景区入选的城市。珠海境内有六百九十公里的海岸线，一百四十多个大小岛屿，它们珍珠般散落在珠海前端的海面上。传说珠海的名字由此而来，珠海也因此被誉为"百岛之市"。同时珠海又是个天然浅滩，海岸滩涂有着参差的自然纹理，由海浪、沙滩、礁石、丛林构成曲折斑驳的景观肌理，对应着岛屿纵向视线上的起伏，形成了不可多得的天然画卷。

在中国，有着天赐的自然景观的地方为数不少，却少有至今仍留住其自然与纯净的地方。在这一点上，珠海人具有超前的眼光和胆识。早在上世纪八十年代初，珠海成立特区、制定发展规划时，珠海的海湾首先就被划入保护范畴：珠海要有海水流动，所有海湾不准填海造地，即人们的眼睛要能看到海，而且要能看到流动的海。于是，海湾保住了，且至今仍在。也正因为留住了海湾，才有了沿海湾修建的情侣路，才有了沿海湾一览无余的九洲港、海滨泳场、珠海渔女、香炉湾等著名景点。

珠海市由内陆和岛屿两大部分组成，陆地部分为丘陵，因此珠海不仅海岸线辽阔，而且山脉繁多：凤凰山、石景山、板障山、尖锋山、黄杨山……珠海人对待山脉，也如对待海湾一样，有着不急不躁的长远眼光。早在1984年，当中国的大多数地区正在谈论如何把经济搞上去，中国的特区正在如火如荼大兴土木时，珠海的执政者们却顶着骂声，以制度和法规的方式强行关闭了二百多个采石场，把所有的石头保护起来，把所有的山头还给绿树。珠海制定法规：一棵树也不能砍，二十五度以上的坡度不能盖房；并计划用十五年时间，让所有的山脉披上绿装。

十五年过去，青山绿了，海水湛蓝，天空依旧澄碧。如今的珠海，又有了一项人人皆知的法令：市区内盖楼，所有楼房的高度不能超过山顶，必须保证每一个窗口可以看到青山大海。

而今三十年过去了，珠海的天然和美好已被国人认同，甚至也被世界公认。尤其是珠海那人人都必须呼吸的空气，更是令国人羡慕，世人赞叹。

1998年，珠海成为中国第一个获得联合国最佳人居范例奖的城市，在全球四百七十五个城市中位居第一。珠海因此成为闻名中外的"最适合人类居住的地方"。

2009年，中国排行榜网、中外老板网与《南方企业家》杂志联袂推出"2009中国十大最有幸福感城市"榜单。珠海凭"轻松休闲的'慢半拍'节奏"上榜，名列第二。

2014年5月10日由中国社会科学院发布的《城市竞争力》蓝皮书宣布，珠海已超香港成为全中国最宜居城市，同时在"理想城市"一栏，珠海获得满分。蓝皮书还将珠海与世界城市墨尔本并列为"人与自然和谐，经济环境协调的幸福乐居之地"。

2013年8月《环球杂志》发布消息称，外国人最爱的中国十个城市，珠海排名第一。在2013年中国城市可持续发展指数报告中，珠海综合排名也居全国第一。此外，珠海还先后获得了国家园林绿化城市、国家生态环保模范城市、国家卫生城市、中国优秀旅游城市、新型花园城市等殊荣。而在全国新闻媒体对国内知名大中城市特色的评比中，珠海荣获"浪漫之城""幸福之城"的称号。

珠海，这座滨海小城，在高速发展的同时坚守着自己的城市理想，留住了青山绿水，留住了蓝天白云，留住了纯净空气，留住了舒适环境，更留住了宽容平和的世道人心，从而形成了自己独特的人文品质和城市风格。城在山中，山在城中，山与城、城与人，同在一个个海湾中。而与此同时，珠海人也在创建珠海的过程中，在坚守和发展的取舍中，变得愈加成熟而内敛，睿智而从容。

可是，不乏胆略与气魄的珠海人并不以此为满足——他们既不满足于在情侣路上悠闲漫步，更不愿躺在大自然的席梦思上呼呼大睡。

他们还要干大事情！

什么大事情？

办航展！

不料办航展的信息刚一透露，珠海一片哗然。有人拥护，有人反对；有人叫好，有人不屑；有人眉飞色舞，有人嗤之以鼻：就珠海这个弹丸之地，还办航展？办个商铺还差不多。我看呀，都是吃饱撑的，异想天开，不自量力！

此话当然刺耳，但了解珠海老底的人，又觉得并非空穴来风。

那么珠海的老底，究竟是个什么样呢？

小渔村与垃圾场

珠海建市，是很晚的事了。

建市前，珠海就是散落在珠江河外一个偏僻的弹丸海岛。

在历史的长河中，珠海的经历颇为复杂，称谓繁多。珠海在汉朝隶属番禺县，晋至陈朝隶属东官郡，隋朝隶属宝安县，唐代隶属东莞县辖。宋朝以后，因盐业和银矿业兴旺，设置香山镇；至绍兴二十二年（公元1152年），设置香山县，隶属广州府，沿至元、明、清三代。辛亥革命以后，香山县隶属广东省。1925 年 4 月 15 日，为纪念孙中山易名中山县。1953 年设珠海县。1959 年再次并入中山县，成立珠海工委。1961 年恢复珠海县建制。1979 年珠海县改为省辖市。1980 年珠海市设为经济特区。

珠海辖区，因地处沿海边防，历史上都是军事要塞。这里既是殖民者入侵中国的门户，又是中国人民反抗外来侵略的前哨阵地；同时珠海人杰地灵，有着悠久的历史和文化，涌现出了众多闻名中外的历史名人，如中华民国第一任内阁总理唐绍仪，清华学校（清华大学前身）第一任校长唐国安，被誉为"中国第一企业家"的近代著名实业家唐廷枢，创建中国最大百货公司（上海大新公司）的蔡昌，中国第一位世界冠军——第二十五届乒乓球锦标赛男子单打冠军容国团，中国近代著名作家、诗人、画家、翻译家苏曼殊等。

特殊的地理环境，造就了珠海人英勇顽强、坚忍不拔的性格特征。在这种性格特征中，既有开拓创新的务实精神，又有敢为天下先的担当胸襟。

然而，同样是因为珠海地处沿海边防，长达一百多公里的海岸线把守森严，层层封闭，面对着近在咫尺的港澳地区，珠海的经济发展反而滞后。上世纪五十年代末，珠海曾鼓励港澳商人合作投资造船，发展渔业，一度成为广东省内渔船装备最好、渔产最高的地区之一。但是，这一举措在当时的政治环境下，很快被视为"依靠老板，发展生产"的典型而受到讨伐。之后，珠海边境经济困难，边境地区人心浮动，不少民众外逃港澳。为稳定人心，发展经济，上世纪六十年代初，广东省多次采取改进措施，"开放边防口子"：1961 年，根据珠海渔农产品"全为港澳所需"的传统惯例，广东省委决定允许部分社员赴港澳出售农渔产品，允许湾仔花农到澳门卖花，允许从港澳购买少量生产生活资料；1963 年广东省委批准实行"小额贸易"，允许生产队的农渔产品运到港澳出售，并规划部分地区实行对外开放……

上述有限的开放政策，使珠海边境地区的经济一度得到发展，生产呈现生机，外流人员回归。但步子刚刚迈开，这些有限的开放举措又被看成是走资本主义道路，于是"边防口子"关闭，小额贸易停止，大片经济效益高的花地、传统经济作物地改种水稻，渔农产品出口锐减，经济环境持续恶化，直至"文化大革命"结束。

珠海建市之前，经济落后，城市的体量小，人口少，产业结构单一，被人们称为"小渔村"：全县仅十二万人，工业仅有造船厂、农机厂、渔网厂、食品厂等十几家厂子，产业局限于农渔业。整个县城，没有一幢像样的楼房，没有一座像样的建筑，干部职工的生活没有保障，靠政府补贴发放工资。于是一些机关干部，只好周末上山砍柴，补贴家用。

有一个讽刺的故事，说香港翡翠台有一个益智节目，出了一道考题问小朋友：在这个世界上有一个城市，这个城市只有一个红绿灯，小朋友们猜猜看，这是哪个城市？

小朋友们异口同声答道：珠——海！

还有一个坊间流传甚广的说法，说当年的珠海只有一个村，一条路，一名警察，一个红绿灯。若去了珠海，只需吸上一支烟的工夫，就能把珠海转完。

上述故事与传说虽有几分夸张，却道出了珠海的某些实情。

那时的珠海，与香港的距离仅四十六海里，却因为没有直通船，只能到澳门乘船再转道香港。而与之一门之隔的澳门，非但不能获益丝毫，反受澳门的危害触目惊心。

最典型的例子就是垃圾。

澳门成为殖民地后，数百年来，殖民统治当局在建设上十分敷衍，整座城市没有污水处理系统，更没建垃圾处理场地。他们处理垃圾的办法很简单：将生产生活垃圾直接堆至与珠海接壤的边境。而珠海人对待垃圾，不但不当成威胁，反将其视为"宝库"。

熟悉珠海的人都知道，从珠海的香洲沿海岸线往南七公里，就是拱北。拱北是联结澳门关闸的口岸，设置于1849年。之后，清政府在今炮台山设海关总管，以当时该地区的标志性建筑拱桥的"拱"字和著名的北岭的"北"字，取名拱北关，一直沿用至今。

如今的拱北口岸，已成为全国第二大口岸。2011年，拱北口岸客流量超过深圳罗湖口岸，成为全国第一大陆路口岸。每年经拱北口岸出入境的海内外旅客达八千多万人次，是珠海市人流最旺的地区。可谁能想象，当年的拱北，与澳门仅一条与海湾连接的小河和一片洼地相隔，而洼地一带，就是数百年来澳门的垃圾堆放地。

堆积如山的垃圾，持续地向珠海地界扩大。至上世纪八十年代初，已越入茂盛围河五十多米，形成一座长四百米、高二十多米、占地五公顷以上的垃圾大山。

有人估算过这座垃圾大山，总重超过八十万吨！

垃圾的污染触目惊心。珠海阳光充沛，雨水丰盈，终年无冬季。在暴烈的阳光下，高温使垃圾堆沤发热，自行燃烧，再被雨水浇淋，发出恶臭。垃圾山一带，常常是黑烟滚滚，臭气熏天。守卫茂盛围河的部队战士说："何止是空气污染！水质污染更严重。茂盛围河的水全变黑了，鱼虾绝迹。我们在河边种的这片水稻，受水质污染的影响，长势不良，徒长叶子，果实不饱满。"

然而，面对如此严重的污染，珠海人不但没有抗议，也没有吓跑，而是选择了匪夷所思的态度：扑向垃圾山！

为什么？因为用贫穷和饥饿的眼光看过去，珠海人看不见垃圾山的恐怖和威胁，而看到的是一座"宝库"，是一条难得的"生财之道"。

于是垃圾山上，滚滚黑烟中，常常是如同苍蝇般的人群，伏身其间，拼命地在捡拾着各种废品。

他们要用废品换钱。

更有甚者，当时的珠海市政府，专门成立了一个"环境卫生处"。只是这个"环境卫生处"并不负责环境卫生，而是专门负责捡拾处理澳门人的垃圾，因此又被人称为"捡破烂公司"。环境卫生处拾回的破烂，一部分再度利用做肥料，另一部分如旧电视机、旧布料等，则分门别类整理出售，以弥补政府财政的不足。到后来，捡垃圾的队伍壮大起来，也用装备武装起来，每天浩浩荡荡，派出船只直接到澳门接运垃圾，每日数量高达二百至三百吨。而运回的垃圾，可做肥料的不多，可换成钱的也有限，更多的是些塑料、金属边料、碎玻璃、车辆残骸等，甚至有时候，还会发现婴儿的尸体……

不能利用的这部分垃圾，堆积在珠海境内，持续产生着二次污染：从拱北到前山、翠微、湾仔以至香洲、唐家，到处堆放着垃圾，到处乱七八糟，臭气熏天——贫穷让珠海人长期忍受着惨烈不堪的现实，贫穷也让珠海政府丧失了起码的尊严和思考能力。他们在意的，是"环境卫生处"每年可从垃圾中获得一百万人民币！

1980 年，珠海设立经济特区。珠海市委市政府郑重提出：重新考量澳门垃圾污染问题。多数人表示，不能再让澳门的垃圾污染珠海，不能再在这堆滚滚黑烟中生活下去了；可另有一些穷怕了的人却依依不舍，仿佛断奶一般，急切地抗议："大饭碗还没捧上，好歹还有百万元收入的小饭碗就打烂了，岂不可惜！"还有人说："承包处理垃圾，周围的几个县都争着要，而我们却主动放弃，是不是太傻了？"

在不同的声音面前，珠海市委市政府没有犹豫，他们清醒地意识到当务之急，是通过正当途径同澳门当局进行会谈，科学而合理地处理好这些垃圾。1982 年春，珠海政府与澳门政府正式签订协议，确定澳门垃圾转移方案，对原来茂盛围河对面的垃圾山进行无害化处理，然后覆盖泥土、种花种树，开辟成一个小公园。

至此，长达百余年的垃圾污染历史，才算真正告终。

贫穷在珠海的另一表现，则是远近闻名的偷渡热。

珠海的偷渡热，集中发生在 1978 年至 1980 年三年间。一方面，由于十年浩劫的影响，地处沿海边防之地的珠海把守森严，层层封闭，民众生活十分困苦。以 1978 年香洲居民的生活水准为例：每月每人平均二十六斤大米，六两食油，猪肉凭票每人八角到一元二角不等，鱼票三元，煤十五斤……综合计算，当时城镇人口每人每月的伙食费仅为十五到十八元。而农村人的生活更是明显低于城镇居民。另一方面，港澳与珠海近在咫尺，也悄无声息地影响着珠海人的生活。1978 年，十一届三中全会召开，确定了改革开放政策，国门渐渐打开。穷怕了的珠海人的第一反应，不是看到了希望，而是看到了逃离珠海的可能。于是趁着政策放宽之际，不少珠海人纷纷申请前往港澳，仅 1979 年前后，珠海市公安局发出的出境申请表竟达四万多份！

但最终获准出境的，毕竟是少数。于是"你不批，我自己批"。偷渡热就此出现。仅 1979 年至 1980 年两年间，珠海就出现过三次偷渡高潮，人数达三千二百七十一人。甚至，个别村党支部书记也公开鼓励村民外逃："去吧，到了港澳，有钱可捞！"有一个生产队长，一早起来吹开工哨派工，哨子响了半天，却不见人来。他忙到农户家敲门，这才发现，队里的六七十个劳动力,除老人和小孩,一夜之间全跑光了! 仅 1979 年 1 月至 4 月,收容人员就达五千多人;3 月到 6 月,淹死在海里的偷渡者,仅珠海市三灶区就达二十二人!

当然,与此同时,国内的形势也在悄然发生着变化。尤其是珠海成为特区后,经济发展形势日趋见好,没有人再愿背井离乡,冒险偷渡。很快,家乡的变化通过书信,通过亲人的呼唤传至远方,让外逃者看到了珠海的希望。所以自 1981 年起,一批批外逃港澳的人员,纷纷开始返回故乡。这些回到故乡的人们,心底都掖着一个愿望,希望珠海能尽快好起来,彻底摆脱以往贫困潦倒的日子。

就在这时,历史将一个人推到了珠海。

珠海来了个梁广大

1983 年的秋天,对珠海而言,非同寻常。它既是珠海经济的初春时节,也是珠海这座城市命运的转折点。

这年秋天,珠海在悄无声息中,迎来了一个新市长。

这个新市长自 1983 年任起至 1998 年,先后担任珠海市委副书记、副市长、市长、市委书记等职,历时十六年,成为中国特区任期最长的行政长官。他不仅改变了珠海这座城市的面貌,同时也改变了珠海人的命运。

这个市长叫梁广大。

见面前,梁广大在我印象中是个神;见面后,活生生坐在我面前的他,反倒更像个“人”。采访梁广大,是一件很轻松又很累的事情。说轻松,是他待人平和,交谈诚恳,无拘无束,有问必答;说很累,是他一口广东腔,还时不时带出几句老家南海的方言,以至整个采访过程大概有百分之二十的话,我都得借助“翻译”才能听懂,个别语句连“翻译”也爱莫能助,只能大眼瞪小眼。

调梁广大到珠海主持特区工作,有着特殊的背景和原因。梁广大是广东南海县人,曾在南海基层工作多年,当过南海县人民银行办事员、股长、副主任、主任、副行长，还当过南海县罗村区委副书记、罗村公社副书记、南海县县长、县委书记等。在南海任职期间，他所领导的南海成了全国经济发展典型，并使南海县成为"全国首富县"。胡耀邦曾对南海的经济发展做过批示；《人民日报》也曾发表社论指出要"像南海那样把农村搞活变富"，并以多篇文章报道南海，推广南海经验。梁广大因此成为当时远近闻名的发展经济的能人，并很快出任佛山地委副专员。

因此，1983年广东省委选派梁广大到珠海赴任，其目的非常明确，就是要利用他在南海搞经济的经验，带领珠海人民建设一个新的经济特区。

梁广大到珠海上任的前一天，广东省委领导找他谈话，说："梁广大同志，你不要急着去珠海报到，你先去深圳考察一下，看看深圳特区是怎么建设的，学些经验，找些感受，再把这些经验和感受带到珠海去。"

梁广大心领神会，却没多说什么。第二天，他便去了深圳。

在深圳的一个星期里，梁广大目之所及，到处都是起吊机，到处都是大卡车；到处都是高耸云端的脚手架，到处都是热火朝天的大工地；到处都是汗流浃背的外来妹，到处都是挥汗如雨的建设者。人们每天热衷的谈话内容、议论的话题，听起来也尽是似懂非懂的"高大上"，不是什么什么项目，就是这个那个规划；不是这个那个批件，就是什么什么资金。

梁广大为此深感震撼，也深感振奋。他在深圳看到的，似乎不仅仅是热闹，不是繁华，而是国家的未来，人民的希望；同时也看到了珠海的出路，珠海的未来。于是想到自己即将上任珠海，一股久违地想干一番大事的激情，便像珠江的水一样在他胸中涌动开来。

然而，曾经在南海县以发展经济名扬全国的梁广大，到任珠海后，其施政方略，却让许多人感到莫名其妙，甚至目瞪口呆。

常言道，有破有立，不破不立。可好长一段时间过去之后，梁广大给珠海摊出的"牌"，几乎是按兵不动，"只破不立"。

譬如，他的第一道政令，就让大家百思不得其解：外来企业进珠海，必须严要求，高标准。凡有污染的企业，一律不得进珠海！而且，他还列出具体的企业名称：漂染厂、玻璃厂、皮革厂、化工厂、炼油厂、炼铝厂、造纸厂、纺织厂、电镀厂、水泥厂等，一律不得进入珠海！

开始，大家揣摩，梁广大的这一纸政令，也就是纸上谈兵，说说而已，具体现实操作中，肯定还是会有弹性的；何况，谁都知道，曾经的珠海，在垃圾山上刨过金子；更何况，此时的广东省境内，深圳自不必说，就是邻近的中山、东莞等地，也正在拼命引进各种企业，大力发展经济，且形势轰轰烈烈，如火如荼。

然而，梁广大是个"言必行，行必果"的人。有件事情，便是最好的例证。

1988年，有个台湾炼铝厂有意投资几个亿在斗门县办厂。斗门县是珠海辖区内最穷的县，县里得知这个消息后，好比久旱逢甘露，恨不得伸手就把这根救命稻草抓在手。于是，他们暗地里很快与对方签订了合同，接着就建起了厂房，直到梁广大去斗门考察，也不知道这个项目。但梁广大到了斗门后，第一眼就看见了两个高高耸立的大烟囱，忙问斗门负责人，这是怎么回事？斗门负责人这才吞吞吐吐，如实招来：这是新建的一个炼铝厂。

梁广大要来相关的投资资料，亲自查看。这一看不打紧，发现这个即将上马的炼铝厂不但污染严重，而且没有任何防止污染的环保设施。结果，这个炼铝厂当即就被梁广大一口否决。

斗门人不死心。管工业的副县长三番五次跑到梁广大的办公室，反复"汇报"，苦苦求情："梁市长啊，你就可怜可怜我们吧，我们实在太穷了啊！"

开始，梁广大听着，不表态；后来，副县长反复磨叨，没完没了，梁广大就火了，说："我正因为可怜你们，所以才不让你们上这个项目。如果我不可怜你们，批准了这个项目，以后的日子够你们受的。你们知道吗？这个炼铝厂的污染很大，如果放在斗门，整个斗门起码有三分之一的土地将会受到污染。到时候你们就是想哭都哭不出来，而且将来你们的子子孙孙还要骂你们！"

最后，这个项目还是被梁广大毙了。

类似这样的大项目，梁广大毙了不少。

不仅如此，梁广大还下令严禁开山采石，并强行关闭了二百多个原有的采石场；每个山体二十五度以上的坡度不准盖房，所有山头保护起来，不准砍伐任何一棵绿树！为此，政府赔偿了相关企业和人员十几个亿。

而几乎同时，与珠海相邻的珠三角的其他几个城市，如中山、东莞、江门、惠州等，顺应国家的改革开放政策，正争先恐后地引进"三来一补"企业，即来料加工、来样加工、来件装配和补偿贸易。这是中国大陆在改革开放初期尝试性创立的一种企业贸易形式。而这些项目中的许多企业，正是被梁广大拒之门外的企业。这些企业被上述几个城市当宝贝捡去之后，经济收效立竿见影，村民迅速致富，城镇快速崛起。

这不经意间的强烈对比，刺痛了珠海人的眼睛，也刺伤了珠海人的心。几年过去了，原本对梁广大期望很高的珠海人，却不见梁广大拿出发展经济的有效举措，各种质疑声便随之而起，甚至讨伐声、谩骂声也不绝于耳。

难听的话语再怎么绕，终归要绕到梁广大的耳朵里。梁广大听了，面无表情。心底里，他有自己的算盘。采访中，他说："他们骂我，指责我，说我让珠海失去了第一桶金。可我自己不那么看，我说我是在保护珠海的第一桶金，保护珠海的环境。这珠海的环境，才是用钱也买不到的真金！"

梁广大如此看重一个城市的自然环境，且态度坚定，并非一时心血来潮，而是因为有过惨痛的历史教训。

梁广大原来任职的南海县，因紧邻广州，改革开放后得地域之优势，率先发展起了经济。当时的南海县委、县政府与后来的许多地区一样，认为靠农业致富太慢，必须全力以赴发展工业，才是致富的必由之路。果然，建一个厂，就富裕一个村子，等一个个的工厂建起之后，立竿见影的经济收效确实让大伙兴奋了好一阵子。

然而，一些兴建了炼牙膏壳厂、玻璃厂、造纸厂的地方，由于废弃垃圾无法处理，只有填入河海，结果污水渗入地下，导致深度污染。于是短短几年时间，一些村落、河流、土地，便遭到污染；更有甚者，有个别村的村民，还得了癌症。

梁广大印象最深的，是南海县平洲公社叠北大队。这个村的河水在未建厂之前，清澈、透明，村里人每天都在河里游泳、洗衣洗菜；后来建了个毛巾厂，虽然这个厂确实为村里增加了一些收入，可梁广大离开南海前，去各公社、大队看了看，原来清澈、透明的河水都变成了七彩色，一道一道，漂浮在水上，时时散发出怪异浓烈的臭味。由于河水不能饮用，村民们的饮水问题，只好由县政府出钱，从佛山引来自来水解决。

问题的出现让梁广大始料不及。面对惨痛的现实，他不得不深刻反思；同时他也开始向外国学习。通过查阅资料，他了解到，英国的泰晤士河，河水原本清澈如镜，工业化开始后，河流严重污染，河水混浊不堪。最后通过几十年的治理，才让泰晤士河的河水重新变清。

河水被污染了，可以重新变清，那么家乡受污染的老百姓呢？他们被污染的生活，能重新变清吗？他们消失的生命，能够重生吗？何以从头再来？

梁广大这才开始认识到，先发展后治理的代价，绝对是惨重的，而且是不可挽回的。好的环境，是花钱买不来的。发展经济，当然十分必要，但不能目光短浅，只顾眼前，而必须从长计议，顾及子孙后代，否则后患无穷！

正是有了上述经历和认识，梁广大到任珠海后，才如此地看重环境，才打出了让不少珠海人看来莫名其妙、难以理解的"奇牌""怪牌"。

但梁广大的"奇牌""怪牌"，还不止这几副。

一方面，梁广大力主保护环境，拒绝"三来一补"企业进入珠海；另一方面，由他主政的珠海市委市政府，开始大刀阔斧进行基础设施建设。当时的珠海，河汊纵横，道路杂乱，整个陆地被切割成二十三个孤岛。每一条道路走到尽头，都是断头路；每走一段路，都要停下来搭船摆渡。于是，有人把珠海的交通特点编成了"五多五少"：泥土路多，柏油路少；断头路多，路网少；城市路多，乡村路少；渡口多，桥梁少；等外路多，等级路少。

以珠海到广州为例，公路狭窄不平不说，还要过六次摆渡；去一趟广州，单程就要耗费一整天时间。人们怨声载道，这在当时的广东，可谓远近闻名。

这样的道路境况，自然让梁广大忧虑不堪。采访中，梁广大说："你想，没有好的基础设施建设，没有顺畅快捷的交通，没有好的投资环境，你让人家怎么进来？人家不愿进来，怎么发展珠海的经济？"

于是，在梁广大的力主之下，珠海开始了大规模的马路建设。

马路建设轰轰烈烈，搞得珠海大街小巷尘土飞扬，不得安宁。尤其一些珠海当地人，更是怨声载道，骂声四起。

梁广大因此而得了一个绰号：马路市长。

"马路市长"当然不是什么好名声，相反却包含了太多的不解与讥讽。因为珠海人需要的是赶快发展经济，是马上挣点钱，是快点过上吹糠见米的好日子。可你梁广大到任珠海后，不但不赶快出招挣钱，反而净干些要么自断财路，要么大把花钱，要么不着边不搭调的事，叫人怎么说你好？

就说这建马路的事吧，当然应该，按一般的马路标准，建建就行了。可梁广大却高调坚持，要把马路修得宽一些，再宽一些。不仅把原有的两车道变成了四车道，而且把原来的四车道变成了六车道，甚至马路的两边也要预留地方，将来必要时还要改成八车道！

一个小小的珠海，海陆面积总共加起来不过七百六十多平方公里，修那么宽的马路干吗？干吗要六车道八车道？光在马路上就如此铺张浪费，花钱如水，是钱多了烧得慌，还是没事找事搞花样？

更过分的是，梁广大在马路的底下投放的财力物力，比在马路上面还要多。梁广大的理由是：马路下面，有排污管、排洪管、供水管，还有供电电缆、通讯电缆，以及煤气管道的预留位置等；而马路每两百米处，还要留一个横沟，遇上需要施工需要维修时，人可以从横沟直接爬进去，不必再将马路开膛剖肚，年年劳民伤财。

这样的构想和设计布局，今天看来当然是先进的，可要知道，在三十年前的中国，即便是像北京广州这样的一线城市，也没有几个能做到的。虽然马路被一次次地开膛剖肚、花样翻新是我们每一个人对城市司空见惯的印象，但在三十年前的珠海，梁广大大建宏阔漂亮的马路，却不被理解备受质疑，无法获得大众的支持。

于是，人们纷纷指责"马路市长"梁广大，说他不务正业，不带领大家发展经济，却把大量的财力物力用在地上地下。珠海走的就不是什么创新之路，还是"要致富、先修路"的老路子。甚至还有人骂他就是个农民，就是个大老粗，根本不可能搞出什么名堂来。而外界的议论声也是沸沸扬扬，不绝于耳。后来，有三句话便在社会上流行开来：深圳是官僚办特区；汕头是小商小贩办特区；珠海是农民办特区。

就是在这种情况下，"马路市长"梁广大顶着各种舆论压力，不仅建起了珠海最宽阔最漂亮的马路，还建起了一条全国独一无二的环海二十六公里的情侣路。而这条情侣路，最终成为珠海一张最具特色的名片。

马路修好后，在设计公路配套设施时，梁广大的主张，再度引发议论。

梁广大要将马路边上公共汽车的候车亭，修成全国最高规格的候车亭：既能遮风挡雨，还要美观漂亮。问题是，每一个候车亭预算下来，要花好几万块。有人就直接站出来高声反对：何必搞这些形式主义嘛，争什么全国第一，有这个必要吗？

这一次，听惯了各种非议声而从不出声的梁广大不再沉默了；不但不沉默了，而且还情绪激动，态度坚决。他说：你们这些提意见的人，因为你们自己有专车，所以站着说话不腰疼。你们去街头坐过公交车吗？你们在马路边上等过公交车吗？你们知不知道我们广大市民是怎么背着小孩、拖着老人、提着菜篮在街头路边站着等公交车的？这珠海的天气，要么出太阳，晒得人全身脱皮；要么一下雨，让人满身湿透。马路边上没有一个候车亭，能行吗？建候车亭，是我们的老百姓应该享有的福利！这不是一个单纯的钱的问题，也不是一个花钱多少的问题，而是肯不肯为珠海老百姓着想的问题！

梁广大说完，再没有人说话了。

接下来，不少珠海人看见，工作之余的梁广大忙得最多的一件事，就是坐着车满城跑，到处转，从东跑到西，从西转到东。很快，珠海市的每一道沟沟坎坎，每一程曲折路段，都印在了他的脑子里。那期间，梁广大把"马路市长"当得津津有味，同时还主动兼任了城市规划委员会主任，把珠海市委、市政府的"山水共享"的城市发展规划，执行得一丝不苟，坚决透彻：珠海的城市建筑决不挡海，也不准遮山，必须保持错落有致的空间格局！

而今的珠海，满城绿色，一片浪涛，谁说这不是珠海的一笔宝贵财富？

而珠海之所以留住了这笔宝贵的财富，谁又敢说没有当年梁广大的一份功劳呢？

命运工程

梁广大天生是个特立独行的人。

1988 年，在一片质疑、不解甚至嘲讽声中，梁广大再次出招：由他主政的珠海市委、市政府，出台了一系列"抢占发展经济制高点的战略发展计划"。这个"发展计划"，被珠海人称为"命运工程"。

所谓"命运工程"，顾名思义，指的是事关珠海发展命运的关键工程。说穿了，就是一批比修马路更为大型的基础设施建设规划。比如，修建珠海机场，修建珠海港，修建铁路，修建大水厂，修建大电厂，等等。并且，珠海市政府还对外宣称，珠海要建的这个机场，是全国最大、最先进的国际机场，其目的是为了与国际接轨。不仅如此，1989 年珠海又正式对外宣称，还要修建一座直通香港的跨海大桥——伶仃洋大桥！

这次动静之大，不仅让珠海人大吃一惊，也让广州乃至全国不少人惊诧万分。于是一时间里，风声四起，众说纷纭，质疑声不绝于耳。有人说，一个小小的珠海，走还没学会呢，就想飞了，不自量力！还有人说，小小的珠海，搞什么国际机场、大港口、伶仃洋大桥，是不是吃错了药，搞晕了头哟？

当然，也有人对梁广大表示赞赏、支持，佩服他的胆略和气魄，认为他有超前意识、国际视野和敢为天下先的开创精神。然而更多的人则认为，梁广大不去考虑怎么发展经济，不去琢磨怎么赚钱，就知道花钱；花钱还不说，又弄来一批花钱的大工程；而且这一次花的钱，远比当初修马路的钱多得多！他这是不顾珠海人的死活，只想着为自己树碑立传！

于是，梁广大继"马路市长"之后，又多了一个绰号：梁大胆！

其实，梁广大的"大胆"，并非心血来潮，而是他多年来思考的结果。当初考察深圳时，他虽然确实被深圳热火朝天的建设场面所感染所打动，也从深圳看到了中国的未来和希望，但到任珠海后，当他对珠海的情况有了深入了解，这才实实在在地感到，珠海与深圳有太多的不同，太多的不可比性。尽管珠海和深圳同为特区，但深圳像个健壮的少年，珠海则像一个初生的婴儿，完全不是一个等量级。比如，深圳有大规模的资金投入，大量的人力涌进，丰富的物质储备，还有大幅度的自由开放，惊人的建设速度，等等，这些优势珠海都远不具备；加之深圳紧邻香港，香港的发达经济可直接辐射影响，深圳就更是如虎添翼。而珠海呢？虽说也紧挨着澳门，可澳门除了博彩业、娱乐业，什么产业都没有，对珠海的帮助可以说是微乎其微。而且珠海的特区面积小，最初仅有 6.18 平方公里，后来经过两次扩容，仍不及深圳的三分之一。所以，珠海先天条件不足、施展空间有限这一现实，就逼着梁广大必须拿出一个适合珠海自身发展的、长久远大的发展规划。

采访中，梁广大说，他与那些持不同意见的人的根本分歧在于，他们老想着小小的珠海，老是从眼前的一点小利益出发，眼睛只盯着别人怎么搞，只看别人有多少钱装进了腰包；而他想的是，珠海是国家的特区，不是珠海的特区，所以考虑问题办事情，必须要站在国家的角度，按照国家的要求搞，而不能只站在珠海的立场去想。

因此，梁广大认为，尽管路修好了，供水、供电、通信等设施也初步建起来了，但珠海要想有更大的发展，并持续性地发展下去，大型基础设施最为关键。纵观全球，但凡大的城市、大的经济区域，没有一个不具备机场、港口、铁路、高速公路等这些大型基础设施的。没有这些大型基础设施，就不成其为大城市、大经济区域。比如，没有便捷的交通，你让人家怎么来？坐汽车、火车来，还是靠两条腿走路来？人来不了，或者说不方便来，怎么投资？没有外来的投资，珠海怎么发展？即使短期内有点发展，往后的日子又怎么办？搞"命运工程"，就是站在整个珠三角西部广大经济区思考问题，就是要谋划整个南方几省的发展，而不仅仅是一个小小的珠海的发展。

梁广大曾经仔细算过一笔账：一个集装箱，从深圳发往香港，仅需三百多块；而从珠海运至香港，则必须经过中山市、顺德市、南海市、东莞市、深圳市才能转道香港，需要三千多块。单单这一笔运费，就高出十倍以上！不修路，不建桥，怎么搞？

当然，这期间也确有一些国外的大财团来珠海考察过，并打算投资一些项目，但因珠海缺乏高规格的交通能源设施，大多乘兴而来，失望而归。

梁广大清楚地记得，1984 年邓小平第一次来珠海视察时，特区当时正面临着诸多的矛盾和巨大的发展阻力。比如,有人说,特区就是复辟资本主义,特区除了五星红旗以外,全都变了颜色。甚至还有人说,特区就是租界。不能再这样搞下去,要收了,不能再放了,再这样放下去,就完蛋了! 在各种压力下,特区干部们的思想和手脚好像都被捆绑住了,外资来考察洽谈投资项目时,不仅不敢主动配合,甚至连外资老板也不敢接触了,害怕哪天运动一来,跳到黄河也洗不清。而就在这时,邓小平乘船从深圳来到了珠海。梁广大从码头接到邓小平后,在车上将珠海的情况向邓小平做了简单汇报。汇报时,邓小平不说话,只听,有时点点头,表情严肃。中午吃完饭,大家坐下来吃水果,他趁机请求邓小平说:"邓主席,给我们提几个字吧,鼓励一下我们!" 邓小平二话不说,走上去,抓起笔,写下"珠海经济特区好"七个大字。

采访中,梁广大说,这个题词,不光是邓小平对珠海、对他们这些在特区工作的"垦荒者"的最大鼓励,同时也是对当时社会上重重非议的有力回答!

一个月后,中央特区工作会议在北京召开。会议明确肯定了办特区四个窗口的作用,并明确指出,特区放得不够,不仅不收,而且还要再扩大到十四个沿海城市;同时强调,改革开放不能受"左"的思想影响! 会上的梁广大备受鼓舞,办特区的信心更足了。

采访中,梁广大说:"我当时是把大型基础设施当作珠海的命运工程来抓的。我如果只站在珠海的角度来考虑珠海,珠海就没有必要建机场、港口、铁路等这批基础工程。一个小小的珠海,你搞那么大的工程干吗? 但是,珠海是个特区,是国家的经济特区,它担负着国家探索改革开放试办特区的重任,我们就不能以珠海论珠海,而要跳出珠海论珠海。应该按小平同志指示的办,没有经济、没有资金,也要自己闯出一条血路来。所以当时珠海的几大工程建设都是立足于市场经济,建大机场、大港口、大电厂、大水厂、伶仃洋大桥、铁路等大型基础设施的目的,都是为了更好地对外开放,走向国际,吸收外来投资。"

这就有了"命运工程"的推出和实施。

而修建机场,则是"命运工程"的重中之重。

其实，修建机场也不是什么新鲜话题。早在特区建设之初的 1983 年，珠海市委、市政府就向广东省委提交了请示报告，要求修建珠海机场。之后，珠海市委、市政府与国家民航局中南管理局合作建了直升机场；不久，澳门政府主动表示，愿与珠海合建机场。

据珠海外事部门档案资料显示，澳门政府政务司马文佳和澳门经济财政暨旅游政务司孟智，曾于 1985 年 4 月 17 日、1985 年 6 月 29 日和 1986 年 2 月 13 日，先后三次与珠海市政府、珠海机场签订了筹建备忘录；而澳门档案资料则称，早在 1979 年 12 月，澳门政府就经港澳办会同有关部门，向国务院提出过建设国际机场一事。

1986 年，外交部根据珠海和澳门的共同要求，向国家主要领导人汇报了珠澳合建机场一事。之后，澳葡当局花费了两年多时间对机场的可行性问题进行研究，但最后还是没有结果。

时间转眼到了 1988 年。珠海市委、市政府见与澳门共建机场一事难以推进，再度立项，提出独自建设一座具有国际水平的现代化机场。

珠海这么一个小地方，已经有了一个机场，为什么还要再建一个国际机场？这是当时很多人甚至包括一些专家都很不理解的问题。

采访中，梁广大说，这是他们在特定历史背景下做出的决定。但这个决定不是一时心血来潮，而是经过了广泛的调查研究提出的可行性方案。因为珠江西岸经济尽管当时比不上东岸，但经济发展还是比较快的。以高速公路一个小时计算，珠海、中山、江门等市覆盖人口接近一千五百多万，何况江门又是重要侨乡，国内进出澳门人口连年大幅增加。所以，建国际机场的条件还是具备的。

很快，珠海机场的选址和论证工作同步展开。

但选址工作并不顺利。广州民航局首先提出，在珠海香洲湾境内修建机场，建设跑道。可梁广大等珠海市领导则认为，香洲湾选址在市中心，飞机的起飞降落都要经过市区，对市区居民的生活影响太大，此方案不可行。后来，又把地点选在了金鼎镇下栅。此地虽地表环境好，但净空环境不好，周边多有山脉，对飞机的起飞降落会有影响。再后来，又想到了上冲检查站外的坦洲方向。但这个地方由于淤泥淤积层太深，施工成本太高，加上附近村庄多、村民多，最终也被舍弃。

而就在珠海机场选址之时，澳门方面再度提出合建机场的意愿，并委托"赌王"何鸿燊前来珠海与梁广大等人洽谈。经过何鸿燊先后三次到珠海磋商，双方最终达成一致意见，认为合建机场既可以节约成本，又能充分发挥机场作用，不失为一种最佳选择。后来，通过再次调研选址，双方最终将合建机场的地点确定在小横琴岛。

除此之外，双方还就具体事项做出约定：各自出钱修建一条通道、一座桥；各自境内按各自法律条规管理，不收土地费。澳门方面由何鸿燊从博彩业拿钱，珠海方的钱则从日本高尔夫球场借六千万美元。

为考察珠澳合作机场项目，当时的国家相关领导、民航总局领导、民航中南管理局领导等，还专门乘坐直升机，在澳门氹仔东面海域填海建机场的位置，低空盘旋了两圈。

会议上，时任新华社澳门分社社长李耀其表示，澳葡当局对中方给出的三个条件有看法。换句话说，澳门方感到中方给出的这三个合作条件制约太大，难以合作：一、澳门方面跟外国签航空协议时，需报中方批准；二、飞机进入中国领空时，要向中方报告；三、机场只能民用，不能军用。

采访中，梁广大说："当时听了澳门方的意见，我感到非常遗憾，但又无可奈何。因为夹在中间的我，无论中方提出的这三个条件是否合理，我梁广大都无法左右；而澳葡当局不肯接受这三个条件，我又强求不得，也强求不了。所以，最后我只能眼睁睁地看着大伙散伙。"

于是，珠澳合建机场一事，再度搁浅。

事情走到这一步，珠海机场就只有珠海自己来建了。而且不管用哪种方式，都必须要建起来！

这一来，原定在小横琴岛建机场的方案不得不废弃，机场的选址工作只有另起炉灶，重新开始。

最终，经专家们再三考察调研，新建机场的地点确定在了一个叫三灶岛的地方。

建机场，不是建鸡窝

三灶岛位于珠海西部的三灶镇。

今天去三灶岛，从珠海市区出发，仅需半小时。而过去到三灶岛，据一位参与了当年机场初建工作的人说，如果是上午从珠海市区出发，下午肯定是赶不回来的，因为时间都耽搁在坎坷曲折的路上了。

珠海之所以最终把新机场的地点选在三灶岛，是因为在三灶岛偶然发现了一个现成的机场。但这个机场并不是新中国成立后新建的机场，而是当年日本侵略中国时偷偷修建的一个军用机场。这个日本偷偷修建的机场隐藏在三灶岛的丛林乱石之中，半个多世纪来无人知晓，今天的人们能够看到的，只是残缺模糊的大大小小的弹坑和坑坑洼洼的跑道。据说，当初参与修建这个机场的中国劳工多达数千人，连同他们一起被带进这块秘密之地的，还有他们的老婆和孩子。然而这些劳工和他们的老婆孩子进去之后，便再也没有出来。因为机场建好后，为防止泄密，日本人将参加修建机场的中国劳工及其家属全部杀害。后来人们在这个岛上发现了一个"万人坑"，便是证明。

而日军修建这个机场的目的，是为了轰炸华南地区。当年，日本轰炸广州、香港等地的飞机，谁都不知道是从哪里钻出来的；现在三灶岛机场被发现后，大家这才恍然大悟。日本战败后，撤退时将这个机场炸毁。后来国民党占领了这个机场，败退大陆时又将机场再度炸毁。从此，这个曾经制造过无数罪恶和悲剧的机场深埋于丛林乱石之中，彻底淡出了人们的视野。

专家们经过考察调研，认为在这个旧有的军用机场上修建一个新机场，优势十分明显：远离珠海市区，不扰民，无风险，相对独立；加之原本就是机场，具备一定的利用条件和改建基础。所以机场选址确定在三灶岛后，珠海市委、市政府立即着手推进立项报批工作。由于广州、深圳等地都有大型机场，珠海市便以修复利用旧机场的名义立项申报，且全部自筹资金，项目投资规模控制在2.5亿以内（这是珠海特区的项目资金审批权限）。因为申报项目是以"修复旧机场"的名义，所以立项报告顺利获得国家有关部门的批准。

然而，以梁广大为首的珠海市委、市政府，对珠海设想的目标是远大的，为珠海搞的工程是"命运工程"，要建的机场是一个非同一般的，具有国际水准的现代化大机场，所以旧有的三灶岛军用机场的面积远远不够。不够怎么办？根据机场航空限高的要求，附近的几座山头必须炸掉！

于是，1992 年 12 月 28 日上午，受珠海市政府邀请的南京工程兵学院工程兵在三灶岛上，打响了震惊全国的"亚洲第一炮"——他们用一万两千吨 TNT 炸药，对岛上最大的炮台山施爆，最后彻底摧毁了近两千万吨的巨石！而当沉默久远的三灶岛上突然响起隆隆的爆炸声时，附近的村民们惊慌失措，不明就里，尤其是一些上了年纪的老人们，懵懵懂懂中还以为是日本人又打回来了呢！

紧接着，机场工程设计、建设规划、工程招标、基础建设等工作依次往前推进。

就在这期间，珠海与加拿大的苏里市结为"友好城市"。而正因为这一"友好"，便"友好"出了航展这个大事情。

1992 年，珠海受外交部的安排，要与加拿大的苏里市结为友好城市。于是，梁广大带着珠海市委、市政府一班人去了加拿大的苏里市。

在双方座谈会上，梁广大详细介绍了珠海经济特区的发展情况，说珠海要搞机场、铁路、港口、跨海大桥等工程，并重点介绍了正在修建的珠海国际机场。由于与会者们是第一次听到"中国特区"这个概念，所以对梁广大的话题很感兴趣。会议休息时，大家坐在客厅喝咖啡，一位叫马文·亨特的议员还主动和梁广大聊了起来。

马文·亨特说："梁先生，我想给你提个建议。"

梁广大问："什么建议？"

马文·亨特回答说："你们珠海是新兴的海滨城市，国家级经济特区，现在又正在修那么大的机场，你们能不能在修机场时，把航展的功能也考虑进去？"

采访中，梁广大说，这是他第一次听人当面给他说到"航展"二字。过去，他只在看香港电视时看过巴黎航展和范堡罗航展的报道。

接着，马文·亨特继续说道："我本人就是国际航展成员，我很清楚，国际航空航天博览会是一个很大的项目，同时也是国与国之间的一个很大的商业活动。它对一个地区、一个国家的对外交流与发展是有很大好处的。"

听了马文·亨特的建议，梁广大很受启发。凭直觉，他感到这个建议很有价值，也具有建设性，于是他向拉凯议员详细咨询了一下航展的有关情况。尽管当时的他只是礼貌地点头致谢，并未做出过多的表示，可他的内心，却像被什么东西撞击了一下。这一撞，便撞出了那么一点小小的火花。

当晚，躺在床上的梁广大就睡不着了。一些模模糊糊的记忆，开始在他脑子里慢慢复活起来。他记得刚去珠海不久，在收看香港电视台时，无意中曾经看到过法国的巴黎航展和英国的范堡罗航展（珠海与内地的区别，其中一点，就是打开电视就能看到香港台、澳门台）。但当时的他对航展一无所知，所以航展并未引起他的注意，只是觉得有点新鲜、有点稀奇：怎么飞机、坦克也可以拿出来展览？火箭、导弹也可以交易卖钱？而且还大张旗鼓，进行各种演示、表演，规模和场面居然搞得那么大？后来，在珠海的电视节目里，他也看到过英国范堡罗航展、新加坡以及俄罗斯航展。但他依然没有把"航展"与珠海联系起来，更没想到自己将来有一天还会被这"航展"搞得失眠。

随后的几天，梁广大的心里一直都在琢磨航展；并见缝插针，逮住机会便请教相关人士一些问题。

回到珠海，梁广大就迫不及待将航展的提议摆到了珠海市委、市政府的常委会上。汇报中，他先谈了谈此次去加拿大苏里市访问、参观、签约等有关情况以及自己的初步想法，而后让大家讨论讨论。讨论中，与会者觉得办航展这事儿很新鲜，很刺激，也很有价值很有意义。若是真能搞起来，好家伙，不光是国内的飞机、大炮、火箭、导弹全都会跑到珠海来，还有国外的飞机、大炮、火箭、导弹等，也会跟着跑到珠海来，这岂不正符合国家赋予经济特区的"四个窗口"——技术窗口、知识窗口、管理窗口、对外政策窗口——的发展理念吗？岂不正符合珠海抢占经济发展制高点的城市理想吗？

当然，这个时候的珠海市委常委们，包括梁广大在内，心里其实并没有多少底儿，也在暗中犯着嘀咕。可又觉得航展这事儿应该搞，值得干。

后来，经过反复研究，珠海市委、市政府认为，航展可以搞，并决定纳入机场建设再统一规划实施。"想不到当初这一闪而过的念头，会变成珠海这座城市的追求与理想。"梁广大后来如是说。

然而，理想与现实之间，总是隔着一段弯弯曲曲甚至遥不可测的距离。

珠海有了办航展的设想，回头再看珠海机场最初的设计方案，需要调整的地方，就显而易见了。

首先需要调整的，是机场的跑道。

前面说过，珠海机场最初是以修复军用旧机场的名义报批的，所以民航总局批给珠海机场的跑道是两千余米。这个长度的跑道要做国际机场，显然不够。后经珠海多次请求，民航总局同意将机场跑道加建至三千二百米。三千二百米的跑道若是作为普通的民航机场，已经足够长了，但梁广大还是觉得不够长。为什么？他要办航展，要办国际大航展，所以必须从长计议，把眼光再放长一点。他还要把机场的跑道再加长！

于是，他厚着脸皮找到民航总局，软磨硬泡："不行，三千二百米的跑道太短了，起码也要可以起降波音 747 ！"

梁广大最终拿到了批复，民航局同意珠海机场跑道改建至三千四百米。这个长度的跑道，在当时来说已经算是国内机场的最长跑道了，可以起降当时最大的客机波音 747。这在一般人看来，已经变不可能为可能，是再圆满不过的结果了。谁知梁广大心里仍不踏实，还不满意。

但这一次，梁广大没有再去找民航总局请示，而是直接找到设计跑道的工程师商量："工程师同志，我们珠海是要为国家建个国际大机场，不是给自己家里垒个小鸡窝！我们要办的不是国内的小航展，而是国际性的大航展，除了波音 747，以后还会有更大的飞机起降，这三千四百米的跑道哪够长呀？总不能让人家飞行员提心吊胆，飞机一降落，眨眼就冲出跑道了吧？我看这样，干脆一步到位，延长到四千米，这样不管多大飞机，什么类型的飞机，都可以飞珠海了。"

结果，在梁广大的软缠硬磨下，民航总局的设计师们最终同意珠海机场跑道增加至四千米，成为当时全国机场中最长的跑道。当然，梁广大也因此为自己埋下了"祸根"，这是后话。

除了机场跑道要加长，机场候机楼也要改变。之前的候机楼，是按普通机场设计的，其主要功能是售票和安检。有了要办航展的考虑后，梁广大审阅设计方案时，便发现了问题，于是对有关部门强调说："候机楼不能搞得像个'鸡窝'似的，只卖个机票就行了。这个机场不是只为珠海服务的，它是为整个珠三角地区、为全中国服务的。要知道，光是珠三角西部，人口就有上千万啊！你们心里必须清楚，我们要建的是大机场，不是小鸡窝！"

最后，又是在梁广大的坚持之下，珠海机场建成了一个拥有宽六十米、长四千米的跑道和宽四十四米、长四千米的滑行道的大型机场，可供当今世界各种型号的客机起飞降落。其停机坪面积68.5万平方米，廊桥机位十七个，远机位九个；候机楼建筑面积9.2万多平方米，内设综合大厅、候机厅等，到港与出港旅客分流出入；机场年保障能力为飞机起降十万架次，旅客吞吐量一千二百万人次，货邮吞吐量六十万吨；还采用了美国和瑞典的计算控制大屏幕航班显示，最先进的导航系统、设备控制，以及管理计算机系统、旅客服务电子计算系统、行李自动分检系统。若单从硬件设施看，珠海机场既有当时全国最大的候机楼，又有全国最长的跑道，绝对是个一流的现代化国际机场。

然而，正因为这"最大""最长"，麻烦也就很快找到了梁广大的头上。

由于机场跑道从三千四百米加长到四千米时，并未向国家主管部门和国务院报告，自然也就没有获得上面的正式批准。换句话说，属于梁广大"擅自做主"。

所以，机场建好后，没有哪个部门敢来验收。

机场没人验收，局面眼看僵到无法收场的地步。梁广大只得亲自进京。

梁广大急匆匆飞到北京后，第二天早上九点就赶到了总理办公室。秘书告诉他说，总理有接待工作，先等等，十分钟后就到。总理到后，梁广大向他汇报了改建加长机场跑道的目的，主要是满足举办国际航空航天展的需要。为了增强博览会的功能，在机场建设中，除了跑道，机场的导航系统、地勤系统，还全部采用了世界上最先进的技术。这些机场的先进设备，二十年内不会落后……

总理听完汇报后，叫来秘书，让秘书打电话通知国家计委主任，组织有关部门对珠海机场进行验收。

一个星期后，十几个部门浩浩荡荡，直奔珠海，对机场进行了联合验收。

要办航展的珠海，这才拿到了机场的"飞行证"。

金钱，买不来新鲜空气

机场建起来了，机场的"飞行证"也拿到手了，但航展是什么？这个问题当时绝大多数珠海人都并不清楚。他们除了从电视上看见过航展的热闹场面外，没人能讲出个航展的子丑寅卯来。

不懂，就向专家请教，就向国外学习，这是梁广大由来已久的工作态度。

早在上世纪八十年代特区成立之初，梁广大就注重学习国外的先进理念，并善于把国外的先进做法拿过来参考使用。这个初中学历、"土改"时参加工作的农民子弟，有着浓厚的家国情怀。早在念中学时，从历史书上读到鸦片战争、八国联军侵华史以及后来的日本侵华战争，他就从心底感受到一种锥心的痛，并由此产生了一种根深蒂固的认识，即贫穷弱小就要挨打。所以还在中学时期的他就有了自己人生的第一个理想：参军从戎，报效祖国，为建设一个富强的国家而奋斗！中学毕业后，他报考了军政大学，不料却被中国人民银行提前录取。

在银行工作期间，因为工作关系他常常去农村，对农民的疾苦深有感受。他的家乡南海，是有名的鱼米之乡，可"文革"期间却吃不饱饭。他亲眼看见不少人患上了水肿病，甚至有的还被饿死。

多年的基层工作，让梁广大养成了多想、多思、多问的习惯，也让梁广大养成了向书本学习、向所有先进的经验学习的习惯。

到珠海特区任职后，梁广大外出考察的机会逐渐多了，视野也逐渐拓宽了。每当行走在他国的土地上，他常常会问自己：为什么人家的路总是那么宽，交通总是那么好？为什么我们的路都是这么窄，总是要塞车？

让梁广大印象深刻的是日本。他坐在高铁上，从这个城市到那个城市，沿路所见，几乎看不到泥土，满眼全是绿，全是被绿树包裹的山脉和被绿树映照的河谷。还有挪威、瑞典、荷兰、比利时等,尽管这些国家在方方面面不尽相同,甚至有着千差万别,有一点却是高度一致,那就是处处可见花花草草,比比皆是绿色植被。甚至一些经济并不发达的国家,亦是如此。

正是受到这些国家的影响,1984 年,梁广大到任珠海不到一年,便为珠海制定了一部"城市法规",不仅下令强行关闭了二百多家大小采石场,还明确规定二十五度以上坡度不准盖房;而且所有山头必须加以保护,不准砍掉一棵树!

也是 1984 年,梁广大去泰国考察,坐在车上,看见曼谷街头的摩托车像蝗虫一样到处乱窜,搞得开车的人不得不随时刹车,坐车的人时刻感到恐慌,甚至有一次他自己还差一点被摩托撞到。等缓过神来,他便有了一种切肤之痛,由此痛下决心:要想搞好经济,必须首先治理好街道环境!

于是从泰国回来的梁广大,很快便制定了一道法令:禁摩!即所有的摩托车,不准在市区办证上路!而当时的珠海,尚未完全脱掉"小渔村"的外壳,街道上别说汽车,骑自行车的人也没几个。市长突然下令"禁摩",惊得市民个个目瞪口呆。

不仅如此,为减少污染,梁广大还将此令延伸出去,圈定六种排量不达标的汽车,一律不准上牌!

后来,他又去了西欧诸国,看到人家都住在半山上,他恍然大悟,原来在这个世界上,人还可以有这种活法。

于是回到珠海,他又下了一道命令:所有海湾不准填海占地,不准建高楼大厦!

采访中,梁广大说:"如果珠海也像许多地方一样,以发展为名,把海填了,把地占了,然后建起高楼大厦,挡住了大海,遮住了阳光,你说本来就很小的珠海,该有多压抑啊!珠海有海水,有浪花,纯净的海水流动可以产生大量的负离子。你说说,海水值多少钱?空气值多少钱?这海水、空气,可是用钱也买不来的啊!"说起珠海的大海,说起珠海的阳光和空气,一向面孔严肃的梁广大,顿时显出少见的温柔。

宁愿放弃大把的眼前利益,也要保护好珠海的生存环境,保护好珠海的青山绿水,这就是梁广大。

当然，正因为梁广大对珠海环境的挚爱与捍卫几近固执，也闹出了一个"笑话"。

有一次，梁广大去英国考察。一天晚上，他路过一座大桥，忽然发现大桥的栏杆，是用管子拧成的一个个英文字母。夜空下，大桥上一个个的字母闪烁明亮，美感十足。梁广大被眼前奇特的美景迷住了，顿时像个孩子，乐不可支，掏出手机，嚓、嚓、嚓，一连拍下十几张。而后，他指着手机中的画面，对身边的工作人员说："看到了吧，你们回去后，珠海大桥的栏杆，就照着这么做！"

大家以为他是兴之所至，随口一说而已，谁知回到珠海的第二天，梁广大就把当时主管城建的副市长周本辉叫到办公室，然后打开自己的手机，让周本辉看他在英国桥头拍下的一张张图片。看罢，他问周本辉，怎么样？未等周本辉反应过来，他便一本正经地下达了任务：按照手机图片上的造型，重新设计、建造正在修建的大桥栏杆。

周本辉领命而去，执行中却发现了问题：国内的栏杆都是用钢筋做成的，而再细的钢筋，也拧不成字母，或者说很难拧成字母。

周本辉来到梁广大办公室，张口就说："老大（作者注：当时梁广大身边的周本辉们就是这么叫的），不行。"

梁广大看也不看周本辉："怎么啦？"

周本辉说："我们国内的栏杆都是用钢筋做成的，要拧成字母，不行；即便拧成了，也很难看！"

梁广大说："钢筋不行，你就不能用其他材料试试？比如，水管什么的。"

周本辉一听傻了眼，说："我的老大，水管是用来通水的，可不是用来防撞的。"言下之意，大桥的栏杆必须防撞，安全第一。

谁知梁广大一下来了脾气："哎呀你懂个屁！栏杆是用来看的，不是用来防撞的！桥要建得结实、牢靠，栏杆要讲究美观、漂亮！你看看人家国外的。"梁广大说着，又掏出了手机。

最后，大桥上的栏杆，按照梁广大的意思还是做出来了。

完工这天，梁广大来到现场，在大桥上走了一趟，又走了一趟。他一边走一边看，看得眉飞色舞，两眼放光，嘴上还不停地嘀咕：漂亮，漂亮，就是漂亮！

　　漂亮是漂亮，可惜好景不长。没过多久，就有消息传来：大桥出事了！

　　原来，有两辆汽车夜晚行驶时，不小心撞在了栏杆上。由于大桥栏杆的硬度不够，差点就撞进海里了。

　　梁广大得知这一情况后，立即叫来周本辉，下令道："改，马上改！"

　　桥上水管制作的栏杆，这才重新换成了钢筋。

　　知错就改，这就是梁广大。

第二章

办航展是国家行为

第二章　办航展是国家行为

搞不定，就别回来！

办航展，是国家行为

走出国门，依样画"葫芦"

"我就是最高苏维埃！"

"让火箭给我竖起来！"

堵车也要看航展

航展"三剑客"

捍卫航展举办权

搞不定，就别回来！

举办国际航空航天展，意味着向世界展销自己的航空航天产品，甚至保密性很强的军事常规武器也可以参展并进行交易。但有些展品若要展出，直接关系国家安全、技术保密等问题，在中国尚无先例。所以，当珠海市委、市政府正式启动航展申办计划后，这才知道，办航展不是摆地摊——只要工商部门批准就可以了，而必须要向十多个国家相关部门申报并获得批准，否则绝对不行！

于是，自1993年起，梁广大就亲自带着一班人马，开始在北京申办航展项目。

梁广大以为，只要举办航展的决心下了，机场建起来了，硬件也达标了，再向民航总局、国家计委报批一下，航展的事就搞定了；到时再选个日子，向社会一宣布，珠海航展就办起来了。不料，航展的审批工作，让梁广大伤透了脑筋。1993年至1994年间，他带领着一班人马，每周往返于北京和珠海之间，几乎成了"飞人"。写申请，打报告，准备资料，汇报请示，从早到晚，东奔西跑，加班加点，忙得不亦乐乎。

采访中，梁广大说："我们先向国家计委和中国民航总局申报，接着又向经贸部、贸促会、海关总署、航空工业部、航天工业部、外交部、军委外事部门、总参、空军总部、国防科工委、军委、国务院办公厅、中央办公厅等申报，一边一个接着一个地申报，一边还要挨家挨户地陈述申办的理由。可越往下走，部门越多，几乎把国家的所有部门都牵涉了，几乎整个国家系统都被撬动起来了。尽管这些单位和部门都认为办航展是一件利国利民的好事情，并纷纷表示支持，但我们跑了一年多，腿肚子都跑细了，还是没有申办下来，最终得到的回复还是'航展申请未获批准'。主要原因是，当时国防科工委认为，中国的航空航天产品要对外亮相，世界各国的航空航天高科技产品和军用产品要在中国参展，还有领空飞行等问题，都关涉国家安全问题，他们无权批准，只有军委主席才可以批。说实话，一开始我以为只要珠海市愿意搞，给中国民航总局报批一下，就完事了。没想到报告不止打到中国民航总局，再往下走，我的心就凉了半截。我们一搞就搞了一年多，越搞越复杂，越搞越难办。当时我最大的感受就是，你做一件事，本来是铆足了劲往前跑，结果却撞在了一堵厚厚的墙上，撞得你晕头转向，还不知道怎么办。"

而这个时候，中国航展筹办工作已经全面铺开，国内国外都动起来了。一是建珠海机场已经把航展的功能考虑进去了；二是珠海市委、市政府聘请了中国民航总局沈元康副局长、空军副司令员林虎、解放军副总参谋长李景等七人顾问小组与"国际航联"等相关部门已经开始接触，而且招商工作已在国际上展开，招飞工作同时也在进行。

面对如此局面，珠海领导层的意见也开始出现分歧。一部分人认为，以珠海目前的地位和实力，承揽这么大一件事，去跟那么多的国家级单位打交道，的确难以胜任，不如暂时搁下算了；还有人认为，航展就是个赔钱的买卖，蚀本的生意，何必鸡蛋碰石头，不如趁早死了心，拉倒算了。而另一部分人却不甘心，认为既然花了这么多工夫，投入了那么多的人力物力，付出了那么大的代价，并且机场都建好了，现在却突然说不搞了，得不偿失，也让人实在难以接受。

有那么一刻，梁广大自己也觉得心有余而力不足，回天无力，只有认命了。可回到现实，一想到珠海，想到珠海已经做出的努力和付出的心血与财力，他又觉得珠海没有退路，自己也没有退路。他认为，办航展是一个国际大经贸交流盛会，也是一个高科技交流盛会，对国家对世界都有好处，同时也可提高珠海的知名度，这是花钱也买不到的。所以，珠海办航展，势在必得，责无旁贷，必须坚持！

采访中，梁广大回忆起当时的境况，不胜唏嘘，他说："当时的情形，就像汽车开到半山腰上，突然熄火了，一松刹车，就会掉下去摔个粉身碎骨。没有办法，我们只能硬着头皮，再加把油，闭着眼睛往山上冲！"

1995 年 6 月的一天，周本辉被梁广大一个电话叫到了办公室。

周本辉个子不高，思维敏捷，语速飞快，口才极好，既有南方男人的精明，又有北方汉子的果敢。他从县团委书记，干到珠海市政府秘书长；又从市政府秘书长，干到副市长。一路走来，经历的事大大小小，数不胜数，却从未被什么事难倒过。

但这一次，刚听梁广大说完，他就傻眼了。

采访中，周本辉说，那天梁广大跟他的谈话，其实非常简短，也很干脆，就是交给他一个任务，立即带一帮人马进京，把航展的事搞定。临走时，梁广大还给他撂下一句狠话："搞不定，你就别回来！"

周本辉是条血性汉子，也是个明白人。他跟梁广大共事多年，深知梁广大的脾气，更清楚梁广大的决心：这一仗，打得赢要打，打不赢也要打，总之必须打赢，否则就别回珠海见他！

问题是，当时的周本辉和绝大多数珠海人一样，对航展一无所知；尤其要命的是，在这之前他分管的工作与航展完全不沾边，航展的事他只不过平时听人念叨过而已，自己从来就没往心里去，更没想到有一天会和自己扯在一起。难怪周本辉说，"离开梁广大办公室后，在回来的路上，我告诫自己：我不知道什么叫航展，我只知道梁广大要我去起死回生！"

第二天，周本辉一行就飞到了北京，住在东城区珠海特区大厦。放下行李，脸都没顾得上洗一把，就直奔国务院秘书二局。刚与二局石局长见面，石局长就一摆手，说："不行了，毙了！"

啊，毙了！怎么毙的？周本辉问。

石局长说："我们开了一个各方参加的联席会议，会上大家一致反对。"

周本辉说："怎么会都反对呢？理由是什么呢？"

石局长这才把会议的意见说了说。大意是，办航展要向世界各国展销中国的航空航天产品，甚至还有一些保密性极强的军事常规武器。而这些产品，直接关系到国家的安全和战备等问题。再说了，中国办国际航展，史无前例。而珠海是一座小城市，连航线都没有，又紧靠港澳，情况复杂。虽说办航展的想法很好，但现实与理想差距实在太大！

石局长在转述会议意见时，尽管言辞委婉，周本辉还是听出了一点弦外之音：一个小小的珠海，居然想办航展，而且是国际航展，这未免也太不自量力、太不知天高地厚了吧！

但这个时候的周本辉顾不上那么多了，他只知道自己是领命而来，只知道此行必须起死回生！于是能说善辩的他接过石局长的话，急切而又诚恳地说道："石局长，我的意思啊，航展这事，正因为中国没有办过，正因为它史无前例，所以珠海才要办嘛！而且珠海是特区，是国家的特区，不光担负着探寻改革开放前路的责任，也担负着国家改革的责任。我觉得珠海办航展，就是为国家承担责任！再说了，国外几个知名航展所具备的要素、条件，珠海都基本具备。比如说，珠海有一个现代化的国际机场，还拥有对外口岸。而国内有能力举办国际航展的机场不多，虽然北京、上海机场条件也不错，但机场流量大，非常繁忙，空间相对有限；加之缺乏对外口岸、禁飞区等条件，所以很难在机场附近举办国际航展。对了，还有最关键、最重要的一点，珠海有一个下定决心，一定要办好航展的领导班子！"

周本辉没有想到，他的这番话，竟打动了石局长。

其实，不光石局长，其他许多相关部门也都认为办航展是件好事，利国利民，只是觉得这事举世瞩目，非同小可，由一个小小的珠海来承办，实在有点离谱。

沉默片刻，石局长说："要不这样，你再打一份报告，把你刚才说的珠海办航展的理由和现有的基础、条件都写下来，写得具体一些，并在报告上注明'关于珠海举办航展的再次请示'。我们再研究一次。"

周本辉回到住地，连夜赶写报告。报告写好后，又连夜传回珠海市政府办公室，并叮嘱接收报告的张副主任说："这报告一字不能改，因为都是按领导的要求写的。你们打印出来盖好章，一式四十份，再去省政府盖章，然后火速送到北京！"

等珠海的四十份报告返回北京后，周本辉再次来到国务院秘书二局。一回生二回熟，这次见到石局长时，周本辉的胆子大多了，他开门见山，直言快语道："石局长，我们计划在1996年举办第一届航展，现在时间已经非常紧迫了，我想你们能不能就不要开会了，你告诉我，这个报告需要送哪些部门，需要哪些领导签字，我亲自一个一个地去跑，一个一个地去送，等跑完后我再交上来。这样的话，我送报告的时候，顺便就可以跟相关部门的负责人简单介绍一下我们珠海的情况。因为你们开会的时候，我又不在会场，这些部门有什么问题、意见和要求，我都不能当面解释。"

最终，周本辉说服了石局长，得到了八个部门的名单。

而后，他马不停蹄，背着报告，一个部门一个部门地跑，一个首长一个首长地请求签字；而一旦逮住机会，他就用最直接、最简短的话，把珠海办航展的优势"汇报"几句。

周本辉印象最深的是军委大院。壁垒森严的军委大院门前，他被几个全副武装的士兵护送着，用他自己的话来说，像押犯人一样地被"押"了进去，等交到办公室接待人员手上，士兵这才离开。

交道最难打的是外交部。当时的外交部，部长、副部长共有八个。八个部长，至少就有八个秘书。周本辉来到外交部，把报告交到一个秘书的手上，简单说明来意，希望部里能尽快开会研究一下。

秘书听后却说："开会？光为你这件事怎么开会啊？这种事得部长先签字；部长签完了，几位副部长再签。只有一个个副部长签完了，程序才算完。"

周本辉一听就急了："那……这可怎么办呀？"

秘书说："要不，你先找找钱其琛部长的大秘书，商量商量，看还有什么好办法。"

当时的外交部部长是钱其琛。在圈子里，人们都习惯叫部长和副部长的秘书为大秘、小秘。精明的周本辉一听，有戏，忙恳求道："要不干脆这样，今天晚上请您把七位秘书都请来，我们一起坐坐。我呢，就顺便把珠海办航展这事给诸位汇报汇报。大家了解情况后，工作效率会更高。这事我就拜托你了！"

当晚，八个秘书如约而至。开始，大家相互问好，彼此寒暄，接着就是天南地北地聊天。先聊珠海的海，珠海的人；然后又聊珠海的空气，珠海的蓝天；接着再聊珠海的经济与特区的发展。后来，自然而然地就聊到了珠海办航展的问题。周本辉一看火候已到，趁机便把珠海为什么要办航展，珠海办航展的决心、优势、条件以及办航展的价值、意义和国际影响等，统统活灵活现地说了一遍。一个晚上下来，用周本辉的话来说，彼此熟悉了，对珠海的情况了解了，最后也就聊成"哥们"了。

第二天，在八个秘书的紧密配合下，报告如传接力棒一般，一个秘书让部长签完字，第二个接过来又让第二个部长签，第三个接过来再让第三位部长签……如此传递下去，一个上午传下来，八个部长的字一揽子全签完了。

临近中午，周本辉接到一个秘书打来的电话，说部长们快要签完了，你赶快过来等着拿走吧。其实，此时的周本辉离外交部不过百十来米，他就在外交部附近的一条街上，来来回回地踱着步子等，等得心烦意乱，等得急躁不安。接到秘书电话，他喜出望外，急忙一路小跑过去。秘书却在办公室门口迎住他，说："别急，最后一个部长还没签完字呢。关键时刻，你最好不要露面，免得部长们看见后，还以为你在催他们呢。"

周本辉说："那我怎么办，总不能就站在这走廊里吧？"

秘书想了想说："这样吧，你先到资料室休息一会儿，等部长签完字，我就告诉你。"说罢，秘书把周本辉领进了资料室。

周本辉说，进了资料室，看着满屋子的文件资料，他不但不紧张，不着急了，反而整个人一下子变得轻松平静，有一种躺在沙发上休息的感觉。其实啊，再神秘的地方，只要你一旦走进去，就不再那么神秘，事情也就变得简单了。

等最后一个部长签完字后，拿着报告的周本辉几乎是一路狂奔回到宿舍的。一进门，他就倒在床上，长长地出了一口气，像是一个在沙漠中跋涉已久的汉子，一下卸掉了身上的千斤重担。

就这样，周本辉仅用了二十天的时间，就把国家计委、经贸部、贸促会、海关总署、中央军委、总参、空军等单位全部跑了下来，并拿到了所有部门的签字。当他再次回到国务院秘书二局时，一见石局长就说了一句："石局长，这下总可以下文了吧？"

石局长说："不行，哪有这么简单的事，还得再等等。"

精明的周本辉当然知道，夜长梦多，这种事绝不能拖，一拖就可能又给拖黄了。于是他几乎是用一种耍赖的口气说道："石局长，对不起，那我就不走了，就在这里等，等着你们下文。什么时候您下文了，我就什么时候走。"

终于，周本辉等到了国务院的批文。

然而，航展的手续并未走到尽头，后面还有一道难关在等着呢。这道难关，就是国防科工委！国防科工委是当时否定珠海航展报告的关键部门，其态度非常明确，办国际航展这样的大事，他们不能随便表态。

周本辉再一次想起了梁广大的话："搞不定，你就别回来！"天不怕地不怕的周本辉这次不敢贸然行事了，他当即向梁广大做了汇报。

远在珠海的梁广大得知周本辉的情报后，立马赶到机场，连夜飞到北京。

这一次，梁广大要亲自披挂上阵了，也只能他亲自披挂上阵了。所以一到北京，他就开始四处活动，八方联系。

这一天，他得知国防科工委负责人在京西宾馆开会，便早早赶到京西宾馆。门卫不让进，他就掏出证件，软磨死缠，最后硬是闯了进去。他找到国防科工委负责人，详细地汇报了珠海为什么要筹办国际航展以及现在筹办的进展情况，请求对方给予支持。国防科工委负责人听后，很理解他的心情，也认为办航展是好事；但由于航展关系到国内、国外飞机和武器的进出，事关领空开放和国家安全问题，非同小可，国防科工委无权批准。梁广大一听就慌了，急忙问道，那到底谁才能批呢？对方告诉他说，除非军委主席！

梁广大神通广大，远近闻名，可听了国防科工委负责人这话，却愣在那里，硬是半天没说出一句话来。采访中，梁广大说："你说我一个珠海小地方的人，怎么可能闯进中南海，自己去找军委主席啊？"

当晚，梁广大躺在酒店的床上，辗转反侧，左思右想，失眠了。

第二天回到珠海，梁广大感觉自己还是无路可走。他说："我当时的想法就是，要么跳海，要么硬着头皮'铤而走险'。"

他选择了后者。

很快，他以市委名义给中央军委主席写了个报告，同时还硬着头皮给中央军委主席写了一封信。信中，他汇报了珠海为什么要举办航展、目前筹办航展的整体情况以及现在所遇到的主要问题。梁广大说，这也是逼出来的，当时的想法就是，反正只剩华山一条路，只能硬着头皮上。

让梁广大多少感到有点意外的是，军委主席很快有了回复，不仅同意珠海举办航展，还在报告上批示了七点意见。

历经九死一生的珠海，这才终于拿到了可以办航展的正式批文。

办航展，是国家行为

1995 年 5 月 19 日，国务院办公会议讨论通过并正式下发了"同意民航总局、航空工业总公司、航天工业总公司、贸促会和广东省珠海市人民政府于 1996 年秋，在珠海联合举办中国国际航空航天博览会"的批复。于是，国务院总理办公会议决定将珠海航展定为国家行为，通过并成立了航展组委会，同时将航展命名为中国国际航空航天博览会，每逢双年在珠海举办。

周本辉，这一次做了他此生最大的一个官：中国国际航空航天博览会秘书长、珠海航展现场总指挥。

这一天，周本辉又被梁广大叫到办公室，屁股还没挨到凳子上，梁广大劈头就问："你说，航展怎么搞？"

周本辉看着梁广大，不说话。

梁广大说："嗨！你看着我干什么呀，我问你话呢，这航展怎么搞？！"

周本辉这才从嘴里咕噜出三个字来，不知道。

梁广大说："不知道？不知道怎么行啊！这样吧，先看看人家是怎么做的，你就依样画葫芦吧！"

周本辉瞪大了眼，脑子一阵空转："依样画葫芦？葫芦是个什么样，我都没见过，怎么画呀？"

但周本辉知道，梁广大安排工作，从来只要结果，不要过程。而且，和他一样，凡事只认死理。于是他不再说什么，转身快步离去。

采访中，周本辉说，反正梁广大敢想，他们就敢干。至于怎么干，走一步算一步。

后来周本辉思前想后，决定先抓住一点，再击破其余。这一点就是，办航展既不是珠海行为，也不是企业行为，而是国家行为。因此，无论珠海方还是航展主办方，大家的态度都是积极的，目标都是一致的，即都是为了办好航展，不同的只是在理念和认知上的一些分歧。当然，周本辉也知道，国外那些著名的航展，比如老牌资本主义国家举办的法国巴黎航展、英国范堡罗航展、加拿大阿伯斯福德航展，还有亚洲国家举办的新加坡航展等，多是行业协会或者大财团企业所为，并算不上什么国家行为。但周本辉不管这些，在他看来，中国有中国的国情，珠海的航展就是中国的航展，珠海航展就是国家行为。珠海要办航展，打的就是这张牌，也只有打这张牌。否则，就找不到感觉，找不到方向，也找不到突破点。

周本辉是从基层一步步干到副市长这个职位的，凭着他的经验和聪明，他深知，在中国行政管理的手段就是审批，一级级地审批。珠海办航展，接下来还需要众多国家级部门的支持和配合，倘若不是国家行为，这几乎是一件不可能办成的事情；但若是定性为国家行为，事情就好办了。国家自己批自己，谁能不批呢？谁又敢不批呢？还有一点，航展的最高权力机构是航展组委会，而航展组委会主任是国务院副总理，组委会的单位是中央各部委，组委会成员是各部委负责人。所以，只要死死地依靠组委会，办航展，珠海只是搭台而已，唱主角的则是航展组委会。

想清楚了这两点，周本辉开始行动了。

他开始一个个国家级的部门跑，一个个地前去向他们发出邀请。

事情果然进展顺利。

但是，珠海办的是国际航展，国际航展就要向国际友人和国际参展商发请柬。而且周本辉听人说，国外的航展都是提前一年发请柬，以便参展商安排时间，做好前期工作，如期参展。这个怎么弄，周本辉一点不懂。有人告诉他说，国外举办航展的机构或者政府部门，用的都是签名的惯例，他们不认印章，也没有印章。中国航展是国家行为，请柬当然得以组委会主任的名义发出，并请国防部和外交部通过不同的途径发给全世界各大航空航天会展中心和各国国防部部长。

按此说法，请柬制好了，而且是国家副总理的亲自签名。周本辉赶紧组织人发往世界各地。于是，中国要在珠海举办航展的消息，很快便在世界航空航天界传播开了。

但就在这个关口，又出问题了。

那天，国务院有关珠海航展的筹备工作会议在中南海召开，组委会所有单位和筹备单位的负责人都出席了会议。会议由国务院办公厅秘书长何椿霖主持。会议开至中途，双方便出现意见分歧。一方面，航空、航天以及民间的一些航空企业和地方政府部门对办航展非常期待，认为航展确实应该办，而且应该办出中国特点、中国气派；而另一方即军方的意见却不同，他们认为几十年来中国的军备和军工厂都是在三线一些隐蔽的地方，不是大山沟就是戈壁滩，原因是要保密。现在要搞航展了，却把这些军备弄到珠海去，弄到澳门、香港面前去，保密的问题怎么解决？泄密问题谁来负责？为此，双方争论不休，各说己见，谁也说服不了谁。

周本辉这天以珠海航展组委会秘书长的身份，带着自己的服务小组坐在最后一排。他心里很清楚，在这种高端会议上，自己是没有发言权的，只有服务的份。可当他听到不同的声音在会场响起时，心里急得直蹿火，想说话又不能说，只有干瞪眼。不料，就在双方意见僵持不下时，会议主持人何椿霖却点了他的名："本辉同志，你是从珠海来的，你有什么想法，给大家说说？"

采访中，周本辉说："那天我一点没想到，主持人居然会点名让我说。在那些大人物面前，我虽然啥也不是，但既然让我说，为了珠海的航展，我也就豁出去了。所以我站起来，大胆讲了两点意见。我说，第一，我很理解，我也懂起码的组织原则：经济服从政治，下级服从上级。但有一点，我想请各位领导注意，我们珠海要办航展，是经过中央军委主席同意了的；给世界各国参展商的请柬，我们也都发出去了。如果说航展现在不办了，这发出去的请柬怎么收回来？我们怎么给全世界交代？是说我们怕泄密，还是找个其他什么理由，先瞒着他们？但如果真这样的话，可不是一个小问题，有可能会成为一个历史问题。第二，如果真的不干了，得马上叫停。因为事情走到这一步，我们在各方面投入很大，付出很多，我们已经花了很多钱了，现在天天还在烧钱！不干了，我们也就不再烧钱了，否则国家的损失就太大了！"

周本辉说完后，会场出现了短暂的沉默，这沉默好像是对周本辉的意见的一种认可。片刻，主持人何椿霖说话了，他说："航展还是要搞的，既然国务院定了，属于国家行为，就一定得搞。至于是不是涉及泄密问题，怎么保证不泄密的问题，这也是个大事情。我看这样吧，等我们请示了总理，再最后敲定。"

会议一结束，周本辉立即就给远在珠海的梁广大打去电话："老大，你赶快来北京吧，不得了了！"

梁广大一听急了，忙问："怎么啦？什么不得了了？"

周本辉说："现在到了最关键的时刻，你得赶快来北京，亲自去找总理，不然的话，煮熟的鸭子就要飞了！"

第二天一早，梁广大就赶到了北京。一下飞机，便直奔有关部门，请求见总理，有要事汇报。

结果，总理不仅接见了梁广大，还明确表示，航展要搞，但要注意保密问题。

至此，航展一事，终成定局。

而这个时候，已经是1995年的七八月份了。离预定首届航展的时间，仅剩一年！

走出国门，依样画"葫芦"

办不办航展的问题解决了，现在剩下的问题是，怎么办航展？航展怎么办好？更何况，满打满算，只剩一年时间！

一年时间怎么办航展？用梁广大的话说，不仅不知道怎么办，而且连航展这个"葫芦"究竟是个什么样子，都没人知道。在此之前，珠海市委、市政府出面，曾聘请了一个由六十多位国内外有关专家组成的顾问团，负责指导和对外沟通。其中包括国家民航总局副局长沈元康、空军副司令员林虎、解放军副总参谋长李景、航空工业总公司总经理朱育理和常务副总经理王昂、中国航空工业总公司国际贸易合作局局长汤小平、航天工业总公司新闻办主任张丽辉、中国国际展览中心副总经理陈若薇、中国长城展览公司副总经理张宇等。他们中多数人都多次参加过世界著名的航展，看得多，自然也就了解得多，懂得多。但尽管如此，航展具体怎么办，怎么才能办好，大家还是一知半解，心中无数。

这一天，周本辉找到梁广大，建议说，现在只有一个办法，到国外去，看看人家的"葫芦"长的什么样。

梁广大是个从不拒绝学习的人。近一时期来，他除了自己向国内专家学习，向书本学习，还通过搞来的资料了解航展的基本知识，通过各种途径获取航展的多方信息；同时他还亲自带队，前往举办国际航展的国家，逐一进行考察，并积极参与有关航展的各种招商活动。尽管这个时候的他依然不甚清楚"外国的葫芦"到底长得什么样，但他激情满怀，决心要画出一个珠海的"葫芦"、中国的"葫芦"来。所以走出国门，依样画葫芦，正是他谋划多时的第一步。

采访中，梁广大说："没有办法，我们从来没有办过航展，只能照着别人的样子画葫芦。可是外国的葫芦长得什么样，我们没见过，不知道。我们既是航空盲、航天盲，又是航空航天展览盲，更是国际航展盲。所以，我们只有让懂行的人来教我们，同时也只有走出去，向老外学习，依样画个葫芦回来。"

于是，1995 年 8 月，周本辉带着他的指挥小组及相关人员，前往加拿大参观在温哥华阿伯特斯福德机场举办的加拿大航展。开幕式那天，各国航天航空界的大腕及重量级人物，悉数到场。周本辉带着十几个人的队伍，刚走到展厅的门口，就被拦住了，原因是航展规定，参加开幕式的嘉宾只能带两名随从。周本辉只好留下两位，让其余的人在外面等着。

像加拿大这样有影响的航展，堪称国际盛会。在周本辉的想象中，肯定场面宏大，热闹非凡，身边彩旗飘，脚下红地毯，又是宾客进场，又是展商入席，又是领导致辞，又是代表发言。可让周本辉没有想到的是，开幕式是以酒会的形式举行的，桌上没有大鱼大肉，没有香烟果盘，只不过放了一些糕点、饮料、葡萄酒而已。宾客们随意吃，随意喝，随意开怀举杯，随意说说笑笑，随意聊天交谈，压根儿就没有什么特别的程序安排，甚至连个像样的开场仪式好像也故意给省略了似的。印象中，周本辉刚端起酒杯不久，就听见麦克风里传来一个声音：开幕式到此结束。

随后的几天时间里，周本辉带着弟兄们开始在航展现场学习取经。所到之处，都是货真价实的高档场所；所有参展公司，都是总裁级别的人物；所有摆出的展品，都是各国航空航天的顶尖产品；甚至，所有总裁办公室的烟灰缸，都是清一色的水晶质地。这一天，周本辉在翻译的引领下，去拜访一位大总裁，双方交谈不到十分钟，周本辉便强烈地感到了自己的愚昧无知以及珠海与世界的巨大差距。闲聊中，有人拿起桌上的水晶烟灰缸，问周本辉，你们珠海有这样的烟灰缸吗？周本辉一愣，心里说没有，嘴上却忙说有有有。待走出门时，他立即横下心来："这样的烟灰缸，珠海没有，就去北京买；北京没有，就去上海买；上海没有，跑遍全中国，我也要把它买回来！"

几天航展看下来，热闹是热闹，刺激也刺激，可惜周本辉一班人马中，没有一个内行。大家看不出门道，只能走马观花，看看"葫芦"的外观，看看场面的热闹，而对航展内部的一些操作规则、运作程序、贸易方式等一无所知。周本辉很无奈，只好跟随行的华南工学院设计师交代说："你们把'葫芦'看好了，回去先照着画画试试看。"

回到珠海后，有关部门开始依样画"葫芦"。

展馆大厅的方案设计出来了，首先拿给梁广大看。梁广大看了看，什么也不说，只一个劲地摇头；再问梁广大，这"葫芦"怎么改？他还是摇头。

其实，不是他不想说，而是他真的不知道这"葫芦"究竟是个什么样，他只知道"葫芦"不是这个样。何况，每个国家都有自己的"葫芦"，每个人心里也有自己的"葫芦"，什么是好，什么是不好？

当年的广州，曾流行一段话，说深圳是政府办特区，汕头是小商贩办特区，珠海是农民办特区。的确，珠海特区干部们，多是从基层干上来的。梁广大是，周本辉是，珠海市委、市政府不少干部也是。正因为他们来自基层，对现实生活非常熟悉，对社会矛盾了解深透，所以做起事情来，最讲究的就是四个字：实事求是。采访中，周本辉回忆起那段经历，不无感慨，他说："当时有人说我们是农民办特区，好吧，那就农民吧。农民办事，有农民的好处，没什么顾忌，想怎么干就怎么干。"

周本辉凭着自己的精明与能干，很快请来一家广告公司，他给对方安排说："你们在航展场地的门口，给我弄个太空架，怎么弄我不管，只要把气势弄得大一点就行！"

太空架弄好了，就架在展馆大厅的正门口，有点像北京鸟巢的意思。好看不好看，不好说，但那昂首挺胸的气势，却是没的说。还是先请梁广大来视察，他眯缝着眼，看了半天，末了终于嗯嗯着挤出两个字来：像了。

硬件好办，摸索着来，弄个大体形状，看着顺眼，差不多也就行了。

可软件方面，就复杂了，肉眼看不见，摸也摸不着。当时的珠海，改革开放的程度远没到位，专业技术化的水准也还很低，搞如此大规模的国际活动，处处都感觉捉襟见肘。比如，珠海航展的方案怎么编成程序，大规模的国际化展场怎么指挥，数万参观民众如何组织等一系列的问题都是问题。

尤其是航展的整个操作和软件编制问题，让珠海方面头疼至极。想想吧，那么多的设备要从境外进来，要入境，要办手续，还要运输、拆卸、安装；况且，这些东西又不是一般普通的行李，而是飞机、坦克、武器装备等高尖端。这个问题珠海根本无力解决，只能请国际化的专业服务公司全权代理。于是决定由珠海方提供素材，聘请法国航展公司代其操作，并以五百万法郎（相当于七百五十万元人民币）的价格与对方签订了合同。

采访中，周本辉说："这也是没有办法的办法，当时我们的真实想法是，第一届航展我付学费，跟着你学，到第二届航展，对不起，老子就自己干了！"

可到最后，承办航展的法国航展公司并未现身。原因是，五百万的法郎对方要求必须提前兑现。这一下就难倒了珠海。因为五百万的法郎在今天看来似乎算不得什么大事，但对当时的珠海来说却是一笔巨款；短时间内很难凑齐不说，即便想法凑齐了，如何兑换成外汇，再汇入对方账户，没有先例，也是一个问题，而且搞不好还是一个大问题！

所以，此事最终还是没有做成，对方扔下一道难题，留给珠海自己想办法解决。

"我就是最高苏维埃！"

其实，更多的难题还在后头。

首届航展的日期一旦确定后，所有的工作犹如箭在弦上。当时，指挥小组设在珠海市政府大楼的一层楼里，每天晚上航展指挥小组的人员都要集中在一起，汇总工作，解决难点，当天的问题，绝不拖到第二天。在办公室近三十米长的走廊里，两边的墙壁上还贴满了各式各样的图表，航展筹备工作的所有进程都展现在这些图表上：X轴代表时间，Y轴代表事件。每天，筹务工作的每一步推进，都要在图表上标示出来。这些满墙的图表，用周本辉的话来说，就像当年他们老家的生产队长每天派工劳动时画的表格一样。

但是，活动越大，鸡毛蒜皮的小事也就越多。比如，开幕式时，军乐怎么奏？国旗怎么摆？红旗怎么插？等等。这些问题，每天都要绞尽脑汁，费尽周折。而指挥小组里，又集中了各类人才，有学外语的，有学经贸的，有懂军事的，有懂科技的。人多嘴多，主意也多，每每遇到问题，尽管大家目标一致，却常常争论不休，意见相左。有的事情，争论是可以的，争论了问题也就解决了；但有的事情，争论了半天，谁也拿不定主意，谁也做不了主，只有今天汇报这个，明天请示那个，结果汇报来请示去，时间耽搁了，最后还没个结果。

而这一时期的工作又非常紧张，紧张到常人无法想象的地步，用周本辉的话来说，"紧张得头皮都要裂开了，头发都要竖起来了！"怎么办呢？值此关键时刻，和梁广大一样只要结果不要过程的周本辉便挺身而出，大声说道："别吵了，也别请示了，我就是最高苏维埃，这事我做主，就这么定了，出了问题我负责！"

"我就是最高苏维埃"，此话一出，犹如定海神针，凡是犹豫不决、决而不断甚至某些扯淡的事情，很快就被搞定了，既省略了诸多烦琐程序，又提高了工作效率。

采访中，周本辉说："说实话，虽然我说'我是最高苏维埃'，其实我对自己拍板的事情也没有绝对把握。但由于当时好多事都没有一个标准，只能谁的资历高，谁说了算。你想想啊，航展都倒计时了，还为一些小事情今天找这个汇报，明天找那个请示，汇报来请示去，事情到头来怎么弄啊？所以我说'我就是最高苏维埃'，也是被逼上梁山啊！后来想起这事来，也有些后怕。不过我们当年那种玩命的精神，想起来也是另一种伟大。"

就这样，周本辉带着一班人马，每天像战士一样，在"枪林弹雨"中向着一个个的"制高点"步步逼近。每天每夜，不是查资料，就是托关系；不是动脑筋，就是想主意，常常一干就是通宵达旦，如同会战一般。

然而即便如此，一个个的难题，仍然像排队一样等在后面：

第一，交通问题。

当时，珠海从市区通往机场，只有一条路，即珠海大道，所有往来车辆，都只能由此通过。但航展期间，观展者及各种车辆，肯定数以万计，交通问题怎么解决？失去了外国公司的专业操作，没有了参照，没有了借鉴，大家绞尽脑汁，依然无济于事。

周本辉想到了前不久在北京召开的联合国第四次世界妇女大会，参会者数万人，会议代表从住地到会场，每天穿过人群拥挤、车辆堵塞的北京街头，但每天都能保证准时到达会场。这个会议的交通问题又是怎么解决的呢？

周本辉很快与操办世界妇女大会的全国妇联会务组取得联系，而后又把会务组成员请到珠海。第一天，周本辉领着她们围着珠海转了转；第二天，周本辉便提出要求，请她们根据北京的经验，参照珠海的道路状况，做一套航展期间完整的交通疏通方案。方案很快做出来了，周本辉看后很受启发；又拿去让梁广大看，梁广大看后说，估计还行。航展期间的交通问题这才基本有了个眉目。

这件事启发了周本辉，也激发了他的斗志。于是他对组委会指挥小组的成员说："没有做不到，只有想不到。我们只要想到了，再难的事也可以做到。"

第二，入关问题。

因为珠海举办的是国际航展，参展商就不光是中国的，还有外国的。而外国进来的展品，有民品，也有军品，如军事飞机以及其他各种武器装备等。外国的武器装备进到中国，外国的军用飞机入关，这在中国史无前例。史无前例的事就意味着无借鉴，无依靠，只能靠闯，只能靠摸索。比如，外国的军用飞机入关问题，该找谁来批，怎么申报，需要呈报什么手续，通过什么程序，这些不仅珠海方不知道，甚至连一份申报表都没有。没有申报表，就自己制作，可这个表怎么制作，同样不知道。只能向人请教，找人指导，等表制作出来了，再上报。

第三，飞机航线问题。

飞机的航线问题至关重要。但当时的珠海机场，不是国际机场，也不是军用机场，只是一个地方机场。而地方机场，外国军用飞机是不能进来的，只有在突发情况下，比如飞机遭遇意外机械故障，需要紧急迫降时才有可能。因此，当时苏-27、苏-30战斗机要来参展，这两种飞机属于军用战斗机，要进入中国的领空，首先要解决的问题就是航线问题。那么这个航线该由哪个部门来确定，哪个部门来衔接，具体谁来引航，最后谁来指挥落地？这些问题都是第一次，珠海从未遇到过，不仅周本辉们不懂，甚至连海关也不知道。为此，周本辉专程跑到北京，每天在空军大院以及有关单位跑来跑去，来回协调，办了许多不可思议的事。此外，俄罗斯方面还提出，他们的飞机只能飞到天津，飞到天津后就没油了。那么飞机飞到天津之后，谁来给他们的飞机加油，油钱谁来付，怎么付？这些本来是国家层面才能办的事，现在也得由珠海航展现场指挥小组来办，而且周本辉他们居然办成了。

第四，飞行表演问题。

飞行表演是航展中的一个重要内容，其最大特点是表演中一旦出事，就无可挽回。因此在所有的国际航展中，在展场内必须安装一套特殊的专业化程度极高的录像设备，以便一旦发生事故后有据可查。但这套设备，中国没有，只能从国外进口；而且进口之后自己安装不了，还得请国外的专家进行安装，报批手续等麻烦事自然也就不少。

但最麻烦的，还是去俄罗斯招商并邀请其空军"勇士"飞行表演队。那是1996年，珠海聘请了中国空军负责人与周本辉一行专程飞抵俄罗斯，接待他们的是俄罗斯外交部的长官和俄罗斯空军方面的负责人。双方一见面，中方代表便开门见山，说明来意：一是珠海要举办国际航展，他们特地前来邀请俄罗斯方去珠海设置展位。展位的价格，中方可以五折优惠，即按每平方米五十美金计算。二是想请俄罗斯空军"勇士"飞行表演队去参加珠海航展的表演。至于飞行表演的价格，让他们开个价，看表演一次多少钱？

那时的周本辉根本不知道国际行情，对方开出价来后，他也不知道价格是否合理，只凭自己的感觉，与对方谈展飞的费用。最后经过几轮谈判，双方达成基本意向。就在合同起草期间，周本辉一行决定趁这个空当，乘火车去圣彼得堡看看。出发前，有人提醒他们说，最好别去，一路上会被宰的。周本辉不知道在俄罗斯"被宰"是什么意思，对方就告诉他说，现在俄罗斯较乱,比如途中有人给你打上一针,你就晕倒了,等醒来后你的行李就不在了。因为那些小偷和火车上某个乘务员是串通好的,他们持有特制的三角形钥匙,每个旅客的房门都能打开。后来周本辉他们还是决定冒险去一次,为防止意外,上火车前他们专门去买了一截铁丝,一上火车,就用铁丝把自己的房间门拴住。半夜上厕所时,再把四个人全部叫醒,轮流把着门,轮流去上厕所。

从彼得堡返回莫斯科,途中有惊无险。周本辉放下行李,第一件事就去打听合同是否已签,不料对方的回答却是:没签。问及原因,对方一位负责人提出要单独见周本辉。于是两人相约来到莫斯科奥运村附近的一家饭店,刚一落座,对方就问有没有酒喝。酒过三巡,对方趁着酒意,直言不讳,说签合同没问题,但有个条件。周本辉问什么条件,对方说展位每平方米五十美金可以接受,但请从这五十美金中返二十五美金给他们个人,发票仍开五十美金。因为合同是老板签字,具体活都是他们干,他们得挣点辛苦费。周本辉听后微微一笑,举起酒杯,一饮而尽,而后说道:"放心,这个没问题。"接下来对方又提出一个条件,说他们俄罗斯"勇士"飞行表演队是天之骄子,享誉全球,他们去珠海航展表演没问题,但条件是不住珠海,要住澳门。周本辉听后,对此没有明确表态,因为当时澳门尚未回归。不过他还是说:"这点我不敢向您保证,但我可以协助你们办理两地签证手续,满足你们的要求。"

就这样,周本辉与俄罗斯方签下了合同。

回到珠海刚一周,周本辉就接到俄方消息,俄罗斯"勇士"队要来珠海踩点。"勇士"队的队员们到达珠海后,周本辉带他们去看了现场,他们表示满意。随后,周本辉又带着他们走进一家国营商店。时值中秋前夕,为表达一点中方的诚意,周本辉送给"勇士"队每人两盒月饼。可队员们不明其意,问这是什么饼?周本辉俄语不行,英语又不好,也知道三言两语说不清,便脱口答道:家庭饼。队员们还是不懂,继续追问家庭饼是什么意思?周本辉只好一边比画一边解释,家庭饼就是要全家人聚在一起时才能打开吃的饼。后来俄罗斯"勇士"队如约到达珠海后,一见到周本辉,便认认真真地对周本辉说:"你送给我们的家庭饼,我们真的是把全家人叫在一起后才打开吃的。"

举办国际航展在中国是第一次,大家觉得应该搞一个隆重的开幕式。既然开幕式要搞得很隆重，就要搭建一个主席台，而这个主席台不能普通，因为将在这个主席台上就座的领导的名单大致已经出来了。国务院总理、副总理、中央军委副主席、国防部部长等；此外，入席这个主席台的，还有多个国家的贵宾和大亨。换句话说，凡坐上这个主席台位置的，都是些有来头的响当当的大人物，这在珠海的历史上还绝无仅有。

于是，这个主席台搭建在哪里、怎么搭建合适、谁来负责牵头搭建，等等，一大堆的问题呼啸而出，全都等着珠海指挥小组协调处理。在这过程中，遇到进退维谷、左右为难的棘手问题，周本辉还是那句话："我就是最高苏维埃！"诸多问题便顺风顺水迎刃而解。

开幕式主席台终于搭建起来了。周本辉又被任命为开幕式主席台的总指挥，同时还配有航空总指挥、航天总指挥、飞行表演总指挥等。由于当时手机尚未普及，指挥工具只能用对讲机，于是几位总指挥整天手持对讲机，东跑西颠，忙得气喘吁吁汗流浃背，却连水都顾不得喝上一口。

又经几番折腾，开幕式诸多难题总算逐一得以解决。然而正当大家刚稍稍歇口气时，一个意想不到的问题出现了。

有一天，周本辉忽然接到一个报告：在主席台的下面，发现有老鼠出没！

原来，主席台选建在一个破旧的村落里，村落拆除后，地上的房子没有了，地下的老鼠却还健在。主席台搭建时，老鼠四散逃窜；主席台搭建好后，老鼠又重返家园。有一天，一位工作人员尿急，跑到台后去小便，一阵热浪下去，惊醒了一窝老鼠。工作人员还没尿完，就提着裤子赶紧报告了周本辉。

在此之前，周本辉把所有可能出现的问题都想到了，唯独没有想到的就是老鼠的问题；而且不仅周本辉没有想到，所有相关人员也没想到。于是老鼠问题，立即炸开了锅！

这无疑是一个非常严肃的问题，同时也是一个非常尴尬的问题。想想看，假如到了开幕式那天，真有老鼠从台下钻出来，在中央首长和外宾们的脚下跑来跑去，让人情何以堪？这看似一件小事，但搞不好就会变成一个笑话，一个国际笑话，甚至一起严重的政治事件！

怎么办？周本辉为难了。他非常清楚，开幕式的安保方案，是要报国家公安部备案的。这老鼠的问题，是报还是不报？如果报，怎么报？若是不报，又怎么办？老鼠不是人，它不会听从人的指挥，也不会听从人的摆布，你既不知道它藏在哪里，又不清楚它何时会出现。周本辉虽然是个总指挥，但他管得了人，管得了老鼠吗？

采访中，周本辉说，他首先想到的一个办法，就是对老鼠下药。可航展期间，那么多首长和外宾，还有数以万计的参观者，万一老鼠没有药死，反而误伤了人，导致安全事故，又怎么了得？

绞尽脑汁，冥思苦想，周本辉终于想到一个办法：开幕式当天，让公安局派一队民警，每人拿上一根竹竿，提前进入会场，然后躲在主席台下，用竹竿驱赶老鼠。等一小时的开幕式结束后，民警们再从主席台下撤出。

那天，当周本辉说出这个办法时，航展的筹备人员正蹲在地上一起吃午饭，有人当场就笑喷了。但大家冷静下来再想想时，又觉得周本辉这个点子还真管用，其他法子无法取代。当然，周本辉本人也承认，这个办法的确是土了点，甚至土得冒烟土得掉渣。但就是这个土得掉渣的办法，后来在航展期间还真用上了，而且相当管用，既限制了老鼠的出没，维持了会场的平静，又保证了首长和外宾的安全。

采访中，回忆起这段经历，周本辉说："其实我们就是一帮农民。我们农民办事搞航展，虽然不讲章法，但有时候有的法子还真管用。现在想起来，那个时候的我们，真是挺伟大的，因为我们啥也不懂，就凭我们自己的想象力，去苦干，去创造，我觉得那才叫真正的'中国创造'！"

"让火箭给我竖起来！"

珠海举办首届中国航展，有人提议，应该有一个"镇展之宝"。

可中国的这个宝那个宝太多，到底哪个宝放在航展最合适呢？

航展组委会经过多次商讨，决定把"长征二号"捆绑式火箭请到珠海来，作为首届中国航展的"镇展之宝"。因为"长征二号"火箭是中国自己研制的大推力火箭，不仅在中国路人皆知，在国际上也享有盛名，一旦站在展馆前端的草坪上，气冲霄汉，八面威风，而且与航展的主题非常契合：展示国力，扬我国威!

可是,火箭还没有运到,不好的消息就传来了:"长征二号"火箭可以运来珠海,但这个由三截组成、长达五十多米的"巨人",是没有"骨头"的,它在航展上只能横卧着展出。因为它平常在家里,只能平躺着睡觉,唯有要离开地球的时候,才能依靠坚固的发射架,高高挺立在发射场上。

梁广大一听就跳了起来,那怎么行?不竖起来还能叫火箭?火箭是要升天的,让火箭在那儿平躺着呼呼睡大觉,怎么展出?观众看了是什么感觉?

专家从专业的角度跟他解释,这个那个,这样那样,说了一大堆,尽是艰深的理论问题。

艰深的理论梁广大听不懂,他也不想听懂,但火箭不能竖起来,他就是不接受。他问专家们:"你们给我说说,是把火箭造出来难,还是把火箭竖起来难?"

专家们不懂他问话的意思,便老老实实回答说:"当然是造火箭难了!"

梁广大说:"既然如此,这火箭怎么就不能让它竖起来呢?"

专家们这才恍然大悟,原来上了梁广大的圈套。于是继续从技术的难度给他解释,可越解释,越感觉不在一个对话频道上。

而梁广大呢,也不再跟专家们纠缠,转身一个电话,叫来周本辉,直截了当,张嘴就来:"火箭这事你来负责办,总之一定要让火箭竖起来,而且要站在展馆的最前面!这火箭要是竖不起来,你就别回来!"

周本辉一声不吭,二话不说,转身就走。他太清楚了,梁广大只要结果,不要过程。

第二天,周本辉飞到北京,找到航天部的领导和专家,用他那三寸不烂之舌,反反复复,就说了一个意思:请你们一定想法让火箭竖起来!

可周本辉说干了口水磨破了嘴皮,专家们个个依然铁石心肠,回答都一样:不行,要让火箭平地起来,绝对不可能!

周本辉又找到当年参与把火箭运送到西昌发射场基地的一位军官,请求他们想想办法,让火箭竖起来。这位军官很豪爽,人未见面,刚听完周本辉的话,就在电话里慷慨表示道:"没问题,在我们军人面前,没有什么是不可能的!"周本辉一听,如释重负,高兴得眼泪都快流出来了。

可见面后，周本辉把具体要求一说，那位军官又到火箭研究院围着火箭转了好几圈，然后抠着脑袋琢磨了半天，最终还是不得不认输，确实没法让火箭竖起来。

那天晚上，站在北京的夜空下，周本辉给远在珠海的梁广大打电话："老大，我现在就在航天部的大院，我已经找了好几家了，他们说不行，火箭还是竖不起来呢……"

不等周本辉把话说完，梁广大的声音就像珠海涨潮的海水一下扑了过来："行，怎么不行。你这次一定要搞定，搞不定你就别回来！"

梁广大说罢，啪的一声挂了电话。

无奈之下，周本辉只好又去求航天工业部和国防科工委相关负责人，说："怎么办？我们梁书记说了，我要搞不定，就别回珠海了。现在，你们只有一个办法能帮我，就是你们跟我一起去珠海，然后当面跟梁书记说清楚，为什么火箭就是竖不起来。不然的话，我就只有赖在你们这里不走了，反正我也回不去了。"

对方听后忍俊不禁，哭笑不得。觉得周本辉两头为难，太可怜了；而梁广大是个科技盲，又太可笑了。跟不懂科技的人讲道理，真是秀才遇到兵，有理说不清。不过，为了体谅周本辉的难处，也对梁广大的执着表示敬意，他们答应，跟周本辉一起到珠海。

周本辉领着北京的领导和专家回到珠海的当晚，梁广大专门设宴，款待几位为了火箭竖起来而专程赶到珠海的领导和专家。开始，梁广大一句不提火箭的事，只请大家喝酒；酒过三巡，梁广大还是只字不提。一旁的周本辉坐不住了，心里直犯嘀咕："老大啊，我好不容易把他们给您带回来了，可不是光来喝酒吃肉的呀！"

又过了一会儿，周本辉扛不住了，悄声跟梁广大说："老大，你怎么还不提火箭的事啊？您赶紧问问他们，那火箭究竟行不行，能不能竖起来啊？"

不料，梁广大却一下提高了嗓门，说："行，怎么不行？谁说不行了？北京来的大专家，让火箭竖起来这点事，肯定是行的嘛！"

梁广大话一出口，在座的北京客人无不惊诧不已：这事还没端上桌面呢，这梁书记怎么就先一锤定音了？看来这梁广大真是个"梁大胆"啊！

一位专家担心陷入被动，忙接过火箭的话题，认认真真地解释了一番。大意是说，他们这次来珠海，就是为了当面向梁书记讲清楚，这"长二捆"火箭除了在发射场可以靠在发射架的怀里竖起来之外，从来没有在其他任何地方竖起来过。如果真要让它出现在航展上，只能是横躺倒在那儿；想让它竖起来是不行的，也是不可能的。再说了，到时万一出了问题，还有个责任问题呢，谁负？

梁广大还是不接正题，只管端起酒杯，一杯杯地敬酒，一边敬，一边似醉非醉似的自言自语：行的，怎么不行？行的，肯定行的嘛！

几位专家不再说话了，场面变得有点尴尬。

周本辉忙出面解围，表示理解对方的难处，也希望各位体谅一下梁书记的心情。

梁广大则端着酒杯，还是不说话。

片刻，梁广大突然把酒杯往桌上一顿，说："这样吧，你们只管干，我们先说好了，这事是我梁广大无知，是我珠海政府无知，是我们硬要你们把火箭竖起来的，而不是你们要把火箭竖起来的，我只是请你当顾问。如果有什么事，这个责任我珠海市政府来背，我梁广大来扛！这样子总行了吧？"

好一阵沉默。

周本辉慌了手脚，急忙又是一通斡旋。

片刻，气氛渐渐缓了过来。

双方再度回到技术层面，重新开始商讨。可商讨来商讨去，仍然觉得即使不考虑责任问题，让"长二捆"竖起来，在技术上还是很难实现。

而梁广大依然固执己见，心里只有愿望，没有技术。无论专家们怎么说，他都无法接受让中国的火箭躺倒在首届国际航展上这一现实。那是什么玩意儿啊，软绵绵的，像个泄了气的气囊！别说躺在那里让几十万人观看，就是想起来都觉得别扭、难受！他坚持认为，"长二捆"火箭只有像个男子汉一样站起来，雄赳赳气昂昂的，才叫真正的"镇展之宝"，才能起到"扬我国威，壮我军威"的作用。于是在这一愿望的刺激下，他的脑子飞快地转动着，然后把自己一些很不成熟的甚至是一些稀奇古怪的想法，向专家们全盘托出。他说："我们可不可以把火箭这个东西改造一下，把它搞得直挺挺的，硬邦邦的,而不要让它软绵绵的。比方说,想个什么法子,用个什么东西把火箭支起来。至于火箭里面怎么弄,我不管,你们只要把那玩意儿竖起来,不要让它躺在那儿懒洋洋地睡大觉,让观众从外面看上去是一枚火箭,就行!"

梁广大无拘无束的思路,居然让专家们受到某些启发。他们很快抛开纯技术性问题,开始考虑技术之外的种种可能。比如说,不考虑它是一枚火箭,而把它当成一个建筑标志,而后采用一种特殊的手段,让这个建筑标志立起来。

思路放宽后,专家们很快就商量出一个方案:把火箭的五脏六腑掏空,再专门做一个特殊的钢架,把火箭的外壳支撑起来。这样的话,火箭不就像个人一样站起来了吗?

"这样干可以是可以,但还得花钱。"一位领导说。

"多少钱?"梁广大问。

"大概得六百万。"对方说。

周本辉吓了一跳。

梁广大却一下蹦出一个字来:"给!"

方案有了,接下来的任务就是运送火箭,把火箭从北京运到珠海。

这无疑又是一个艰巨的任务。当年中国第一次发射美国卫星时,"长征三号"火箭就是从北京运到四川西昌发射场的,一路艰难坎坷,几乎惊动了半个中国。当然,也正因为有了这次历险,才为后来中国火箭的长途运送积累了非常宝贵的经验。所以,尽管"长二捆"火箭从北京运到珠海,同样是长龙般的车队浩浩荡荡,同样是一路坎坷一路艰难,最终却平安无事,顺利抵达。

然而,事情没有预想的那么简单。

"长二捆"火箭运达现场后,按照设定的方案,加班加点,几经折腾,装上钢架,终于竖了起来。然而,当大伙兴高采烈赶到现场,满怀希望抬头一看时,无论左看右看,上看下看,总觉得那玩意儿还是软绵绵的,不像想象中的那么回事,更不像发射场上那般威武高大,英俊挺拔!

周本辉立即拨通梁广大的电话,还没来得及说话,就听梁广大先喊开了:

"怎么样？火箭竖起来了没有？"

周本辉说："竖是竖起来了，但看上去就是有点软绵绵的，不像我们在电视上看到的那么威风。工程师说，再拉几根钢丝固定一下。"

梁广大一听就火了："什么？拉钢丝固定？难看死了，让人一看就是假的！"

但最后，别无选择，只能用四根钢丝将"长二捆"火箭固定起来。为了看上去好看一些，体面一点，又将四根钢丝乔装打扮了一番，四根钢丝这才变成了四条美丽动人的彩带。

采访中，周本辉说："没办法，那是外包装，只能给火箭安个外包装。后来大家看得见的，都是真的；看不见的，全是假的。火箭的外包装搞好后，那些天里，我一直就在火箭下面守着，从早到晚，提心吊胆，不吃不喝。为什么？我怕一有风吹草动，火箭又倒下来了。"

但"长二捆"火箭没有倒。从第一届航展起，它就像一位威风凛凛的巨人，一直高高挺立在展馆门前，成为二十年来珠海航展一道诱人的标志性景观。

堵车也要看航展

首届中国航展举办日很快确定：1996 年 11 月 5 日至 11 月 10 日。

随着航展举办日的步步逼近，所有工作进入倒计时：

1996 年 10 月 27 日，五万两千平方米的航展展馆、二十三万平方米的飞机展示坪、五万平方米的道路广场、十万平方米的绿化以及临时开放口岸近四万平方米的候机楼装修工程，全部竣工；

10 月 29 日，航展 1 号展馆两万平方米展位全部租出，平均每平方米以四百美元左右成交；

11 月 1 日，"长二捆"运载火箭吊装成功，高高耸立在了宽阔的航展展坪上；

11 月 4 日，中外参展飞机全部到位。经中外各方通力合作，飞行表演工作按部就班，准备就绪。

而隆重的开幕式，则是所有工作的重中之重。届时，有六位政治局委员、五十六位将军要出席，七个国家的军政代表团、三十二个驻华使、领馆官员共一百余人要到场，包括中国在内的二十五个国家和地区共四百多家厂商要参展，十三个国家和地区、二百多家新闻单位共一千五百多名记者要采访、数十万参观者将从四面八方拥向珠海，拥向航展现场。可谓盛况空前，举世瞩目！

因此，高规格的中外宾客和巨大的人流量，给珠海的交通、安保、环卫、医疗等各项工作带来空前的挑战与考验。尽管珠海各方绞尽脑汁，拼尽全力，做了大量艰巨的准备工作，依然力不从心，备感压力山大。而其中压力最大的，是交通问题。

开幕式的头一天，正在航展现场的周本辉接到消息：军委某首长的专机已降落珠海机场，来观看此次航展。

军委首长来看航展，当然是好事，但事情来得未免有点突然。为保证第二天开幕式交通的顺畅，作为航展现场总指挥的周本辉，便请求对方说，能不能请首长现在就过来参观，因为从机场直接到航展现场，距离最近，路又好走，非常方便；若是明天再从城里到航展现场，只有一条道，人多车多，路途又远，途中容易塞车，耽误首长的时间。

对方相关人员回复说，不行，首长今天要休息，明天才能来看。

周本辉一听，感觉情况不妙。但遇上这种事情，作为珠海市一个小小的副市长，他只能服从。

第二天一早，已在航展现场的周本辉还是不放心当天的交通问题，于是他再次请示军委首长的相关人员："现在各种信息表明，今天参观航展的人很多，车也很多，能不能请首长坐直升机来现场？这样时间更有保障？"

对方回复说："不行，中央军委级别的首长，有明确规定，不能坐直升机。"

周本辉又提出一个建议："那能不能坐军舰过来？坐军舰的话，跟海军方面协调一下，派一艘军舰，从横琴岛过来，也是比较方便的，不会被堵在路上。"

对方回复说："不行，首长还是坐车过来安全。"

首长安全第一，周本辉完全理解；但同时周本辉心里也非常清楚，首长坐车过来，就意味着要封路，而且回去的时候也要封路；加上当日私家车流量甚大，堵车的问题看来是不可避免了。等于一群蚂蚁在路上慢慢走，突然来了一个庞然大物，那还不得踩着一群？

果然，这天开幕式进展还算顺利，然而伴随着隆重的开幕式盛况的，是珠海有史以来空前的大堵车！

在此之前，尽管梁广大、周本辉等人已预料到首届珠海航展是中国史无前例的大事，来看航展的人肯定不少；可他们怎么也没想到，这天前来看航展的人竟然是个天文数字——七十万之多！再加上中央首长也要去航展现场，来回都需要封路，所以航展第一天，堵车从机场开始，一直堵到珠海市区，再延伸到虎门大桥，长达数十公里！如此堵车，乃全中国罕见！以至于时至今日，尽管二十年过去了，"堵车景观"仍是珠海人无法抹去的记忆；只要说起那次堵车，珠海人依然惊魂未定，唏嘘不已！

比如，珠海市作家协会主席、著名诗人卢卫平，在航展开幕那天，早上六点就带着四岁的女儿乘公交车从市区的家里出发了。不料公交车在距航展展馆五公里处却停了下来，他抬头一望，好家伙，一路车水马龙，人山人海，拥挤不堪。他苦等了好长时间，后来实在等不住了，便以步代车，继续前赶。女儿在人群中被挤得透不过气来，他只好将四岁的女儿扛在肩上。途中走走停停，停停走走，一路堵车不断，五公里的路，他竟走了足足两个小时，直到下午四点才赶到航展现场。采访中他调侃说："第一届珠海航展，参展观众七十多万人。航展现场离珠海市区四十多公里，几乎一路都是堵车，不仅堵过了珠海，甚至还堵到了虎门大桥。以至于当时不少人都笑侃说，这哪是来看航展哟，分明是来看车展嘛！所以，我女儿那天骑在我的肩上，看到的其实是三个展览：车展、人展和航展！"

再比如，深圳的一名男士，早上五点从深圳出发，兴高采烈地去珠海看航展，等到达航展现场，已是下午五点，不仅没有看成航展，返回珠海已是晚上八点，听说前面还在堵车，他只好在珠海寻找宾馆。可找遍了珠海大大小小的宾馆旅店，他得到的所有回答都是"客人已满"。最后走投无路，无处栖身，他只好给珠海的朋友打电话求救。朋友说不行啦，家里也来了看航展的亲戚，床铺已经住满。他说那就随便打个地铺，凑合一晚上吧。朋友说地铺也不行了，家里已经打了好几个地铺啦！男子哭笑不得，被迫连夜开车返回深圳，等到家瘫在床上，已是翌日凌晨五点！

珠海首届航展堵车，其"盛况"后来被许多人称为"中国从未有过的大堵车"，被评为1996年广东"十大奇观之一"，《南方都市报》还以头条刊发了一篇题为《二百块钱看车展》的报道。不少当事者看了后戏言，二百块钱看的不是车展，而是三展：车展、人展和航展！

由于一路堵车，中央首长的车也未能幸免，同样被堵在了路上。

中央首长的车堵在了路上，原计划安排好的俄罗斯"勇士"队的飞行表演就不能按时举行；飞行表演不能按时举行，飞机便迟迟不能起飞；飞机迟迟不能起飞，蒙在鼓里、不知内幕的俄罗斯飞行队员就找到周本辉，一次次地打探，一次次地质问，为什么不按计划飞行？为什么不执行此前规定？身为现场总指挥的周本辉焦虑不安，又不便说明原因，也不能说明原因，只有双手抱拳，反复鞠躬，反复道歉：对不起，对不起，快了，快了，马上，马上，马上就开始，马上就开始！

而最让周本辉担心的，是航展场内的观众。11月的珠海，阳光炽烈，气温高达四十多度；加上人山人海，拥挤不堪，导致展场内气温持续升高，且越来越高。由于人们翘首以盼的俄罗斯飞行表演左等右等就是迟迟不开始，忍受不了太阳炙烤的观众便开始从露天广场纷纷拥进各个展馆。而展馆的面积有限，最小的几十平方米，最大的也不过几百平方米至多上千平方米。开始，展馆还能承受部分观众；后来，随着拥进展馆的人越来越多，渐渐便如潮水般势不可挡了。于是人群开始出现局部的骚乱，倘若再不及时制止，展馆就可能有被挤爆的危险！

望着还在潮水般拥向展馆的人流，周本辉心急如焚，却又束手无策。他最怕的，是发生踩踏事件，展馆挤爆事小，一旦导致人员伤亡，那就是惊动全球的大事故了！那一刻，他满脑子像电影镜头般闪过的，都是广州、上海、北京等全国好几起震惊世界的踩踏事件，汗水很快就浸满了额头，湿透了全身。怎么办？尽管现场警察已经排成人墙，却依然无力阻挡；若马上再增派警力，沿路堵车，根本不可能按时到达现场。就在这时，几乎已经绝望的周本辉突然蹦出一个想法，就像一个濒临死亡的人突然抓住了一根稻草——他快步跑到航展现场调度室，对广播员下令道："你赶快打开高音喇叭（其实叫扩音器），马上广播，就说：请大家注意了，俄罗斯'勇士'队的飞行表演马上就要开始了！"

于是，展区四周的高音喇叭骤然响起，一个优美悦耳的女声很快响彻阳光灿烂的航展上空：

"观众朋友们，请大家注意了，请大家注意了，俄罗斯'勇士'队的飞行表演，马上就要开始了！

"观众朋友们，请大家注意了，请大家注意了，俄罗斯'勇士'队的飞行表演马上就要开始了！"

这一招果然奏效。展馆的观众听到广播后，纷纷拥出展馆外，抬头第一眼就是忙着看天。可看了半天，也未见到什么俄罗斯"勇士"队的飞行表演；又等了十来分钟，还是连一架飞机的影子也没见着，于是人群又开始陆陆续续返回展馆。由于实在太热，有的坐在地上，有的干脆躺在墙角边。

周本辉一看情况有变，刚刚过去五六分钟，又马上向播音员下令道："快，马上广播，马上广播！"

于是，高音喇叭里又再次响起了一个优美悦耳的女声：

"观众朋友们，请大家注意了，精彩的俄罗斯'勇士'队的飞行表演马上就要开始了！观众朋友们，请大家注意了，精彩的俄罗斯'勇士'队的飞行表演马上就要开始了！"

细心的观众这次听到，播音员这次比上次多加了"精彩的"三个字。于是，展馆内的观众又纷纷开始往外拥去……

如此这般，反复循环，几次下来，场内场外，人群流水般缓缓流动起来，很好地得到了分散，最终成功地避免了一次踩踏事件的发生。

很显然，周本辉的这一招，说白了就是一个骗人的伎俩，很不厚道，也不应该，颇像传说中"狼来了"的故事。不过，危急中的周本辉为了保证观众的人身安全，危情下编造了一个谎言，实属无奈之举，动机尚好，是否情有可原呢？

后来，中央首长的车冲破沿途重重阻力，终于平安到达航展现场，于是俄罗斯"勇士"队的飞行表演这才真的开始了。然而，当那个优美悦耳的女声再次在航展的上空响起并久久回荡时，有一部分观众却再也不上当受骗了。他们待在展馆内原地不动，无论那个优美悦耳的女声在耳边怎样反复回荡，他们就是不肯再走出展馆半步。直到后来，忽然听见头顶真的响起了飞机的轰鸣声和数十万观众海浪般的鼓掌声，他们这才急急忙忙地跑出展馆。可惜，俄罗斯"勇士"队的飞机已经在航展的上空盘旋好几圈了，最精彩的飞行镜头他们居然一眼没有看见。

然而此时此刻，最倒霉的还是因一路堵车而仍被堵在路上的那拨人。

这拨人数量至少上万甚至好几万，直到飞行表演完全结束，他们依然还被堵在通往航展的路上。而被堵在路上的这拨人当中，又分为两种，一种人直至天黑航展结束，依然堵在路上，最终与航展无缘，只好乘兴而来败兴而归；还有一种人虽然一路堵车，但最终还是有幸赶到了航展现场。然而，当他们一路又堵又挤，又饥又渴，吃尽千般苦头，受够万般折磨，最后终于气急败坏赶到航展现场时，首届航展中最具吸引力的一幕——俄罗斯"勇士"队的飞行表演——早已结束多时了！

于是，本来就气急败坏的他们就更是气急败坏了，本来就一肚子怨气的他们就更是一肚子怨气了。他们团结一致，众志成城，堵在航展的大门口，无论工作人员怎样解释，不论相关领导如何劝说，就是不肯离去。或者说因为一路的堵车再加上巨大的失望，他们已经没有回去的勇气与力气了。

周本辉把这个情况报告了梁广大，梁广大赶到现场看到这一幕，尤其是看到那无数双失望的眼睛，心里像被锥子刺了一般地疼。他当即组织召开指挥部会议，经过紧急会商，决定马上向上反映，建议闭馆时间推迟一个小时，以满足刚刚赶到会展和正在赶往会展的观众。于是梁广大迅速找到中国航空工业总公司总经理朱育理，希望他与参展方协商一下，把闭馆时间延长一个小时，让俄罗斯"勇士"队和英国"金梦"队的飞机再表演一次，哪怕他们的飞机在空中简单地转上一圈，让观众看见有飞机在飞都行。

朱育理说："延长一下闭馆时间，我想问题不大。至于能不能让俄罗斯'勇士'队和英国'金梦'队再飞一次，这个问题……"朱育理话到嘴边，不再说下去，而是用右手指做了个数钞票的动作，意思是得找他们具体谈一谈，恐怕得再掏点美金才行。

梁广大问："你估计要再掏多少才行？"

朱育理说："估计至少每人得一百美金吧。"

梁广大说："行，只要能满足不辞辛苦、远道而来的观众，别说每人再掏一百美金，就是每人再掏二百美金也行！"

梁广大表态后，朱育理当即找到俄罗斯领队和英国"金梦"队领队，向他们说明情况，希望他们能再加一场表演，报酬照付。

接着，梁广大又转身找到周本辉，让他赶紧去具体落实。

周本辉当然知道，当天不少观众历尽艰辛赶来看航展，就是冲着俄罗斯"勇士"队来的；但他也知道，俄罗斯"勇士"队是世界上最牛的飞行表演队，要想请他们再飞一次，绝不是一件容易的事情；而他更知道，梁广大是一个只要结果不要过程的人。于是他马上找到中方一位飞行顾问，向他讨教。飞行顾问告诉他说："按国际惯例，像这种极限运动，一般而言，一天只能飞一次，飞多了是违规的，因为容易出事。"

周本辉说："怎么办呢？梁广大说要再飞一次，就得再飞一次。他这人就这样，只要他要办的事，就得办，而且还必须办成。他只要结果，不要过程。"

飞行顾问说："这样吧，我们去找他们商量一下试试看，不过这事我也没把握。"

周本辉说："行。假如实在不行，我们就加美元！"

周本辉和顾问带上翻译，很快找到俄罗斯"勇士"队队员，先向他们简单说明了一下情况，然后才温婉地提出再飞一次的请求。"勇士"队队员听了后，没有马上表态——既不说飞，也没说不飞。周本辉一看情况不妙，生怕事情搞砸了没法跟老大交差，立马补充道："我们知道你们很辛苦，这样，你们再飞一次，我们每人再追加二百美金！"

"勇士"队的队员马上就答应了，而且是爽快地答应了。但他们马上又提出一个条件：飞行前，给他们每人喝一杯酒！

周本辉一听，大吃一惊，惊得目瞪口呆。酒，周本辉当然不缺，梁广大更不缺。在航展现场的许多小房间里，都备有饮料和洋酒。可周本辉知道，在地上开汽车都不能喝酒，在天上开飞机居然要喝酒，而且下面还有仰着脖子瞪着双眼观看的数十万观众，这……这能行吗？！

周本辉急忙转身望着飞行顾问。飞行顾问先是摇摇头，接着笑了笑，说："没办法，谁让他们是天之骄子呢！"

周本辉又找到梁广大，梁广大一听，立马表态，说："想喝酒，没问题的啦！既然是他们自己提出来的，就让他们喝呗，只要他们愿意。都这个时候了，别说喝一杯，喝一瓶也行；别说要喝酒，就是要喝药，也给他喝！"

此时，现场观众的情绪越来越激动，越来越失控。人们急不可耐，七嘴八舌，议论纷纷，还有人开始大声抗议，小声骂人，甚至有的地方还出现了小小的骚动。而就在这时，东南角突然响起一阵强烈的轰鸣声，大家急忙抬头一看，只见一群银色的苏-27飞机，呼啸而起，直冲云天！

天空下，黄昏中，俄罗斯"勇士"队的飞行员们不知是因为酒精的刺激，还是美金的诱惑，个个都有超常的发挥，其精彩的飞行表演赢得观众一阵阵的掌声与喝彩；尤其是做低空飞行表演时，飞机紧贴下方迅疾而过，居然卷起地上一个个的垃圾袋，引得现场观众一片惊叫！

而在飞行跑道的另一侧，在草坪的一个角落里，此时此刻，也有一个人一直在看飞行表演。这个人不是别人，正是现场总指挥周本辉。其实周本辉不是在看表演，而是一直瞪大眼睛在盯着飞机。飞机飞到哪里，他的目光就跟随到哪里；"勇士"队的飞行表演越精彩，他的心里就越紧张；而且他一边用眼睛死死盯着飞机，一边还在心里暗暗祈祷：喝了酒的"勇士"们，你们是勇士，可不是醉汉啊！上天保佑，今天千万千万，别出什么事啊！

后来，天色渐暗，参加表演的五架飞机，开始一架架地返回、落地；但其中一架飞机，却迟迟不见返回的身影。周本辉的心速骤然加快，脸色也开始由白变青……谢天谢地，在周本辉就要绝望之际，最后一架飞机终于出现了。

可五架飞机刚刚全部落地，周本辉却拔地而起，转身就跑。刚跑了几步，就听梁广大在屁股后面追着他大声喊叫道："哎，周本辉，航展都结束了，你还急、急个什么呀？"

周本辉头也不回："老大，不行了，我要去撒尿！"

航展"三剑客"

第一届航展成功举办之后，国内国外，舆论哗然。而此前平平静静的珠海，也名声大震，石破天惊。于是一时间里，珠海比以往任何时候都热闹起来了。

接着，随着第二届、第三届、第四届珠海航展的举行，珠海就更是热闹了。

然而，这热闹的背后，又有多少人知道，珠海航展隐藏着怎样的曲折与艰辛？

任何一个国家举办国际航展，都是一项复杂而艰巨的系统工程，其中的曲折与艰难、苦辣与辛酸，一般人是很难理解甚至无法理解的；而拥有特殊国情的中国举办航展，就自不待言更是如此了。

单说主办方。珠海举办一届航展，需要面对的北京主办、协办和支持方单位就将近三十个；在这三十个单位中，每个单位对航展的举办都有着举足轻重的作用，有的甚至起着决定性的作用。与这些单位部门的协调与沟通，成了一项重要工作。

因此，在第一届航展组委会成立的同时，珠海市委、市政府就成立了一个很特别的组织——珠海航展执行委员会，简称执委会。执委会的主要任务就一个：协调与珠海航展有关的各方关系。具体说，就是纵向协调国家各相关部委和各主办、协办支持单位的关系，横向协调珠海各职能部门。

实事求是地讲，珠海航展自举办之初，无论是从航展项目的申报，还是到后来的国外招商，都离不开国家各相关部委和航展各主办、协办、支持单位的鼎力相助，大力支持。那时候，大家激情澎湃，热情似火，心往一处想，劲往一处使，团结紧张，目标一致，就是要在中国干成一件大事，一件前无古人、举世瞩目的大事，从而扬国威壮军威。难怪，1996 年 11 月，首届珠海航展成功举办后，一些航空航天界的老专家看着"长二捆"高高矗立、苏 –27 空中翻腾、歼 –8 Ⅱ 直冲云霄，纷纷流下了激动的热泪；而时任航空工业总公司常务副总经理的王昂则动情地说："珠海航展圆了我们几十年的梦，我们早就希望中国能有自己的带飞行表演的航空航天博览会，但是没有资金，没有地方，没人组织……这一次，我们终于搞成了自己的航展，实在是太难了！"

毫无疑问，没有这些主办单位，就没有珠海航展。主办单位是珠海航展的太上皇，顶梁柱，倘若离开了它们，珠海是办不成航展的。

然而，一个小小的珠海，要与这些国家级的大佬们沟通、协调，并不是一件容易的事情。一位多年参与航展协调的珠海人对此深有感触，他说："协调，其实就是祈求。在祈求中求生存，在祈求中办航展。当然这祈求的过程，说来多少有点心酸。"

的确，珠海航展的主办单位，从第一届开始，个个都是响当当的大单位，是理所当然的大主角。譬如，广东省人民政府、国防科学技术工业委员会、中国民用航空总局、中国国际贸易促进委员会、中国航空工业第一集团公司、中国航空工业第二集团公司、中国航天科技集团公司、中国航天科工集团公司等。后来从第八届珠海航展起，又有中国空军、中国兵器工业集团公司、中国兵器装备集团公司相继加入。而珠海市人民政府，仅是一个执行单位，级别最低，最多算个小弟弟，用广东话说，就是一个跑堂的"马仔"。可事情从一开始，就被颠倒了：不是主办单位主动要办航展，而是珠海自己闹着要办航展。

这就是个问题了。

谁都知道，全世界知名的航展，无一例外都是在大城市举办。而珠海这个小地方，既没有工业基础和国际机场，又没有决策机构和航空航天相关的企业总部，只不过是怀揣了一个与其身份和地位极不相符的航展梦而已。珠海航展刚启动时，是靠着这些主办单位才把各方力量聚合起来；就是珠海航展正式批准后，同样也是仰仗这些主办单位的支持与支撑。否则，仅靠珠海办航展，想都甭想。

所以，自第一届珠海航展起，珠海方与主办单位之间，从某种意义上说，就是一种"求"与"被求"的关系；珠海办航展的唯一出路，就是"求"，就是把自己本来就低的身段放低、放低、再放低，而后不断地"求"，不断地开出最优惠的条件。

于是，一种特殊的合作关系就此形成：主办单位既是珠海航展的"主人"，又是珠海请来办展的"客人"；而珠海充当的角色，不言而喻，就是相当于一个仆人，小心伺候，唯恐不周。

问题还在于，这些主办单位都是响当当的大单位，均为国家部委级，它们习惯了被尊重，被簇拥，被款待，被照顾。在此过程中，珠海方稍有不慎，或接待不妥，或说话不恭，或方法不当，或工作不到位，就有可能得罪人，甚至捅娄子犯错误；再加上航展举办地是在珠海，单以接待工作而论，每届航展，珠海一方要接待的单位部门是数十个，面对的中外展商是上千家，出现不尽如人意之处，自是正常的事情。

更何况，航展在中国，终归是新事物，而新事物从产生到成熟，都有一个探索的过程。而这个过程有时候还挺复杂，甚至很折磨人。尤其是初期，珠海方与主办方在如何办航展和如何办好航展的问题上，尽管大家梦想一致，目标一致，但在认识观念、思维方式、工作方法甚至生活习性等方面，难免都会有所不同。因此，双方在合作中发生一些小摩擦、碰撞，也就在所难免。

时任珠海市人大常委会主任的王广泉，是从第五届珠海航展起，担任航展执委会副主任的。

采访中，王广泉说："当年珠海航展的协调工作，主要是到北京去，协调相关的主办单位，或跑国家有关部委，协调各种相关文件和手续。尽管珠海航展的承办单位是珠海航展有限公司，可主办单位都是北京的大单位，如果去一个航展公司的总经理，国家部委怎么好见你？但如果去一个副市长、人大常委会主任，情况就不一样了；要是我们仨一块去，情况又不一样了。"

王广泉说的"我们仨"，指的是他自己以及陈英和王庆利。陈英时任珠海市政法委书记，王庆利时任珠海市副市长。

按照最初执委会组成的原则，为了协调方便，执委会主任由市长兼任，副主任由市委、市政府、市人大各派一名领导兼任。王广泉当时是市委副书记，所以自第五届起，就由他兼任了珠海航展执委会的副主任，具体主持执委会工作。尽管他后来调任珠海市人大常委会主任，陈英也由市公安局局长先后调任副市长、宣传部部长、政法委书记，但王广泉、陈英、王庆利三人共同负责航展日常工作的格局却一直未变，并被珠海业内人士称为"航展三剑客"。

"航展三剑客"中，王广泉年纪最大，河北容城人，性格沉稳，阅历丰富，处事老练，当年从北京中组部调来广东挂职，一挂就挂到今天。他和许多珠海移民一样，因热爱珠海，而最终成为珠海人。陈英年纪次之，广东丰顺人，性格直爽，平易豁达，做人做事勤恳踏实，充满智慧，中文底子还好。王庆利年纪最轻，山东费县人，曾先后获得山西大学硕士和清华大学博士学位，还是一位副教授。虽性格朴实宽厚，温和儒雅，但知识丰富，思维开阔，脚踏实地，精明能干，是一位典型的学者型领导。

三人虽然年纪不同，出身不同，职务不同，也都不是地道的珠海人，却在珠海不期而遇，并与珠海航展结缘。也出于对航展有着共同的担当和别样的深情；最终航展成为他们生命的一部分。

王广泉刚任航展执委会副主任时，正值航展处于最艰难困顿的时期。之前的第四届珠海航展，尽管理顺了许多的运作关系，但某些矛盾随着航展工作的推进，日渐变得尖锐起来，有的问题甚至一度到了水火不容的程度。

王广泉在北京中组部工作多年，经历过八任部长，所以非常了解这些主办单位负责人的情况和心态。他知道，在对待珠海航展这个问题上，这些主办单位和珠海方的愿望和目标，其实是一样的，都想办好航展，而且都想办出真正具有国际水平的航展。但是，由于大家都是第一次办航展，加上他们长期在国家级的大部委、大单位工作，习惯了被尊重，习惯了被拥戴，同时也习惯了用俯视的眼光看问题，所以在对待和处理某些问题上，难免会给人一种高高在上、盛气凌人的感觉——事实上，他们也都是些普通人，有着普通人的脾气和性情。

因此，珠海方如何处理好与这些主办单位的关系，就显得尤为重要，非常微妙。王广泉就任航展执委会副主任后，首先要解决的问题，就是逐一化解珠海方与主办方之间的一些矛盾。

不料，2004年8月的一天，即第五届珠海航展开幕前两月，王广泉一行六人去天津协调"八一"飞行表演队一事，途中不幸遭遇车祸，王广泉受了重伤，被送到北京住院治疗。因此，他本人未能参加第五届航展。但从北京出院刚一回到珠海，手都还动不了，王广泉马上又投入到航展执委会的工作中。

采访中，王广泉说："没办法，我想休息也休息不了。你想啊，当时很多事情都没有协调好，没协调好就没法对话；没法对话，事怎么往下干？我记得那段时间，珠海方和主办方就不能聚在一起开会，一旦聚在一起开会，珠海就成了挨批的对象。但是，办航展是国家大事，不单单是珠海的事，所以再艰难、再委屈、有再大的压力，我们也得干！"

陈英从第一届航展起，就一直参与珠海航展的工作。开始他是以珠海市公安局局长的身份介入航展的，主要负责航展的安保工作；后来他成为航展执委会的一员悍将，具体参与珠海航展的协调工作，这才真切体会到，珠海办航展有多难，珠海航展公司的工作有多难。

采访中，陈英说，珠海航展公司几十号人，总是不被人理解。他们的工作，可以说就是戴着镣铐跳舞，真的很不容易！可他们硬是咬着牙坚持下来了。他们打出的口号是：为了航展拼了！

后来一次机构调整，珠海要成立航空城集团，想把航展公司弄到集团之下，成为二级公司。此时的陈英已是市委常委、政法委书记，依然分管航展工作，他和王广泉坚决反对。陈英认为，航展公司的级别本来就低，现在一个总经理去北京，跟人家部级、副部级都已经很难对话甚至没法对话了，你还要自降级别，以后怎么去跟主办单位沟通啊？

陈英到航展执委会任职后，记忆深刻的是第一次参加与主办单位的航展工作协调会。那是在一家酒店，主办单位的领导们坐在会场中央，个个气场十足。说是协调会，其实是"挨批会"。众人七嘴八舌，直言快语，先将珠海批了一通，然后又提了很多条件和要求。尤其是个别单位提出的某些要求，对小小的珠海来说，实在难以满足。

其实，有一个问题，大家一开始就没闹明白，即办航展到底是为了什么？本来，按照国际惯例，航展就是一个交易平台、一个商贸展会，全世界一视同仁，玩的都是一个游戏规则：我搭台，你来展，你付钱。可在我们国内，由于从未办过航展，谁也不懂，恰恰把事情给弄反了：我搭台，我请你求你来参展，来了还得好好服务你。

最典型的一次是 2004 年 12 月，即第五届珠海航展结束不久后的一天，时任珠海市市长、航展执委会主任王顺生带着十几个人赶往北京，在一家酒店专门设宴，宴请航展各主办单位。所谓宴请，其实就是"负荆请罪"。

为何要"负荆请罪"？

第五届珠海航展结束后，主办单位与珠海方此前积累的一些矛盾开始逐步浮出水面，甚至后来有的矛盾变得白热化。于是主办单位对珠海方很有意见，专门成立了一个工作组，联名向广东省委、省政府递交了告状信，明确表示对珠海方的不满，并要求广东省委、省政府向他们明确表态：珠海航展到底是办还是不办？同时还扔下一句狠话：航展要办就办好，不办就拉倒，我们就退出！

退出？这还了得！

广东省委立即通知珠海方去北京赔礼、道歉，解释、协调。

于是王顺生市长这才带着一班人马，进京设宴，"负荆请罪"。

酒是好酒，菜也是好菜，宴会厅的灯光也柔和而温暖，可就是气氛不对。开始，主办单位的客人们都不说话，每个人的脸几乎全黑着。后来，总算说话了，可一说起珠海航展，就情绪激动，甚至血脉偾张，脸色开始由黑变红，每句话都像枪膛里射出的子弹，而每颗"子弹"都直指市长王顺生。比如，什么服务跟不上，要什么没什么啦；证件办得慢，还非要走安检啦……总之，饭局不是饭局，仿佛是一场批斗会，市长王顺生则成了众矢之的。

王顺生听着，一言不发，任其指责，任其"批斗"。他心里清楚，从第一届珠海航展，到第五届珠海航展，由于珠海方从未办过航展，人力财力又有限，再加上没有经验，确实存在这样那样很多问题。比如，第五届航展时，由于珠海方与某个主办单位协调出了问题，主办单位不愿派飞机参加航展。结果，第五届航展仅有十几架飞机，其余都是"风一吹就会跑"的模型，让现场一下子就显得清清冷冷。在这段时间里，别说其他人对珠海航展产生了种种质疑，甚至就连他自己，也在心里有过动摇：珠海航展究竟还办不办啊？如果实在不行，干脆就算了？但最后，珠海市委、市政府还是统一了思想，珠海航展不仅要继续办，而且还要办好！道理很简单，办航展乃国家大事！

因此，尽管这个晚上王顺生也很委屈，但他依然向主办单位的领导们表示诚恳的歉意，并耐心地做了许多解释。遗憾的是，主办方的客人们最终还是筷没动，酒没喝，饭没吃，提罢意见，发完火气，拍完桌子，拂袖而去。"负荆请罪"，以罢吃而告终。

也许有人会说，不这样行吗？不行，肯定不行。不这样，别人就不来；别人不来，珠海航展就搞不成。珠海航展从第一届起，一直到第五届，都是这么过来的。现实就是如此，不这样又能哪样？这是中国特色。

所以，要办航展，"三剑客"只有去与主办单位一次次地沟通，一点点地协调。跑北京是家常便饭，做"空中飞人"理所当然。一般情况下，一人单刀赴会；特殊情况，两人结伴而行；重大矛盾，三人同时出马。总而言之，无论产生了什么矛盾，发生了什么问题，出现了什么情况，"三剑客"总是在所不辞，全力以赴。

后来，时间长了，相互了解了，熟悉了，彼此也信任了，"三剑客"与主办单位的沟通、协调，就渐渐顺畅了，事情也就好办了。

当然，喝酒是免不了的，也是不能免的。好在三人都能喝酒，也会喝酒，所以很多矛盾问题，意见分歧，常常在一场热热闹闹的酒席上便烟消云散，化干戈为玉帛了。

不过，这酒也不是那么好喝的。谁都知道，酒喝多了，伤身体。有研究表明，倘若平均每天饮白酒三两，在十五年内，将有百分之七十五的人会出现严重的肝脏损害，还会诱发急性胆囊炎和急性胰腺炎。但不喝又不行，有时候就是北京"小二"，一人一瓶，嘭嘭嘭来回碰上几下，一些不愉快的事就变得顺畅了；事情顺畅了，人就高兴了；人一高兴了，事情就好办了。因为关键的问题不是喝酒，而是气氛、友情。

有一次，"三剑客"去北京开航展新闻发布会。会后，与主办单位的人共庆。大家来了兴致，纷纷感慨不已，说珠海办航展，很不容易；"三剑客"常年在空中飞来飞去，也挺辛苦。于是大家我一杯你一杯，你一言我一语，还当场凑了一副对联：

上联：一个海，一个展，一腔情，一个梦
下联：三个人，三支烟，三杯酒，三杆枪
横批：为了航展

协调工作做到这个份上，加之后几届航展的不断进步与发展，曾经水火不容的珠海方与主办单位的关系终究有了实质性的改善。后来，珠海与主办单位渐渐形成惯例，即每三个月开一次协调会，会议由各主办单位轮流主持，费用由主持方负担。三个月一见，大家见了面，感觉很亲切，又是握手，又是拥抱，又是拍肩，像久别的老朋友，似本家的亲兄弟。有的一见面，还会玩笑几句，幽默一回。有一次，王广泉刚见一位身着笔挺将军服的将军，还好奇地用手去摸着将军胸前那些横七竖八的条条杠杠问道："请问将军，这些复复杂杂的条条杠杠是啥意思啊？"将军一本正经："军事秘密，无可奉告。"说罢，众人哈哈大笑。

采访中，王广泉说："这在以前是难以想象的。以前去北京，别说见首长，连秘书也见不到。可现在不同了，以前是你们珠海，现在是我们珠海，我们的珠海航展，我们大家一起办好珠海航展！因为说到底，办航展是国家大事！"

航展执委会的工作，除了北京方面的协调，还有珠海市各部门之间的协调。

珠海航展每两年一届，而在这两年的背后，要做的准备工作太多太多，需要联系的展商多，牵涉的面非常之广，有关人员个个累得半死，有时累死还不讨好。尤其是刚开始的时候，不少人认为，办航展就是珠海航展公司的事，其他人、其他单位，都是在为航展公司打工。

每当航展筹备工作遇到难题和阻力时，"航展三剑客"往往同时出动，或到现场办公，或到珠海航展公司开会，上下协调，左右沟通。比如，电力不够，进线出线，买配电车，暂时没钱，航展公司先垫着。打个欠条，等审批下来，政府再给补上！再比如，要建兵器馆，按常规节奏，走程序，两年时间也办不下来。于是特殊情况特殊处理，把所有相关部门领导召集一起，开会，分工，落实……亲赴一线，出谋划策，推动航展各项筹备工作顺利开展。

因为"三剑客"代表航展执委会；而航展执委会代表市委、市政府。所以用王广泉的话来说，有些事情说讲理也讲理，说不讲理也不讲理。因为在中国目前这个特殊体制下，由市委、市政府、市人大联合组成的这个航展执委会，有点像战争年代的特派机构，是非常体制下的非常之举。

不过，采访中，陈英说："办航展是国家大事，一定要有与这个体量相配的一种体制。国际上的其他航展，没有搞得像我们这么复杂，就是一个航空航天武器装备的交易平台，是纯商业化的东西。所谓商业化，就是按国际标准来办，尽可能去行政化。否则的话，航展公司认为不像商贸运作，总觉得自己是在给政府打工；而政府这边呢，又觉得是在给航展公司打工，结果搞得大家都很累。我相信未来的一天，珠海航展成熟了，完善了，能真正按国际商业规律运行了，到那时，航展公司好办事了，我们也就轻松一些了。"

然而，轻松还没到来，危机却降临了。

捍卫航展举办权

2008年的一天，陈英突然得到消息，说最近一段时间，不止一个地方想把珠海航展"抢"走，而且他们早就开始秘密行动了。

当晚，"三剑客"紧急聚首。打火机啪啪作响，三支烟同时点燃。接着，在吞云吐雾中，分析信息，商讨对策。

原来，珠海航展自开办以来，在国内国外产生了不小的影响，但问题也随之出现。一方面，珠海航展确实让大家看到它既是展示国家形象一个很好的窗口，也是展现一座城市最好的一张名片；而另一方面，第四届航展结束后，一系列的打击和挫折以及来自国内外各方面的矛盾，也让珠海人信心受损，而且有关航展的一些风言风语、负面信息，很快传到了社会上。于是，国内有几个城市和国外的个别公司便动了心思，萌生了想把航展从珠海"抢走"的念头。其中，英国的一家老牌上市公司想从珠海"抢走"航展，可谓蓄谋已久。

英国的这家老牌上市公司在新加坡搞了多年的国际航展，实力雄厚，经验丰富。由于与新加坡签署的协议行将到期，它便开始着手在亚太地区其他城市寻找新的航展举办地；而该公司的一位高管曾在中国航空航天界工作过多年，对中国的情况比较了解，所以该公司就想通过此人把珠海航展弄到天津去办。

其实，早在2002年，即第四届珠海航展结束不久，这家英国公司就曾经与上海有过谋划，想把珠海航展弄到上海，而且还想把珠海航展公司的一位副总从中挖走。没想到而今六年过去了，这家英国公司依然"贼心"不死，又与天津谋划，试图卷土重来，把珠海航展弄到天津。

此事一经传出，社会舆论哗然，传言不断。什么"上海、天津要把航展挖走了""珠海要取消航展""下一届航展不在珠海办了"等等说法不胫而走。于是，珠海航展到底是办还是不办？一时间众说纷纭，莫衷一是。

有人说，两年等一回，一回就七天，举全市之力，就是为了给珠海市委、市政府"挣面子"，这种赔钱赚吆喝的事，不如趁机放弃算了；有人说，航展就是珠海的一根鸡肋，食之无味，弃之可惜，其实并无多大实际意义；也有人说，珠海办航展，从根本上说就是劳民伤财，得不偿失，不如趁早扔掉，省得大家跟着受拖累；还有人说，借钱发工资，赔本不说，受累还受气，这种事，不干也罢。如此等等，不一而足。

而国外的一些参展商，这时也纷纷给珠海航展公司打来电话，第一句话就问：听说珠海航展要散伙了？

那段时间里，面对众多说法和种种传闻，"三剑客"可谓愁肠百结，苦不堪言。

其实，"三剑客"也非常清楚，纵观世界各地，所有举办航展的城市，没有一个城市是像珠海这种条件的：既没有工业基础，又没有航空航天企业总部；既不是国际大都市，还不是国际机场；不仅城市规模小得可怜，甚至连个专业的航展决策机构都没有。所以珠海办航展，从一开始就意见不一，争议不断；甚至当初讨论航展项目时，一位外国专家还直截断言：在珠海这样的城市办国际航展，根本不可能！

但"三剑客"坚信，什么事都有一个过程——从不懂到懂的过程，从不会到会的过程，从不行到行的过程，从不可能到可能的过程。虽然，"三剑客"也承认，每一届珠海航展都举步维艰，每一届珠海航展都问题成堆。但是，每一届珠海航展珠海人都在做着艰难的努力，每一届珠海航展都有不小的改变。尤其是从第四届珠海航展起，改变了以往混乱无序的印象，扩展了珠海在世界的影响力，使珠海航展成为展示中国国家形象的一个窗口。换句话说，珠海人已经把"不可能"变成了可能。而现在，有人又想将这一"不可能"变成另一种可能，可能吗？

当然，"三剑客"也清醒地认识到，现在有人暗中行动，试图从珠海人手中夺走航展举办权，性质是非常严重的，后果是不堪设想的。因为他们非常清楚，珠海航展能走到今天，几乎每一步都走得跌跌跄跄，非常艰难。别的不说，单是为协调好各种关系，争取各方支持，珠海付出太多太多努力。而"三剑客"心里更明白，珠海航展是老一辈珠海领导人拼命争取而来的，尤其是老书记梁广大，航展在他的心里就像自己的亲生儿子一样，决不容许在途中夭折！

所以，"三剑客"当即决定，赶紧去找老书记梁广大。

在"三剑客"中，陈英对梁广大恐怕是最熟悉的一位了。

自梁广大 1983 年到珠海当市长，1985 年任市委书记兼市长，至 1998 年卸任，长达十六年间，陈英以一个下属在场者的身份，见证了梁广大在珠海任期期间的一切。在陈英的眼里，梁广大是一个克己奉公、不讲私利、为了珠海的发展而倾注了全部情感的好官员；珠海的一草一木，都渗透了他的热情与心血。

陈英对梁广大的最初印象，是梁广大的生活态度：简朴随意，一点也不讲究。梁广大到珠海后，一直就住在一幢八十年代初期盖的老房子里，直到他的夫人去世。夫人去世后，梁广大除了寂寞，还常常睹物悲人，触景伤怀，便向亲戚借了些钱，在"水湾头"购了一套老房子，独自住了下来。这一住，又是好几年。再后来，珠海市政府考虑到梁广大独处的孤独和工作的不便，出面在珠海市公安局旧宿舍区，为梁广大盖了一所房子。后经多位领导多次劝说，梁广大这才搬了进去，有了自己的新家。

而陈英对梁广大最深刻的印象，是关于珠海航展。在陈英看来，梁广大对珠海最大的贡献之一，就是让中国航展的举办地成功地落户在了珠海。珠海航展是梁广大在珠海执政期间最得意的一件"作品"；而这件"作品"已经深深地融入梁广大的血液之中。虽然，早在十年前即 1998 年 11 月 7 日梁广大便已退居二线，可在退居二线后的这十年时间里，梁广大对珠海航展的关心，依然一如既往，甚至有增无减。甚至珠海航展工作中的每一个细节，他都亲临现场，重视至极。

陈英清楚地记得，两年前，即 2006 年 6 月底的一天，他突然接到梁广大的电话。电话里，梁广大未做任何背景交代，直接就说："小陈，第六届航展马上又要开始了，路上车辆拥堵，是个大问题，这次你得去把交通搞一下。"

接到老书记的电话，陈英感到很突然，也感到很为难。因为他从公安局调任市委常委、政法委书记不久，就被市长王顺生"抓"去跑广珠铁路的事情。广珠铁路是一条纵贯珠三角西岸的铁路，连接广州、佛山、江门、珠海四市，线路全长 186.23 公里。这事从立项起，到跑国务院，最后批下来，再到动工，他已经搞了好多年，一直忙忙碌碌，而眼下也正忙得不可开交。如果还要去搞交通的话，他觉得会对手头的工作造成影响。况且，他分管过公安、消防、工商、贸易、安全生产等多项工作，而唯独没有搞过的，就是交通。

所以，陈英对梁广大说："梁书记，我对交通这个东西一窍不通，这您是知道的；再说了，我现在正在全力以赴搞广珠铁路这事，整天忙得气都喘不过来，也抽不出时间呀！"

梁广大绕开正题，问了一句："广珠铁路现在搞得怎么样呀？"

陈英说："搞了这么多年，成效还不错，总算马上就要成了。"

梁广大说："你过去搞过铁路吗？"

陈英说："没有啊。"

梁广大说："这就对了嘛，你过去从没搞过铁路，铁路你不是也干得很好吗？"

陈英赶紧说："梁书记，公路和铁路不一样。"

梁广大说："有啥不一样的？公鸡母鸡都是鸡，公路铁路都是路。"

陈英这才恍然大悟，知道自己一不小心，就上了老书记的"套"了。

其实，陈英自己也很清楚，珠海航展自举办以来，一直以"倒逼"的方式推动着珠海市基础设施建设的改进和提升；珠海的所有重大城市项目，都是以航展前完工为结点。梁书记要他去搞的交通，实际上指的是珠海大道的扩建工程，即从南屏到珠海大桥这一段：中间扩建成八车道，两侧各扩建成三车道。这样就可以从根本上解决行车难的问题。而这个工程中最大的难点，就是辅道沿路的搬迁和拆除工作，这是一块硬骨头。而梁广大要他去"啃"的，正是这块硬骨头！

当然，陈英也不是怕"啃"这块硬骨头，而是觉得自己确实不懂交通。于是他忙解释说："梁书记，铁路这事啊，我只是跑跑腿而已。但公路这事您是知道的，我是门外汉，一点不懂，搞砸了，影响大啊。"

梁广大说："不懂？不懂可以学嘛。航展这事，当初我们谁都不懂，后来不也搞起来了吗？总之，交通这事，你还得管，而且必须管好！别忘了，第六届航展马上就要开始了，这事耽误不得！"

陈英再也无话可说。他知道，梁书记不要过程，只要结果。

采访中，陈英说："我接手交通工作后，第一次到现场一看，头都大了。公路两边，补胎的，修车的，安铝合金的，卖冰水的，还有杂七杂八的单位，破破烂烂的民房，乱七八糟，到处都是。我一看就知道，这个地方要想拆掉，太难了，甚至说几乎不可能。最关键的问题是，珠海边防支队也在那里。而其他地方，也很难协调，强拆肯定不行，一旦惹出事端，麻烦更大，耽误时间更长。所以，我只有先打私人牌，走协调路线。"

陈英在珠海工作了几十年，之前又是公安局局长，积累了不少的人脉资源；再加上他个人的人格魅力，口碑很好，所以第一个电话，就直接打给了边防支队的指挥长。电话接通后，陈英说明来意，希望对方顾全大局，同时也看在朋友的分上，支持一下他的工作。指挥长却表示，作为个人，他非常尊重陈英的意见，但他们边防支队在这里已经驻守几十年了，现在马上要他们搬走，太突然，不可思议，实在太难了！

陈英说："这事我当然知道很难，但珠海航展是国家大事，珠海大道的改扩建工程必须在第六届珠海航展之前搞定；如果搞不定，就不是麻烦，而是事故了！作为朋友，这事就算我求你了！"

最后，指挥长只好勉强答应，边防支队在一个星期内搬走。

接着，陈英又挨个跑现场，一个部门一个部门地开会，一个单位一个单位地协调。什么供电的，供水的；还有移动通信的，有线电视的，等等等等。

有一天，陈英正在现场调解搬迁的事，忽然见梁广大书记也来到了现场。他有点意外，却不奇怪。他知道，尽管梁书记已退居二线多年，但奔走在第一线，却是家常便饭。陈英忙赶过去，问："梁书记，您怎么来这里了？"

梁广大说："你来得正好，我正要找你呢，你不来我也要打电话叫你来。"说着，梁广大把陈英领到一个路边上，然后指着一条大水管说："看见没有？这条大水管中间突出来好大一部分，既影响交通，又非常难看。珠海大道要建就要建好，不能这么随随便便地干，必须要把它降下去！"

第二天，那截突起的大水管，在陈英的亲自指挥下，很快就被锯掉了。再一看，整条道路，一下就平展了，舒适了，比原来也好看多了。

事后陈英感慨，其实突出的那截大水管，也算不上很明显，要仔细看才看得出来。可梁书记就是那么用心，那么细心，那么注重细节。他不仅在修路上如此，在其他方面也是同样。在他心里，珠海的一草一木，好像都是他的孩子，感情很深，不容许有丝毫的不完美。

珠海大道的改扩建工程，一直持续到第六届航展前的一个星期还尚未竣工。最后几天，时间本来就紧，从陈英到下面的每个工作人员，每天忙得喘不过气来；可偏偏就在这个时候，陈英又接到上面通知，国务院总理要来珠海，完工时间还要提前三天。

于是在最后一个星期里，全体人员争分夺秒，昼夜加班。工程进度不是以天计算，而是以半天计算，甚至以小时计算。直到 2006 年 11 月 13 日凌晨三点，珠海大道的扩建工程才总算基本完工。等清洗完路面，已是凌晨四点了。大家刚准备回家，通宵"监工"的陈英却发现马路边上还孤零零地躺着一个水龙头。陈英当即叫来工地现场负责人，指着地上说："把这个水龙头给收好了，马上再检查一下，看还有没有其他多余物，一件也不能落下。然后，再把珠海大道的两边，给我插上彩旗！"

负责人说："都这个时候了，怎么插彩旗啊？"

陈英不怒自威，道："我不管什么时候，我不要过程只要结果，天亮之前给我插上就行！"

天亮前，彩旗插上了。众人回首一望，扩建后的珠海大道，宽阔通畅，彩旗飘飘，与过去相比，完全变了一个模样，也从此告别了珠海航展期间大面积塞车的现象。

采访中，陈英说："其实，我们的工作作风，也都是从梁书记那儿学来的。多年来，尽管梁广大书记已经退休，已经不再管航展，可每一届航展期间，他都早早地来，坐在航展现场的办公室。表面看去他并没做什么，可他的一言一行，一举一动，甚至说每一次呼吸，每一次脉动，都与航展同步。多数珠海人，无论是干部还是民众，都深知梁书记对珠海、对航展所倾注的感情；而正因为大家敬重他的这份感情，才将他的这份情感化为自己对珠海、对珠海航展的一份责任。"

这天，当"三剑客"来到梁广大家时，正好梁广大在家。

刚一落座，王广泉便说："梁书记，我们有紧要事要向您汇报。"

梁广大问："什么事？"

王广泉说："现在天津想把珠海航展转到他们那里举办。"

梁广大说："什么，把航展转到天津举办？谁说的？"

王广泉说："现在有几个主办单位都同意到天津举办，就剩下商务部和国家计委没有批了。国家计委说，过几天就国庆节了，节后如果珠海没提出意见，国家计委就批给天津了。"

梁广大一听坐不住了，一下站了起来，说："哪个这么牛？！这么简单就可以批转吗？"说罢，急得在客厅走来走去；突然，又停住脚步，说："不成，我们得去北京！"

王广泉问："啥时去？我们等您电话。"

梁广大说："不用等了，立即买机票，马上就去北京！到北京后，我们先向有关部门反映情况，提出我们的意见。如果他们强行办，我就去找当时批给珠海办航展的总书记。世界上哪有这么不讲理的事！"

于是，当天下午，梁广大就带着"三剑客"前往北京。

在机场等待起飞的时候，神通广大的梁广大很快就打探到了真实情况：英国的那家会展公司与天津市政府一道，已经把天津办航展的报告送到了商务部，而且报告已经开始在走程序了，说不定就在最近哪一天，报告就批下来了！

得知这一真相，梁广大急了，急得在机场走来走去。

所以，为争抢时间，飞机刚一降落首都机场，梁广大就把电话打到商务部办公室，说要约见部长。

商务部办公室负责人说："部长不在家，参加中俄经贸友好年会去了。"

梁广大说："那我就找副部长。"

第二天，商务部的一个副部长接待了梁广大一行，还找了两个司长一起听取意见。双方刚一见面，梁广大就迫不及待地把肚子里想说的话，毫不客气地全抖搂了出来。他说："我们听说，珠海航空航天博览会要搬到天津去？听说你们也准备批？这怎么可能呢？航展随意搬迁就搬迁，那么简单，谁这么牛？想搬就搬呀？航展什么来历？我们花了两年多时间才取得举办权，经过了多少艰难曲折，他们知道吗？珠海办航展经历了中央各部委办近二十多个部门，包括中央军委各部委办的审批，文件一个又一个，反反复复，最后还要经过中央军委主席审批同意，国务院还专门开办公会议讨论决定。珠海已经办了好几届航展了，办得很成功，已与世界各国航空航天和相关部门企业界建立了良好的关系，而且每届航展都是由中央领导、总理、副总理剪彩的。现在有人说迁就要迁呀，这么牛？中央军委主席批准的？国务院总理办公会议决定的？怎么谁说要迁就迁呢？这绝对不能！我们天天讲要顾全大局，这样对大局有利吗？对团结有利吗？对国际影响好吗？珠海经济特区无权办吗？……"

第二天，刚从俄罗斯回来的商务部部长就接见了梁广大一行。

梁广大见了部长，也不客气，又把自己的意见如实讲了一番。

部长听了后，觉得梁广大讲得确实有理，当即表态说："我同意你们意见，航展还是珠海办吧。"

但是，经验老到的梁广大还是有些不太放心，他担心出现"万一"。为保险起见，他觉得有必要再向国务院有关领导报告一下。

于是，当天晚上，梁广大便亲自执笔，给国务院的一位领导写了一封长信。信中，他首先简明扼要地讲了航展落户珠海的前因后果，接着又讲了在珠海举办航展的条件和理由，最后还在信中特意对两个问题做了说明：一是当初航展在珠海举办，是经中央决定并向世界正式宣布的；二是为了办好航展，十余年来，珠海举全市之力，团结拼搏，历尽艰辛，已成功举办了六届，并在国内国际产生了很大的影响。尽管也存在这样那样的问题，但珠海市委、市政府以及珠海人民，有决心、有信心、有能力继续办好航展，也一定能办好航展！

信写好了，他又找到北京市的一位领导，把信送进了中南海，而后这才带着"三剑客"离开北京回到珠海。

回到珠海后的梁广大几乎不出门，每天就在家里坐等北京的消息；而珠海市其他领导和相关人士，每天也心急火燎地在等梁广大的消息。结果，国庆节后第二天一大早，梁广大就接到了北京的电话：航展仍在珠海举办！

珠海人魂牵梦绕、提心吊胆的航展，这才从风雨飘摇中稳定下来。

第三章

航展公司的老板们

第三章　航展公司的老板们

蔡松华：吃"螃蟹"吃得满嘴都是

说珠海航展，就不得不说到珠海航展有限公司。

说到珠海航展有限公司，又不得不说到珠海航展有限公司的老总们。

珠海航展有限公司是专门为筹办珠海航展而成立的一家公司。珠海航展有限公司正式挂牌的时间，是1995年7月29日。由于珠海航展由机场建设牵引而出，所以珠海航展有限公司最初的人员，多半都是从珠海机场抽调而来的。

第一届航展时，蔡松华是珠海航展有限公司招商部门的负责人（后任助理总经理）。回忆起最初那段经历，蔡松华可谓感慨万千。采访中，他用一个"盲"字对自己作了概括。

蔡松华说："当年珠海要举办首届国际航展，我们个个都感到很兴奋，很新鲜。但是，一旦进入操作层面，我才发现，原来自己是一个航天盲、航空盲、航展盲，实在'盲'得厉害，甚至'盲'得可笑。刚开始，珠海等于是第一个吃'螃蟹'的人，后来有人还调侃我们，说我们珠海人吃'螃蟹'，吃得满嘴都是。这话其实说得没错。因为我们没有任何的经验和借鉴，一切只能从空白开始。当时，中国经济正处于上升期，整个航空航天业的发展，整个民航的增长量，都在百分之八到百分之十左右。民航业增长，对飞机的需求量增大，未来的市场在中国，这是最让我们有底气的地方；另一方面，当时的中国航空航天业发展取得了长足的进步，需要扩大影响，需要对外展示和销售。当时国务院批复，将珠海航展定为国家行为，也是基于这种背景下的考虑。此外，主办单位除了广东省人民政府，其他都是'国'字头的大单位，如民航总局，掌握了全中国的飞机销售，买飞机就是由他们决定的；航空企业，是国内的制造商，也是跟国外合作最多的单位之一；而航空航天部，更是国企中的'大哥大'，担负着中国航天市场的制造和发射任务。有了这样的背景和靠山，再加上他们又做珠海航展主办单位，这对我们这些搞航展的珠海新人来说，当然就会感到底气十足了。"

是时，蔡松华风华正茂，三十而立，尽管对航展一无所知，却一腔热血，满怀希望。

1996年2月，珠海航展筹委会组成一个招商组，第一次走出国门，去新加坡国际航展招商。领队是珠海市副市长余荣霭，蔡松华是招商组中的主要成员。

要在新加坡航展招商，首先得有自己的展位。蔡松华他们好不容易把展位买下来后，才发现珠海的展位与其他国家的展位大相径庭：其他国家的展位上摆满了各种展品，参展的目的是为销售展品；而珠海的展位上却空空如也，没有一件展品。因为他们来新加坡的主要任务是招商，而不是推销产品。也就是说，他们开设一个展位，就是为了告诉新加坡航展上的所有参展商，今年秋天，中国将在珠海举行首届国际航展，欢迎世界各国商客光临！而当有人问起他们有没有展馆时，他们就赶紧说有有有；一边说，还一边指着一张航展规划图，指指戳戳，说他们的展馆就建在这里！

由于蔡松华他们是第一次出国招商，没有一点经验，所以怎么招商，怎么才能招到自己需要的展商、满意的展商，一概不懂。于是，蔡松华他们便去咨询相关人士，对方说，你们首先得把招商的信息快速地传播出去，让参展商们知道，中国有个珠海航展公司到新加坡招商来了。可怎么才能把招商的信息迅速传播出去呢？对方又说，在航展现场召开新闻发布会，是推广本国航展、对外招商最有效的办法，也是一个惯例。

蔡松华他们马上开始筹备新闻发布会相关事宜，同时将新闻发布会的广告也到处张贴了出去。可举办新闻发布会那天，时间到了，珠海航展公司的会场却空无一人；又过去了一个小时，才有几个零星人员来到会场门口。可惜这几个人不是来开会的展商，而是看热闹的过客，他们只在门口瞥了一眼，连会场都没迈进一步，便匆匆离去。

蔡松华们这才感到事情不妙，急忙临时改变计划，派出相关人员，奔赴各个展场，先是自我介绍一番，然后再发出邀请，恳请对方参加会议。对方一听是China，一边摇头，一边说No，最后还是没有一个人赴会。

怎么办？如此下去，岂不白来一趟！

最后，蔡松华他们琢磨来琢磨去，觉得只有一个办法可取，即学习国内小商小贩的经验，每个人拿着招商宣传单，亲自跑到各个展位，把宣传单一张一张地送发到对方的手上，同时顺便一对一地进行沟通交流；然后再印发海报，四处张贴，八方招摇，扩大影响。

但在印不印海报、怎么印海报的问题上，招商组内部却出现了意见分歧。有人觉得这是在国际航展上，人家新加坡搞航展，我们在人家航展上到处张贴海报，不太合适。再说了，出国前没有印制海报，现在突然要赶印海报，这海报怎么印制且不说，就是把海报赶印出来了，万一人家不让张贴，这海报岂不是白印了，钱不是白花了？但是，除此又别无选择。所以后来迫于无奈，招商组还是想法将海报印了出来，然后抱着豁出去的态度，每人卷起一沓，想方设法，分片儿张贴。

海报张贴出去后，招商组的成员们便开始与各个航展公司接触。未出国之前，他们以为珠海作为中国的特区，在国内有较高的知名度，在国外不说小有名气，但也不至于别人全然不知。不料，当他们真正与国外的航展公司接触之后才发现，只要他们一说到中国要在珠海举办航展，所有的展商反问他们的都是同一个问题：珠海在哪？

蔡松华们为此而感到脸红，也很尴尬，当然也从中收获了经验。后来，他们就一手拿着航展资料，一手拿着中国地图，刚与对方见面，便把手中的地图就地一铺，然后指指戳戳，滔滔不绝，不是向对方介绍珠海的地理位置，就是说在珠海举办航展的条件如何优越。但说了半天，对方还是搞不清楚，弄不明白，珠海到底在哪？

最后，蔡松华们只好搬出全世界都知道的香港和澳门，说珠海就在香港的旁边，如果从香港坐船到珠海，只需大约一个小时；而珠海的对面就是澳门，从澳门一抬腿，就能跨进珠海。对方就有人问，一抬腿就跨进珠海，岂不给淹死了？他们又赶忙解释说，珠海有海，但珠海不是一个海，而是一座城。虽然这座城不大，却有中国最大的国际机场；而且空气纯净，阳光灿烂，环境优美，特别适合人类居住，尤其适合举办航展。

还有一次，蔡松华随同珠海代表团去参加英国范堡罗航展。这次，珠海代表团事先花钱在范堡罗航展租了一个展位，用于珠海航展的招商推广，这样就成为正式的参展商。有一天，珠海代表团出乎意料地接到一份邀请，参加航展期间的一个酒会。到了那里，蔡松华才发现，所有前去参加酒会的人都是乘坐专车赴会的，而且还有秘书、助理等随行，唯有中国的珠海代表团是坐出租车去的。酒会是英国军方为此次航展搭建的一个交流平台，程序简单，气氛庄重，细节考究。大家端着酒杯，可以随意走动，找人讲话，聊生意，谈买卖，相互交流信息。酒会结束后，宾客们一个个都上了各自的专车，很快绝尘而去。只剩下蔡松华们孤零零地站在路口，不但没有自己的专车，而且连出租车也打不上，只好去找地铁。然而，当蔡松华拿出参加酒会的请柬，求问路人地铁口在哪时，路人的反应却让他大吃一惊：路人先是羡慕地看着他们，但接着眼里就充满了怀疑甚至警惕，意思好像在说，参加这么高级的宴会的人，怎么会去坐地铁呢，该不会是从中国大陆来的一伙骗子吧？

采访中，蔡松华说："现在回想起来，那个时候真是无知者无畏，天马行空。好多事情既不懂规矩，也不讲文明，只要达到目的就行。有些办法今天看起来又土又笨，还吃力费劲，但在当时那种情况下，却是最有用的办法。不过，去国外招商，很多人都以为很牛，很风光，其实是洋味没享受到，洋罪倒受了不少，有的事说起来还很搞笑。比如，有一次我们去法国巴黎招商，我的一位同事的钱包不小心丢了，护照也在钱包里。我们急死了，到处找，就是找不着。不料到了晚上，钱包居然又被扔了回来，打开一看，美元没了，护照却还在。搞得我们哭笑不得，没想到法国的小偷偷钱都有规矩，只要美元，别的奉还。"

就在蔡松华他们招商的同时，当时的几个主办单位也各自派了一个人，前往新加坡航展招商。由于这些主办单位的人过去与国际知名展商有过多年的合作，所以他们在航展期间走访客户时，就远比蔡松华他们方便得多，体面得多，招商效果也显著得多。

然而，国外的客商从不信奉口头支票，最讲究的是实事求是。

比如，空客、波音等国际航空界的巨头，他们听了珠海方的介绍后，不是马上签订协议，而是要亲自去珠海考察之后，再谈有关参展事宜。珠海方一听非常高兴，当即承诺一定好好接待。

两个月后，即 1996 年 4 月中旬，空客、波音公司代表团真的飞抵珠海。一下飞机，他们便提出要到航展现场看看。而此时的航展展馆，大部分都还在图纸上，虽然展馆的建设已经破土动工，但正在建设的工地上，尘土飞扬，七零八落，显得肮脏而又零乱。

空客、波音公司代表团在工地上转了一圈，什么也没说，第二天就飞离珠海，第三天便发回一份信函，大意说：你们的展馆还在打地基，就说要举办航展，而且还说是国际航展，你们这是在开国际玩笑吧？

珠海方急忙回函承诺：请相信，我们展馆的工期可以保证，航展一定能够如期举行！

1996 年 9 月，空客、波音公司再度派人来珠海考察。此时，珠海航展的展馆已经落成，只有部分收尾工作仍在进行之中，空客、波音两家公司这才有了一个基本的表态：展馆若能如期竣工，届时我们会来参加航展。

谈到这一段经历，珠海航展公司的"元老"卜罗成深有感慨。他说："中国首届航展在珠海举办，可国外的展商们居然不知道珠海在哪里，我们讲了半天，他们还是不知道。这种感觉当然很酸楚，但我们又深知，航展必须得办，只能办成，而绝不能气馁。这让我们这些负责筹备航展的人备感责任重大。所以为了尽快建成展馆，好些人几个月都住在工地上，争分夺秒，加班加点。当时我们每个人的神经天天都绷得紧紧的，一门心思想的都是航展；不少同事家里有事，也根本顾不上。那段时间，我妻子对我意见就很大，因为我经常在工地忙，回不了家。记得有一次我连续主持了三个会议，半个月都没有休息过。那段大家一起奋战的日子真是很不容易，但我们还是坚持下来了，现在回头想起来，觉得那是人生中非常宝贵的一段岁月、一段回忆。"

而这一时期，以珠海航展有限公司副总经理毛矛为代表的另一部分人则驻扎在北京，专门跑批文。蔡松华说，他们每天穿梭于各个部门之间，昼夜奔波，来回联络，以至于外交部那些二十四小时都是满脸严肃、百倍警惕的门岗全都认识他们了。最有意思的是，当时只有二十来岁的小伙子孙奇文，懂俄语，是航展公司的得力干将，为办理俄罗斯飞机入境手续，他天天往俄罗斯大使馆跑。由于跑的次数太多了，以至于俄罗斯大使馆的商务参赞每次一见到他，便笑侃说："瞧，我们的使馆官员又来了！"甚至后来每次他刚一走到俄罗斯大使馆的门口，门卫便会说："不用登记了，进去吧！"

回忆第一届珠海航展，作为主办单位的代表，中国航天工业总公司的伊世钰同样感慨颇深。采访中他说："搞首届珠海航展的时候，我们每个主办单位都有一本工作人员名单，名单上，珠海市领导的名字、联络方式几乎全部在列。首届航展，珠海是举全市之力在办，大家只有一个念头，一定要把珠海航展办好。珠海的领导一点架子也没有，个个都是真真正正在干实事。当时我们这些从北京各部先期到珠海筹展的工作人员，经常要场内场外两头跑。展馆那么大，光靠两条腿很辛苦，而且出了展馆再进去，必须通过长长的安检队伍。记得在一次协调会上，梁广大书记问我们有什么困难，我说通过安检的时候太麻烦！会后市委副书记雷于蓝马上就带着我们办妥了一张特别车辆通行证。总之，珠海人敢为天下先的追求精神，务实的工作作风，以及那股子办事的认真劲儿，让我们特别感动，给我们留下了很深的印象。"

的确，正因为珠海人拥有敢为天下先的追求精神，和一股子办事的认真劲儿，才使后来的招商筹备工作进展神速，从而取得了首届航展的成功。首届珠海航展，参展净面积七千八百三十平方米，观众人数七十万人，其中专业观众两万人，二十四个国家和地区的四百多家航空航天参展商参展，其中包括世界著名的航空航天企业和中国民航总局、中国航空工业总公司、中国航天工业总公司；此外，世界航空航天巨商美国波音、麦道、联合技术公司，德国戴姆勒－奔驰公司，英国罗尔斯·罗伊斯公司，欧洲空中客车公司及俄罗斯苏霍伊设计局等，也派出了强大阵容前来珠海参展。而代表二十世纪九十年代先进水平的九十六架中外军用、民用飞机和直升机，也均参加了实物展示和飞行表演。另有歼8-M型战斗机、直-9型直升机、运-12国产运输机以及代表中国航天技术世界先进水平的"长征二号"捆绑式火箭，也向世界展示了中国航空航天的实力。而苏-27、苏-30、伊尔-78和英国"金梦"特技飞行表演队，也加入了此次盛会。特别值得一提的是，作为经贸和学术盛会，首届航展共签订了十六个项目价值近二十亿美元的合作协议，并成功地举办了"21世纪中国航空"等十个大型专业研讨会。

当然，必须指出，首届航展并非十全十美，暴露出的问题不少，甚至有的问题还比较严重。这些问题让蔡松华至今记忆犹新，说来仍觉可笑。比如说，由于人多，计划不当，缺乏安排，整个展场人山人海，拥挤不堪，每个展台都被围得水泄不通，次序混乱得一塌糊涂。本来，展商们都是来推销产品做生意的，可有的地方由于现场混乱，生意都没法谈。另外，有的国内外展商印发的资料，竟被一些观众拿来垫屁股坐；有的看上一眼，就干脆直接扔在地上，以至于几十万平方米的航展现场，废纸比比皆是，风一刮，漫天满地，全是纸飞机。

邹金凤："不懂事"的董事长

1998 年 11 月，珠海又举办了第二届航展。

有了第一届航展的一些教训和经验，第二届航展的招商和筹备工作比第一届更为顺利，结果同样获得成功。

第二届航展，接待国内外观众八十万人次，其中专业观众两万三千人。室内参展净面积一万零五百六十平方米，国内外参展商五百家，波音、空中客车、戴姆勒－克莱斯勒宇航公司等著名制造公司扩大了参展规模，参展飞机共有九十八架。中国航空航天界也以庞大阵容亮相。中国航空工业总公司派出二十架飞机参展，并展示了 1949 年以来七十多种型号的飞机模型。FBC-1 战斗机首次露面，可谓是亮点中的亮点。同时登场的还有 Z-11、Y7-200A、Z-9G、K8 教练机等。中国航天工业总公司展出了"长二捆"火箭、"长三乙"火箭实物以及"长征一号""长二丙""长二丁""长征三号""长三甲""长四乙"等八种定型火箭模型。参展卫星十颗，其中八颗为一比一的实物展览卫星。飞行表演方面，中国空军"八一"飞行表演队首次在公开场合与国际同行同场竞技，成为第二届珠海航展最大的亮点之一。航展期间，同时签订了三十项技术合作和经贸协议；中外厂商还先后举办了二十场学术交流会和十九场新闻发布会。

但是，第二届珠海航展期间，各种矛盾和问题，依然显而易见。

其实，第二届珠海航展举办之前，在一些问题的看法上，人们便出现了争议和分歧。譬如，根据国际惯例和第一届航展混乱无序的状况，一部分人提出，应该把专业日和公众日分开，头几天为专业日，不卖票，让展商们专心签协议，做生意；后几天再让普通观众买票进场，观看航展。因为既然是国际航空航天博览会，专业性和贸易性就应该占主导地位。换句话说，国内国外的展商们参加航展，是来推销本国产品的，是来谈合同、做生意、赚美元的，而不是来度假旅游的，更不是来看新鲜凑热闹的。所以提供良好的贸易洽谈环境和条件，促进产品的买卖交易，是第一位的。否则本末倒置，后果严重。可多数人对此表示反对，认为珠海为举办航展付出太多，成本太高。门票收入是航展中最大的一块收入，如果不卖票，让观众白看，没有盈利，肯定不行！

最后，多数人的意见占了上风，第二届航展还是按第一届航展的模式，照样不分专业日和观众日，照样一张张地卖门票！

结果，门票是卖出去不少，后患也埋下了。第二届航展期间，展场外的广场上，挤满了小商小贩，里里外外，四面八方，吆喝声此起彼伏，叫卖声不绝于耳。卖望远镜的，卖草帽的，卖西瓜的，卖包子的，卖豆腐的，卖烤红薯的，卖咸鱼干的，卖锅碗瓢盆的，卖鞋子袜子的，卖衬衣背心的，比比皆是。有人当场感叹说，这哪里像是国际航展哟，简直就是个农贸市场！

而更为突出的问题是，第二届航展刚结束不久，即 1998 年 11 月下旬，珠海市委书记梁广大结束了在珠海长达十六年的主政历史，退居二线了。

众所周知，珠海航展是梁广大一手搞起来的，并为此竭尽全力，现在他退出"江湖"，珠海航展怎么办？是就此寿终正寝，还是继续搞下去？

这是当时珠海所有搞航展的人，都在思考的一个问题。

就在这个时候，一个叫邹金凤的人出现了。

应该说，邹金凤对珠海航展并不陌生。早在珠海航展筹办之初，作为珠海市口岸办的主任，他的名字就已经出现在筹委会的名单上了，而且他还专程到北京申请开设了珠海航空港临时口岸，为国外参展商和参展物品的出入境提供了服务条件。但邹金凤并没想到，有一天航展的重担会落在他的肩上。

2000 年 5 月 6 日这天，正在口岸工地上忙得团团转的邹金凤，突然接到分管航展的珠海市委副书记雷于蓝的电话，让他到办公室去一下。邹金凤放下电话，脸都没顾得上洗一把，就从工地直接赶到雷于蓝的办公室。雷于蓝握了握邹金凤脏兮兮的手，开门见山，直奔主题："黄龙云书记的意思，让你去航展公司干。"

邹金凤一听，颇感意外。

当时，正值澳门回归前夕，从部队转业到珠海口岸办担任主任的邹金凤，正干得风生水起；而且经他长时间的奔波和争取，兴建联结珠海和澳门的莲花大桥口岸的两千万资金刚刚批准下拨，他和口岸办的所有员工为此欢欣鼓舞，正众志成城，加班加点，日夜演练着拱北口岸建设这台重头大戏呢！现在突然要让他离开熟悉的口岸，去干陌生的航展，他一时竟有点回不过神来，不知从何说起。

雷于蓝见邹金凤不说话，便问了一句："怎么啦，有点突然是吗？"

邹金凤这才开口说道："雷书记，澳门回归，拱北口岸是重头戏，我走了，口岸的工程要上马，怎么办？口岸搞不起来，澳门怎么回归啊？"

雷于蓝面带微笑，语调柔和，却话中有话："没关系的，梁广大书记退居二线了，航展我们还要坚持搞下去！你离开了口岸，口岸的工作也照样得进行。"

邹金凤想了想，说："可是，我一辈子要么在部队，要么在地方搞行政工作，在企业从来没干过啊！"

雷于蓝的口气仍显平静："没关系，我们相信你会懂的，也一定能干好的。"

话已至此，邹金凤不好再说什么。直觉告诉他，此事看来市领导决心已定，而且在澳门回归、口岸办工作最紧要的关头把他调走，只有一种可能，就是目前珠海航展公司的工作比口岸办更紧迫、更重要；调他去，就是要让他去啃这块"硬骨头"的。

明白了这一点，尽管邹金凤的内心仍有些纠结，但他非常清楚，此时的他，已经别无选择了。

当晚，邹金凤便电话不断。来电所谈内容，都是关于他调去航展的。有人对他说："怎么航展公司你也敢去呀？你知道吗？在你之前，已经谈过四五个了，但他们都不愿去。"还有一位朋友打来电话，更是直言不讳："我都不去，你怎么还去啊？"甚至一位当初曾经积极申办过航展的、一直都很关心他的老领导，也深夜打来电话，好心相劝："你怎么跑那航展公司去了？你去航展公司干吗？我告诉你啊，你可不要太冲动，航展公司那地方可不是好干的，你要是去了，等于跳进了太平洋！"而且，他的家人——妻子、儿子、儿媳妇以及亲友，也没有一个赞成的，更没有一个支持的。

其实，搞前两届航展时，由于口岸办和航展公司在工作上一直有联系，所以对航展公司的基本情况，邹金凤还是略知一二的；甚至人们对航展公司背后的一些私下议论，他也时有耳闻。比如有人说，虽然两届珠海航展都取得了成功，但暴露出来的问题也不少，这些问题都被官方海量的正面宣传给遮蔽了。事实上，在巨大的政治光环背后，珠海航展在体制上、经营方式上、现场管理上、专业能力上、对外服务上，都存在着不少问题；尤其资金非常困难，是个很严重的问题。

面对这些问题，邹金凤当然会考虑。他已五十五岁，再过几年就要退休了。

但是，邹金凤是个老兵。他十七岁入伍，在部队一干就是三十年。三十年的部队生活，已经养成了他服从命令的职业习惯；加之他从副班长、班长一直干到警备区副司令，喜欢挑战、爱啃"硬骨头"的性格一点没变，所以苦来就吃，知难而进。干没干过的事情，在他的生活里似乎已然成了家常便饭。

想当初，他刚从部队转业到口岸办时，口岸办只有十几个人，没有社会地位，没有下设机构，甚至连一间像样的办公室都没有。他所在口岸办在市政府办公楼的一楼，而一楼大门的左边，既紧靠女厕所，又挨着空调发动机，臭且不说，一开空调，周围全是轰隆隆的机电声，基本就没法办公了。所以他坐进办公室的第一天，就对人说，在这种地方上班，起码要短命十年！四年后，口岸办终于有了自己的办公大楼，也就是后来珠海航展公司的办公楼。现在，联结珠海与澳门的莲花大桥的资金也已到位，口岸办的工作眼看着就要实现历史性跨越。而偏偏在这历史的紧要关头，他却被调去航展公司。

采访中，邹金凤说："其实，不是我要吃苦，往往在关键时刻，苦总是主动来找到我。我去航展公司，也是有思想准备的，并充分估计到了去后的难度。到真正去了之后，我才发现，当时航展公司所面临的艰难，远远超出我的想象。"

邹金凤有个习惯，无论到哪里任职，上任第一天，第一件事就是把财务叫来，看看有多少家底。这是他在部队几十年养成的习惯：每次下连队，第一件事就是检查枪有多少支，子弹有多少颗。

到珠海航展公司上任后，他从财务那里看到两个数字，这两个数字令他大吃一惊，也给了他一个下马威：公司账上仅存四万余元，而欠账高达十亿五千万元！

这两个对比如此强烈的数据，让邹金凤的大脑几乎停摆。几十年来，无论是在部队还是在地方，钱的问题从来没有真正困扰过他。可这一次，那笔十多亿的巨大欠款，他只要一想起来，就睡不着觉吃不下饭。每次一翻开公司的花名册，上面只有一百零四个黑麻麻的名单，就是不见一分钱；更让他头痛的是，他每天一到办公室，就有人去找他讨债还钱，有时他不在，讨债的人就候在他的办公室门口，直到他回来讨个说法才肯离去，甚至逢年过节，也有债主堵在他家的门口。

邹金凤印象最深的一件事，是1996年修航展展馆时，欠下了一个工程队的钱，一直没钱还给人家。2000年他上任后，这个工程队的老板得了肝病，急需钱治疗。邹金凤得知情况后，认为这笔债不能再欠下去了，必须还给人家救命钱，但公司当时又确实拿不出钱还这笔欠款。他便找人借钱，却没借到，最后只有找到市领导，说明情况，恳求救助。市政府这才按特殊情况，批给他十万元的还债钱。这事让邹金凤非常难过，甚至情不自禁，悲从心来：一个堂堂的珠海航展公司，搞的是举世瞩目的国际航展，却要为区区十万块欠款到处求爷爷告奶奶，如此下去，这往后的日子到底还过不过啊？要过，又怎么过啊？

而此时的邹金凤必须还要面对一个现实，即珠海航展公司的一百零四名员工，已经三个月没有发工资了。没有发工资不是前任老板不想发，而是实在拿不出钱来发。于是公司员工士气萎靡，情绪低落，思想混乱，缺乏信心，他们既得不到眼前利益，又看不到未来前途，一些人便选择了离开公司，另谋生路。

这天，走投无路的邹金凤只好去找珠海市委书记黄龙云。一见面，邹金凤就叫苦不迭："黄书记，咱们搞第一届、第二届航展的时候，都是市政府拨钱，怎么到了这第三届航展，市政府就不给钱了呢？"

黄龙云望着邹金凤，只笑了笑，却并不急于解释什么。

邹金凤看出来了，黄龙云欲言又止，似有难言之隐。于是忙改口道："这样吧？黄书记，这一届航展你就想法支持一下，哪怕少给一点，意思意思也行。等到第四届航展，我就自己想办法。"

黄龙云站起来，拍了拍邹金凤的肩膀，说："老邹啊，你是知道的，第一届、第二届航展，市政府在各方面的投入都很大，财力方面就不用说了。实话告诉你吧，目前市政府的困难的确不小，这钱的问题嘛，你还是自己先想想办法吧……"

其实，邹金凤又何尝不知，第一、第二届航展，珠海举全市之力，投入巨大成本，确实取得了成功。但这两次的成功并不是经济效益上的成功，而主要是社会影响力的成功，或者说是国际政治影响力的成功。若从经济效益上看，相比巨大的投入，前两届航展所得收益实在微乎其微。究其原因，一方面是航展经济原本就有个周期性，另一方面是航展公司对办展的周期性认识不足，只顾追求社会轰动效应和短期效果，导致公司成本完全失控，出现严重的"经济危机"。

从政府腰包里要不到钱，邹金凤只好找老朋友单位借来三百万，先把拖欠员工的三个月工资全部发了。余下的一点钱，留作去法国招商使用，并承诺三个月内还清。至于举办第三届珠海航展的所需资金，别无他法，只能向银行贷款！打这以后，邹金凤深深感悟到"绝处逢生"这句成语的含义了。

要贷款，首先就得过银行行长这一关。邹金凤拜访的是位女行长。女行长一见邹金凤，便用她职业的眼光习惯性地把邹金凤打量了一番，而后未等邹金凤把话说完，便连珠炮似的说道："你们珠海航展公司的情况不光我了解，全珠海你说还有几个人不了解？你想贷款，你得先告诉我，你有什么理由贷款？你有什么能力偿还，你凭什么让我信任你？"

女行长一口一个"你"字，让从不求人的邹金凤深感求人的卑微，同时也深感没钱的酸楚。但面对掌控金钱大权的银行女行长，邹金凤别无选择，最后只有强忍着挤出一句话来："我签字，我负责！"

"你签字？你签字有用吗？你负责？你负得了这个责吗？"女行长语速极快，咄咄逼人。

邹金凤只得拱手告辞，再去求市委副书记雷于蓝。雷于蓝副书记分管航展，听了一脸苦相的邹金凤的诉苦，一下笑了，说："贷款搞航展，是个好主意。不要急，这样，明天我亲自陪你去银行，我跟她说说。"

应该说，自梁广大主政珠海，决定举办珠海航展那一刻起，珠海市委、市政府对搞航展的态度就是明确的，决心也是坚定的。而且梁广大退居二线后，尽管珠海航展确实面临许多难以克服的困难，几乎所有领导都深感压力很大，但新一届珠海市领导班子对航展的发展与航展的未来，依然大力支持，充满信心。选择邹金凤出任珠海航展有限公司董事长，便是最好的说明。

第二天，邹金凤跟着雷于蓝来到女行长办公室。雷于蓝首先特意向女行长介绍了邹金凤的情况，并对他的能力做了充分的肯定，同时对他的做事风格和为人品行也给予大力赞赏。其意图显而易见，邹金凤这个人，完全信得过，把款贷给他，没问题的。

女行长听罢雷于蓝的话，语气一下柔和多了，她说："既然雷书记都信得过你，你老邹已是五十多岁的人了，也不是小孩，我就信你一回，相信你不是个骗子。说吧，你想贷多少？"

邹金凤停顿了一下，鼓足勇气，伸开右手掌，比画了一个数："五千万咋样？"

女行长很干脆，说："可以。但是，我有两个条件。"

"什么条件？"邹金凤吓了一跳。

女行长说："第一，珠海航展期间，所有的门票收入，都要进入我的账号；第二，你找一家珠海最有实力的公司，先存五千万在我账上。这五千万没有我的签字，谁也不能动，到时候如果你还不了我的五千万，你们存的五千万，就别想从我这儿拿走一分！"

如此苛刻的条件，一而再再而三的保险，放在以往，邹金凤绝不就范。但第三届航展等着要办，没有钱，一切无从谈起。走投无路，他只能接受。

出了银行门，邹金凤马上找到自己的老朋友、珠海市煤气公司的吴总，痛说了举办航展的种种辛酸与艰难，而后请他为其担保。吴总很爽快，很快就给银行一次性存入五千万。邹金凤这才从女行长的手上为航展公司贷出五千万，用作第三届航展的启动资金。

然而，有了这五千万，邹金凤仍然轻松不起来，相反越发对钱感到紧张和在意。因为第三届航展举办在即，此时的航展公司就像一架打不出粮食的机器，而所有的口袋都向它张开着，等着它出粮，等着它救命：北京多家主办单位要来参展，需要钱；请国内外飞行表演队来表演，需要钱；请物流公司办事，需要钱；公司员工每月的生活费要发，需要钱；办公楼的租金、水电费需要钱；甚至就连印制门票，也需要一笔不小数目的钱……

同时需要钱的，还有航展公司的基础建设。航展公司自成立起，就在位于机场的航展新闻中心办公，邹金凤到任后，办公所在地的航展新闻中心因为缺钱，已被人家断水断电。断水之后，厕所不能冲洗，臭气熏天，员工们上班下班，进进出出都要"三级跳"；断电之后，白天下班时间未到，办公室里啥也看不见，晚上黑灯瞎火，想加个班干点活，也不可能。

为解决厕所用水问题，邹金凤只好再次去求老战友，珠海市自来水公司的林总（林总在部队时，是邹金凤的下级）。电话打过去，一张口，老邹自己都觉得自己很可怜："老林啊，实在没办法，我只好来求你了。"

林总一如既往地爽快："什么求不求的，老邹，有事就说，跟我还客气个啥！"

邹金凤说："航展公司没有钱，付不起水电费，连厕所的水都停了。我现在想上个厕所都不行了。林总啊，看在老战友的面子上，你能不能给我来点水，让我先冲冲厕所，等办完航展，我再付你钱？"

林总很干脆："好，我知道了，你等着吧！"

当天下午，水来了。这水不仅能冲厕所，还能喝进肚子，员工们高兴得手舞足蹈，热泪盈眶。

接着，邹金凤同样以求人的方式，去求珠海电力工业局段局长，同意先送电后结账的办法，解决了电的问题。

再接着，为了节约成本，彻底改善当时的办公环境和条件，邹金凤又下定决心，要把办公地点搬回市区。原因是航展公司的办公地点在航展中心，而员工们大都住在珠海市区，航展中心离市区五十多公里，年年月月天天上班，上百号人每天车来车去，浩浩荡荡，来回就得折腾一百多公里！所以邹金凤算了一笔账，与其把钱扔在路上，不如花钱在市区租房。于是 1999 年 8 月 1 日，航展公司除了工程部留守航展中心外，其余各部员工全部搬进市区，过上了租房办公的日子。后来口岸办与外经贸委合并，邹金凤又出面找到市领导，希望把口岸大楼空出来，让给航展公司办公，市领导答应了。从此，航展公司这才有了自己的家——一栋基本像样的办公大楼，且一直沿用至今。

采访中，邹金凤回忆起那段经历，感慨良多，他说："当年在航展公司，我是啥都不懂，只知道傻干。别人是党叫干啥就干啥，我是党叫干啥就傻干！那时我还学会了干什么都讲成本，以前我可没这个概念。但当时不讲不行，因为航展公司本来就没'本'，你再不讲本，就更没本了。"

的确，在一些人的眼里，邹金凤是有些"傻"有些"愣"的。

在珠海，大家公认有三种工作最难干：口岸、航展、计划生育。而邹金凤一个人就干了其中的两种：口岸和航展。难怪有一次邹金凤见了市委书记黄龙云，笑侃道："黄书记，你干脆让我再去干干计划生育算了。"

但是，许多人又偏偏喜欢邹金凤这种傻愣的性格，即使当初劝他别去航展公司的人，在他后来的工作中也成为他最有力的支持者和帮助者；而在珠海航展公司，员工们还常常相互自我调侃说："我们要像邹董事长那样，党叫干啥就'傻'干！"这既可以说是邹金凤的人格魅力所在，也可以说是珠海人对于航展的一种鲜明的态度和难以割舍的情感。而正是邹金凤这种傻愣的性格，才使他带领着珠海航展公司一班人，直面第三届航展的严峻挑战与考验。

2000 年 2 月，邹金凤一行到新加坡航展招商。出乎意料的是，他们的招商信息发出后，展商们的反应极其冷淡。邹金凤的脑子顿时一片空白，怎么回事？是哪儿出了问题？经过了解，邹金凤这才得知，原来外商们对珠海前两届航展的办法很有意见，说展场的观众进进出出，随随便便，不讲规矩，秩序混乱，资料随便扔，垃圾到处放，甚至有的小孩子还在展场随意大小便……这些，给外商们留下了很不好的印象。尤其是当珠海公司的招商人员去走访外国展商时，有好几个国家的展商竟表示抗议，且态度十分强硬："你们要是不改，就别指望我们去珠海参展了！"

其实，说到底，外商们反映的一个根本问题，就是航展到底是"姓专"还是"姓公"的问题。即是说，外国展商们要求按国际航展的惯例办事，必须把"专业日"和"公众日"分开，而不能将二者混为一起。这个问题邹金凤知道，早在第二届珠海航展举办之前，有人就曾经提出过，当时迫于现实的考虑，并未改变。现在外商们再次提出，事关第三届航展的生死存亡，看来此事到了非改不可的时候了。

从新加坡回国后，邹金凤与毛矛、蔡松华、周作德等几位同人一起写了一篇文章《亚洲航展思考》，发表在《珠海特区报》上，目的是让大家都来思考，我们为什么要搞航展，航展的出路在哪里等问题。文章的结论是：航展的出路在于专业化、国际化。与此同时，邹金凤还给珠海市政府写了一份专题报告，题为《专业化是航展的生命》。

很快，在珠海市政府的支持下，第三届珠海航展最终做出了一个中国航展史上非常重要的决策：把专业日和公众日严格区分开来。同时，又竭力与外商沟通协调，具体给出一些参展优惠政策。这一转变很快赢得了参展商的信任，提高了参展商的满意度和忠诚度，扭转了此前办航展的被动局面。最后，不仅一般的公司纷纷报名参展，连最牛的波音公司、空客公司等参展商也决定参展。

接下来，邹金凤又进行第二项改革：简化开幕式。

简化开幕式的起因，源自邹金凤参加了一次国际航展。那是 2000 年，邹金凤一行专程飞抵莫斯科参加俄罗斯国际航展。俄罗斯国际航展是世界五大航展之一，历史悠久，成果卓著，在邹金凤的想象中，其开幕式肯定是轰轰烈烈，壮观无比。可事实上，邹金凤亲眼见到的开幕式与他想象中的却相去甚远，甚至截然相反。俄罗斯航展开幕式的时间是上午九点三十分，大约九点二十分，一架卡 -50 武装直升机从空中徐徐降落，俄罗斯总统普京健步走下舷梯，紧随其后的只有八位出席开幕式的嘉宾。普京下了飞机，没有专车伺候，而是自己步行走向会场。会场设在一个草坪上，仅有二十五平方米大小，上面架了块木板，便是主席台了。主席台所占位置，很低很小，也就十几厘米高。而且，主席台上居然没有桌子，没有凳子，甚至连一只喝水的杯子也没有，就一个话筒支在那儿，像个孤零零的单身汉。

邹金凤以为，俄罗斯航展开幕式也会像中国一样，有一位头面人物担任主持，先由主持人介绍完各位嘉宾，而后才是普京讲话。可邹金凤一眼望去，主席台上没有主持人，除了八位嘉宾，什么人也没有。会议主持人是普京，演讲嘉宾还是普京。开幕式时间一到，普京径直上前两步，一个人对着话筒，便自个儿哇啦哇啦讲了起来；而台下的人，有的在听，有的根本不听，该怎么闹哄哄，还怎么闹哄哄。

五分钟后，普京讲完了，接着就是剪彩。邹金凤又想，如此隆重的剪彩仪式，要在中国，至少得有八把十把剪刀开剪。结果还是没有，就一把剪刀，由普京一人执剪。而且，彩带不是带，就一根普通的小绳子，象征一下而已。剪彩仪式启动后，由两个工作人员牵着这根小绳子，普京手起剪落，咔嚓一声，航展就开幕了！接着，普京跳下"主席台"，自个儿看航展去了。

整个开幕式，只用了十分钟。

而就这短短十分钟，却让邹金凤见证了一个从未见证过的世界。在这个世界里，开幕式就是开幕式，剪彩就是剪彩。开幕式是一个简短的开始，而不是一个冗长的过程；剪彩是一种仪式，而不是一种形式。这样的开幕式，完全出乎邹金凤的预料，也令邹金凤感动，甚至还有几分震惊。

当晚，躺在俄罗斯床上的邹金凤便睡不着觉了。他想起第一、第二届珠海航展，为一个开幕式，就花掉了百万。花掉百万还不说，效果还未必好。每次开幕式，主席台上，黑压压一片，坐着的都是领导。于是为领导排座次，便成了头等大事，也是最难办的事。由于主办单位多，主办单位上主席台的领导也就多；再加上中央、国务院的首长以及各部委的领导，开幕式上主席台的嘉宾动辄就是几百号人，光排座次就得排上好几天时间。排座次时不光要考虑不同级别的首长的位置，还要考虑不同级别的首长的秘书的感受。所以每次排座次，都要排到凌晨三四点，还排不好。有时好不容易排好了，座牌也摆放好了，可第二天一早，有的秘书上台一看，怎么我的首长排在了后面，这位首长排在了前面？就擅自把"我的首长"的座牌挪了一下。这一挪，又乱了，还得重新核对，因为牵一发而动全身。此外，三百多位正部级首长，四五百位有身份的嘉宾，每位首长的警卫员，都得一对一；还有电子屏幕、背景板、地毯、鲜花等，各个环节的设置与摆放，都必须准确到位，不得有任何一点闪失和偷懒。

因此，从俄罗斯航展回来后，邹金凤便找市领导谈了自己的想法，建议第三届航展简化开幕式的程序，省去烦琐的流程。邹金凤的这一建议得到副总理，航展组委会及珠海市委市政府的肯定与支持。

于是在第三届珠海航展上，开幕式便做了大胆变革。开幕式以酒会的形式，不设主席台，也不设座位，国家领导人、军委领导等重要领导和嘉宾均站立在航展中心1号展馆前，简短的开幕式讲话结束后，就是简单的剪彩，随后国家领导人就开始走访展台，整个过程仅半小时左右。

航展开幕式的改革完成后，邹金凤又组织珠海航展公司有关人员，重新制定航展工作汇报大纲。由于珠海航展自举办起，就由多个主办单位组成，而航展公司只是一个承办单位，所以每届航展开幕之前，都要去征求各主办单位的意见，而后将各主办单位的意见汇总起来，再向航展组委会和中央汇报。这个过程非常烦琐，最后汇报上去的意见还不一定准确，执行起来也容易出现偏差。于是邹金凤的拍档、航展公司总经理孙军政就提出一个建议，干脆事先制定一个航展工作汇报大纲，向航展组委会和中央汇报之后，再确定下来，各单位按照航展工作大纲执行就是了。邹金凤认为这个建议非常好，很快组织落实。

此后，珠海航展工作大纲就以制度的形式确定下来。按规定，每届珠海航展举办之前，出台一份航展工作汇报大纲，再由国务院征求各主办单位及相关单位的意见，明确各方面的责任和义务，最后以国务院办公厅会议纪要的方式下发下来，各单位照章执行即可。这一举措，使珠海航展在管理上更加科学化，真正做到了有章可循，且一直沿用至今。

如此，珠海航展公司在"不懂事"的董事长邹金凤的领导下，总算越过了一道艰难的坎，保证了第三届珠海航展的成功举行。

然而，第三届航展成功举办后，有件事也让邹金凤至今愧疚不已。

这便是珠海航展公司当年大裁员的事。采访中，邹金凤说，当年他干的最"傻"的一件事，就是对珠海航展公司实施大裁员！

为什么要裁员？第三届航展开幕前，航展公司负债累累，员工的基本生活费都发不起，生存都是个问题，第三届航展的工作怎么开展？而第三届航展闭幕后，航展公司的财务状况更是雪上加霜，一方面公司员工连续几个月发不出工资，另一方面连续三届航展后高筑的债台岌岌可危。航展公司何去何从？中国航展何去何从？这已不是一个企业能够承担与化解的难题了。加之，市委市政府也有裁员的要求。邹金凤痛定思痛，最后决定，唯有壮士断腕，才能让航展继续走下去。

因此，2001年，在航展公司面临生死存亡的情况下，邹金凤只能拿出"傻"劲，采用"自杀"的方式，选择裁员：第一次，珠海航展公司员工从一百零四人，裁至六十多人；第二次，公司员工从六十多人，裁至三十多人。

邹金凤裁员的目的非常清楚，也很单纯，就是要把有限的资金用在刀刃上，就是要在最艰难的时候拧成一股力量，让航展这一承载了太多人希望和情感的项目继续走下去。

然而，尽管裁员的意义重大，也势在必行，可一旦真要落实起来，邹金凤的心里，又比谁都纠结，比谁都痛苦——这毕竟是砸人家饭碗啊！所以在裁员之前，他制定了严格的规则，按文化程度、资历、业绩、表现等一一打分，最后优胜劣汰，一视同仁。

尽管如此，事情还是闹到了很严重的程度。

有一天，邹金凤刚进办公室，就收到一封信，他打开一看，信是这样写的：

邹董事长：

你在部队工作多年，应该知道生活的不易。我从参加工作起就来到航展公司，几年过去，工作任劳任怨，没有一个人把我裁掉，而你当董事长后，却要裁掉我。我只想问你一句：你怕不怕流血？我的子弹头有几个，请你考虑！

是的，这是一封赤裸裸的恐吓信。写信者不是外人，而是被他裁掉的员工。

邹金凤收到这封信后，几度失眠。他不是怕流血——当兵三十年，他早知如何对待生死，而是很痛心——写信的人是自己的员工，自己的同事，自己的战友，现在却要向自己"开火"！

这封信给了邹金凤一个强烈的信号，那就是一定要做好裁减员工的善后工作。于是为了珠海，为了航展，他一方面坚持原则，反复强调小我与大我的关系；一方面严格按照《劳动法》办事，对每一位要走的员工，在思想上做好沟通工作，在经济上不少一分钱的补偿。他说："宁愿我们自己不发工资，也要好好把这些员工送走，不能让他们抱着怨气甚至怨恨离开公司。"

因此，尽管珠海航展公司一年两度裁员，且人数高达百分之七十以上，最后员工仅剩三十六人，但航展公司总算暂时稳定下来了。

刘华强：历史靠人一点点地推进

2001年9月8日，刘华强刚刚从美国留学归来，也许是离开珠海太久的缘故，他走出机航，双脚刚一着地，便深深吸了一口珠海充满海味的湿润空气。

仅仅三天以后，还未倒过时差的他便急匆匆去市委组织部报到。想到学成归来，刘华强便有大干一番的梦想与激情。不料，刚一出门，一个突然而至的消息让刘华强的呼吸骤然加快：美国世贸大厦被飞机撞毁！这就是后来震惊全球的"9·11"事件。

刘华强万万没想到，自己刚刚离开美国，就发生了这样的事。心里为自己躲过一劫而庆幸，但更为美国遭受如此大难而深感忧虑。去美国之前，刘华强任珠海市经济体制改革委员会主任，受广东省委组织部的委派，前往美国学习管理经验。虽然在美国时间只有短短一年，却获益匪浅，刘华强怀着一颗感激的心离开美国。没想到刚刚学成归来，美国就遭此大难。

这天接待刘华强的是珠海市委组织部李部长。一见面，她就说今天不谈具体工作，几句寒暄之后，便对刘华强说："你去吧，市委黄龙云书记正等着见你呢。"

刘华强来到黄龙云书记的办公室，黄书记正在批复文件。简单寒暄几句，黄书记便言归正传，直截了当地对他说："我们市委经过研究，决定让你去珠海航展公司担任董事长。"

又是一个意外。刘华强一下愣在那里，一时不知说啥是好。

此次回国途中，刘华强对自己的工作岗位曾有过几种设想，但没有一种设想是与航展公司相关的。珠海航展公司！他从来没想过自己会与这家公司发生什么联系，更没想过对公司业务一点不懂的他，竟会担任董事长。问题还在于，刘华强是体育专业的理论硕士研究生，毕业后就一直在体委和体育研究所工作，后来通过公开竞聘担任了市体改委主任。也就是说，他既没搞过企业，也对航展不熟悉，现在突然说要去搞航展，而且还是当董事长，这个弯对刘华强来说，也未免转得太大了！

黄书记接着说道："你学成回国了，正好这个担子就由你来接吧。"

刘华强缓了缓神，对黄书记说："我学习归来，服从组织安排，没啥说的。但问题是，我从来没有搞过企业，对航展公司也不了解，而珠海航展是中国的航展，是国家行为，这么大个事业你让我这个小毛头去搞，万一失败了，对我倒没什么，可我对不起珠海、对不起国家呀。"

黄书记说："你虽然没搞过企业，但你有一定的机关工作经验，而且这次去美国学的又是管理。所以我想，只要你把在美国学到的先进管理经验用到航展工作中，我相信你是可以胜任的，不会有什么大问题。再说了，谁也不是生来就什么都会，总是在实践中锻炼成长的嘛！"

尽管刘华强已听出黄书记主意已定，但他还是想为自己留点余地，便说："黄书记，这样吧，您给我两周时间，容我了解一些情况，再考虑考虑，好吗？"

黄书记也很爽快地同意了，却说："你可以了解，可以考虑，但你也要知道，这不是我个人的意见，而是市委的决定。另外，我今天也不得不提醒你，现在离第四届珠海航展的时间只剩一年了，留给你的时间不多了，你必须抓紧，否则就来不及了。"

言下之意，无论你怎么考虑，结果只有一个，那就是接受任务，服从组织安排。

两周之后，刘华强再次走进了黄书记的办公室。尽管此时的他依然心怀忐忑，底气不足，但面对上级组织的决定，还是表明了自己的态度："黄书记，我服从组织的安排。虽然让我去搞航展，不一定能搞得很好、很成功，但有一点请你们相信，我一定会竭尽全力的！"

就这样刘华强走马上任，出任了珠海航展公司第三任董事长。

上任后的刘华强，首先对整个珠海航展工作进行了全方位的调研和分析，接着又将珠海航展与世界各大知名航展进行比对，这才对中国航展的整体概貌有了一个比较清楚的认识。中国航展在珠海举办了三届，确实积累了一些经验，形成了一定的品牌效益。珠海正是通过航展，开始走向世界，世界也同时开始了解珠海。这一巨大成绩，是不容置疑的，也是不可忽视的。但是，从另一方面来看，珠海的航展工作又确实存在很多问题，甚至有的问题还很严重，与世界各大知名航展的差距十分明显。其中，首要的就是经济问题。前两届航展，都是珠海市政府投入，大包大揽。到了第三届，政府无钱再做大量投入，只好靠贷款办航展。尽管第三届航展公司最终也支撑了下来，并取得了成功，可航展公司作为运作航展的具体企业，就像第一届、第二届航展结束后一样，并没有任何盈利可言，当然也就没有任何经费余留下来。虽说第三届航展，航展公司咬紧牙关还清了债务，已经比第二届进步一大截，跨了一大坎，可轮到刘华强接手时，公司的账上还是没有钱；有部分员工的工资，同样拖欠了三个月之久。一句话，公司内部的经济压力已至极限，公司面临的最大问题还是钱的问题。

"办航展的企业都没钱，还怎么办航展？"那段时间，刘华强好像一天二十四小时都在这样问着自己。

而另一个尖锐的矛盾，是专业化和国际化的问题。航展在珠海以及整个中国都是新生事物，之前没有人知道什么叫航展，也没人清楚航展究竟是什么，为什么要搞航展。大家普遍以为，航展就像赶庙会，就是看热闹。直到第三届航展前引发了招商风波，外商集体抗议，珠海人这才知道，原来航展不是庙会，不是菜市场，而是一个专业化极强的大型商贸活动，它的关键和核心，是经贸，是交易！因此，上任后，刘华强要解决的一个首要难题就是，第四届珠海航展如何在没钱的情况下，办出一个与此前不同的专业化、国际化、市场化、科学化的航展。很显然，要办成这么一个航展，对当时的珠海航展公司来说，简直好比"上九天揽月，下五洋捉鳖"，更是"蜀道之难，难于上青天"。

好在刘华强是个抗压能力极强的人，也是一个责任心极强的人。之所以如此，这完全得益于多年的体育生涯。

与许多的珠海人一样，刘华强是 1992 年移民珠海的"珠海人"。1988 年，作为中国第一批体育理论研究生，刘华强毕业后被分配到湖南省体科所、体委工作，成为中国第一批体育经纪人。在此期间，他撰写了国内第一本探讨体育经济学的著作《体育市场营销》。1992 年，邓小平南行讲话后，全国掀起南下高潮，刘华强的内心也涌动起南下的热望。于是他与妻子先后来到珠海，见到珠海的蓝天白云，体会到珠海的宁静安然，刘华强一下就有了邓丽君歌声中所唱的"小城故事多"的感触。

1992 年 10 月，刘华强调至珠海市体委。

1997 年，珠海市成立体育研究所，刘华强被任命为研究所所长。1999 年，珠海在全省范围内公招五个岗位的正处级干部，经一番激烈角逐，刘华强幸运地被公招至珠海市体改委，出任主任一职。

作为体育理论专业的毕业生，刘华强对体育的热爱自然非同一般，体育对刘华强人生的影响也不可谓不深。在从事体育工作期间，他曾参加过广岛亚运会、巴塞罗那奥运会，扎实的专业理论和广博的见识，让刘华强从文化和精神层面对体育规则有了更深刻的认知。所以应该说，正是体育，塑造了刘华强争强好胜、百折不挠、坚忍倔强的性格；同时，也正是体育，让刘华强获得了一种开阔的国际视野。在刘华强看来，世界上最好、最公平的规则，就是体育竞赛规则。而中西方的交流，除了经济上的交流，真正核心的交往都是通过体育进行的。大型的体育赛事之所以广受追捧，正是因为在体育活动中，在同样的规则之下，各种文化的交流和冲突都可以得到全面的展示，并在交流中互相碰撞，互相渗透。

在美国学习期间，勤于学习、善于思考的刘华强又以独特的视角，找到了体育与先进的管理理念之间的契合点。在他看来，美国的先进，一方面是高科技的带动；另一方面是科学、智慧的管理；再有就是资本的市场运作。而科学、智慧的管理，就是各种规则的制定要规范化，并加以合理运用，一切按规则行事。只要在规则之内，一切都是公平、公正、合理的。

基于此，刘华强出任珠海航展公司董事长后，首先提出一个理念并付诸实践，那就是"管办分离"。所谓的管办分离，是指明确政府与航展公司各自的职责，各司其职，各负其责，互不混淆。

毫无疑问，政府应该管航展，也必须管航展。因为珠海航展从一开始就被定为"国家行为"，其主办单位都是些赫赫有名的国家级大部门和大单位，所以政府的职责自然就是整合珠海、广东乃至全国的力量和资源，办好航展。但是，政府管航展，却不能办航展。因为航展本身是一个国际性的大型商贸活动，有其自身的规律和市场运作模式。国际上所有成功的航展都是企业行为，而不是由政府全权包办。政府一旦介入太深，航展公司的角色便会模糊，航展的资源就无法合理统筹运用，结果就是两头都管，两头都管不好，最终导致政府不堪重负，航展公司也无法正常运作，亏本也就成为必然。

那么，珠海航展公司又该扮演一个什么样的角色呢？既然珠海航展是"国家行为"，航展公司当然就无权代表政府，更无权也不可能去指挥那些赫赫有名的国家级的主办单位。而问题恰恰就在于，尽管航展"来头大，分量重"，从珠海到中南海，从东西南北到长城内外，从国内到国外，千头万绪，错综复杂，国人关注，举世瞩目，可真正负责组织实施航展具体工作的，又是珠海航展公司。换句话说，虽然珠海航展公司指挥不了各主办单位，但它又必须把主办单位联系、组织、调动、协调起来，携手并肩，众志成城，共同办好中国航展。

这就是一对矛盾。能否解决好这对矛盾，是珠海航展公司的关键，也是搞好中国航展的关键。

刘华强给出的药方是，按规则办事。先把珠海航展公司管好，航展公司再把航展办好。

看来，航展公司此前之所以经济上一亏再亏，正是"管办不分"直接导致的恶果。倘若"管办分离"，政府的职责就是整合各种资源，协调国家层面上的各种关系；而珠海航展公司的职责，则是统筹航展的所有资源，建立统一的平台，按照市场化的规律，进行统一开发，统一运作。

在此基础上，刘华强又提出了另一理念，即"开源节流"。这一理念并不新鲜，相反还有点陈旧。但是，理念不在于新旧，关键在于怎么对待。一些看似老套的提法，一旦当真做起来，效果大不一样。

在珠海航展公司的内部管理上，不仅制定了相应的成本控制制度，还建立了内部管理流程，实行四小时复命制度。他主动请求市委支持，委派了一名纪检总监，监督航展的整个办展过程；同时又请求审计局派出一名审计总监，从航展的预算到财务收支，做全程审计监督；另外，还请求国资委派了一名财务总监，把控所有航展的每一笔开支。每一届航展，资金流量极大，往来账目烦琐，搞不好就容易出现问题。可一旦制定出了规则，再有了监督和审核机制，一切就会变得规范和透明起来。这既是对航展规范化操作的保护，也是对航展承办者个人的保护。

于是，历时六年、举办了三届的珠海航展，开始向制度化、规范化的方向迈出重要的一步。

其实，说到底，"管办分离"也好，"开源节流"也罢，无非就是要让珠海航展公司按市场规律办事，按国际化的操作模式运行；或者换句话说，就是在自己腰包没钱的情况下，也要办出一个专业化、国际化、市场化、科学化的中国航展来！

这就需要航展公司自己去找米下锅，自己去挣钱养家糊口，自己去找钱来办航展。

可是，这钱在哪里？这钱从何处来？

资金问题，是航展公司所有矛盾中最集中、最突出、最尖锐的。对此，刘华强自然有着清醒的认识，同时也有着自己更深层的思考。多年体育生涯的积累和在美国学习的先进管理经验告诉他，体育不单单是竞技场上的一种竞争，也是民族与民族之间在文化上的一种渗透，国家与国家之间在经济上的一种开发。比如，美国包装乔丹，带给美国一百个亿的收益。靠的是什么？开发！因此，刘华强想用在美国学习的先进经验，发掘航展的"品牌价值"，再用"航展"这个品牌找钱，用"航展"这个品牌生钱，最大限度地开发"航展"这个无形资产的价值。

2002年春节后的一天，刘华强与同人一起找到珠海太平洋保险公司负责人，与其开诚布公，直截了当地沟通。刘华强问道："你们公司想不想成为承保中国航展的唯一一家保险公司？"

也许是刘华强的到来有点突然，也许是问题有些出乎意料，保险公司负责人不明其意，一个劲地摇头。

刘华强补充道："谁来承保中国航展，谁就能承担世界性的保险。道理很简单，中国航展是国际性的航展，承保了中国航展，就等于承保了国际航展；能承保国际航展，就意味着能承担国际保险。而一个能承担国际保险的保险公司，其社会影响力，是不言而喻的。这一点，我想你比我更清楚。"

这是明显的"卖关子吊胃口"。但对方似乎被刘华强的"关子"吊住了"胃口"。见对方有了兴趣，刘华强进一步说道："珠海航展是国家行为，主办单位都是部级以上赫赫有名的大单位，这你是知道的。我们正策划一个最大的承保新闻，打算把保费弄得高一些，然后把新闻发布会放在北京举行，邀请珠海航展的各大主办单位以及数十家新闻媒体都来参加。你想想，那是一种什么样的影响力？那是一种多大的广告效应？"

双方很快进入实质性讨论，随后一拍即合。不过，有一个要求：保险公司承保珠海航展，得先给航展公司预交一笔保证金；如果航展期间不出事故，航展公司再返还给保险公司。因为公司手头没有钱，只有获得这笔保证金，才能拿出一部分资金去运作航展，另一部分去北京召开新闻发布会。

保证金不是一笔小数目。但因为有可以预期的广告效应，珠海太平洋保险公司负责人同意了。

接下来，经过周密的策划、布置和安排，珠海航展公司在北京人民大会堂召开了一个隆重的新闻发布会。珠海航展的各大主办单位的领导出席了会议，社会各界名流以及上百家国内外媒体也应邀赴会。会议声势浩大，气氛热烈，非常成功。会上最大的一个亮点，就是珠海太平洋保险公司以六百亿人民币承保了第四届中国航展！

会后，国内国际各大媒体纷纷以"中国航展，天价保险六百亿！"为主题抢先进行了报道。于是围绕着六百个亿的天价保险额，媒体和社会展开了广泛的讨论，其社会影响力自然非同小可。后来有人做过计算，这次策划所产生的广告效益，若用行情价计算，至少抵得上几百万的营销费。

开发无形资产的第一回合，就让航展与保险公司取得了双赢的效果。其实，在美国留学期间，刘华强就着力研究了美国发展历程中一些关键的内容，其中之一就是把它的无形产业链、生态链以及衍生物无限扩大。所以在改革和管理航展公司的举措中，"管办分离"只是为了理顺关系，关系理顺之后，无论是"开源"还是"节流"，才始终围绕着一个钱字进行。要想没有钱也把航展办下去，唯一的办法，就是最大限度地开发航展的无形资产。

接下来，公司又开始着力对珠海航展的品牌资源进行全方位的系列开发。前三届珠海航展的收入主要由三方面构成：门票，展位费，广告收入。第四届珠海航展，大胆改革，将其所有资源分门别类，全面开发，推向市场。比如航展的主赞助商、运输代理商、餐饮代理商、礼品代理商等，统统市场化。

以礼品为例，前三届航展的礼品，都是航展公司花钱买来送人。但从第四届珠海航展起，航展公司开发出来航展吉祥物"飞飞"，则由代理商统一经营。这一来，不但礼品不用花钱，还能收取相当的代理费。甚至，连茶杯、茶叶等一些微不足道的东西，航展公司也都不再花钱购买，而由赞助商提供。

这些举措看似细微，实则意义重大。不仅减少了开支，也让除政府之外的社会力量、民间力量、企业力量都参与进来，有钱的出钱，有力的出力，共创效益，互利互惠，彼此双赢。而更为重要的是，这一举措首次为珠海航展的发展提供了一种新的思维和观念，那就是：珠海航展必须按经济规律办事，走市场化、专业化的道路。

招商，是历届珠海航展工作中极其重要的一环，也是历届航展最令人头疼的一环。

对此刘华强当然极为重视，但到底怎么招商，同样是一件令人头疼的事。在美国，人们不光重视自然生态，也重视社会生态。所谓社会生态，就是有一个很成熟、很发达的中介组织机构。比如某个公司要上市，就会有许多诸如财务公司、证券公司、商业律师事务所等为其服务；从上市到退市，整个流程均由专业的机构帮助设计、帮助打理、帮助运作。中国大量中介机构的出现，是十年二十年后的事情，而在当时，这样的思维和操作方式却是极少的。

有过在美国学习的经历，刘华强决定将美国的先进理念，应用于第四届航展招商工作之中。于是，首次大量采用了网络代理机制。将招商目标划分为四大区域，即欧美区域、北美区域、亚洲区域、国内区域，然后把美国的波音、法国的空客等大制造商设为专业代理。在此基础上，再层层往下代理。比如美国的波音设为总代理公司后，再由美国这家总代理公司去寻求自己的合作伙伴，负责美国境内的所有招商工作。而这一切，全在网络上大展身手！

在国内区域，刘华强的思路是除各大主办单位外，主要着力开发吸引民营企业、中小航空航天企业参展。中国举办航展的目的就是要宣传自己，同时，把国内的众多飞机场、航空航天市场，也推向世界，形成航空航天产业的优势，把中国的产品推向世界，让别人来买我们的产品，而不是像以往一样，老是我们买别人的产品。

但是，招商工作中最突出的一个问题是费用开支问题。而且这笔费用还是珠海航展整个费用中相当大的一笔。那么这笔费用又怎么解决呢？同样延续开发航展无形资产的思路。经研究决定，为配合招商工作，珠海航展公司与珠海电视台联合举办一次"航展万里行"的大型活动。其活动费用，由企业独家赞助。随行队伍，由珠海航展公司、珠海电视台、相关部门人员等组成。有了赞助，有了队伍，而后开始奔赴国际国内各地招商。在国内，他们先后奔走于北京、哈尔滨、上海、酒泉、西安等八个城市之间，采访了几十家单位，采集了中国航空航天事业发展的最新信息，而后通过媒体让珠海乃至全国观众了解珠海航展、关注珠海航展。在国外，他们则赶到各大知名航展现场采访报道，珠海电视台每天滚动播出"航展万里行"的新闻，同时利用互联网每天发回报道，由CCTV4、广东卫视同期选择播报，而同行的其他媒体也以各种形式，进行了大量报道。

"航展万里行"大型系列活动跨越了一年时间。去国外招商时，因为有足够的企业赞助，便把相关部门人员也都请了出去，长见识，开眼界，看看那些世界著名的航展是怎样办出国际化、专业化的。刘华强说："这一批去了英国范堡罗航展，下一批就去巴黎航展，就连有的交警都去了。让他们出去看的目的，就是搞清楚什么是航展，让他们明白航展原来就是一个专业性的交易平台、商贸平台，它的高端和盛会气象，就体现在到场者的专业和权威性上，以便回来好好支持航展公司的工作。这些人回来后，都无一例外地受到触动，感受很深。"

总之，"航展万里行"既节省了航展招商的费用，又起到了良好的宣传效果。所以这一活动自2004年创办以来，一直保留至今，并成为影响较大的传统品牌活动。

打好"品牌"这张牌，最大限度地开发无形资产，不花钱办事，少花钱多办事，是坚持不变的思路。第四届航展取得成功之后，为了进一步办好第五届航展，继续扩大航展的影响力，刘华强同样无时无刻不想着怎么以"品牌"省钱，如何以"品牌"生钱。这并非是人们想象中的"财迷"，他真正迷恋的其实不是钱，而是航展。于是在第五届航展即将举办前夕，刘华强又一次瞅准机会，"顺手牵羊"，乘势出击。

那是 2004 年 10 月的一天，公司得到一个信息，"中法文化交流活动"即将开始，闻名世界的法国空军飞行表演队"法兰西巡逻兵"将随法国总理希拉克访华，并在中国进行巡回表演。刘华强立即专程飞到北京，找到外交部、外事办相关人员，提出一个请求，希望把珠海也列入"中法文化交流活动"中的一个站点，让法国"法兰西巡逻兵"到珠海，在第五届航展期间做一次飞行表演。

外交部和外事办领导鉴于珠海是中国航展的举办地，同时，也被珠海人对航展的执着与赤诚所打动，同意了刘华强的这一请求。

很快，法国"法兰西巡逻兵"的巡演路线设计出来了。先北京、武汉，后珠海、香港。北京为首都，武汉为人口密集的内陆城市，香港是国际城市，只有珠海人少，地方也小。众所周知，"法兰西巡逻兵"是世界著名的飞行表演队之一，用以表演的八架"阿尔法教练机"外形酷似海豚，体态轻盈，美感十足。九名正式飞行员全是法国空军战斗机飞行员，也是法国空军的精英，他们中飞行时间最短的是一千八百小时，最多的则达四千三百小时。

毫无疑问，法国空军飞行表演队一旦成行，将成为第五届航展上最大的亮点。但是，邀请这样一支著名的飞行表演队需要很大一笔费用。这笔费用从哪里来？经过考虑，刘华强觉得没有其他好办法，只有羊毛出在羊身上。于是，他又小心翼翼向上面提出一个请求："我们能不能卖一点票？这样可以抵消一点成本。"

上面也同意了。

2004 年 10 月 24 日，"法兰西巡逻兵"飞行表演队在珠海如期表演。此前，"法兰西巡逻兵"的表演很不顺利。在北京，第一场表演因大雾而临时取消；第二次非公开表演又因 7 号机的无线电失灵，为避免影响整场比赛，表演只进行了十五分钟，做了一些简单的编队飞行，便草草结束了；在武汉，由于空气湿度大，能见度低，同样未能如愿。而在珠海表演的当日，阳光明媚，晴空万里。一大早，从珠海市区到航展中心的路上便车龙滚滚，人流不断。离表演还有一小时，偌大的停车场上所有的车位就已被占满。表演中，"法兰西巡逻兵"采用二十八个队形做了精彩表演，钻石队形、大箭头队形、螺旋队形、背对交叉、对飞闪避、T型横滚、天鹅形等，令人眼花缭乱，目不暇接，充分展示了法国空军飞行员精湛的飞行技艺、高尚的职业风范以及典型的法国式浪漫。因为珠海天气好，加之珠海观众的热情高，飞行员们激情四射，纵情展现，原本定为三十八分钟的表演，延续到四十五分钟才结束。

刘华强一直盯着最后一架飞机落地，忐忑不安的心才逐渐平复下来。平复后，心里算了一笔账：此次飞行表演，仅门票收入就有好几百万！

在刘华强任珠海航展公司董事长期间，第四届珠海航展使航展公司实现了收支平衡，第五届珠海航展，公司居然盈利了两千多万元。然而，回首过去，检点来路，刘华强深深感慨的仍然还是两个字：压力！

这压力不光是经济上的，还有来自观念冲突上的压力。比如，当时"管办分离"后，珠海市政府将不负责办航展，改由珠海航展公司来全权承办。这样一来，政府请的客人在珠海的吃住行，都得由政府方面买单结算；政府方面的人看航展也得自己掏钱买票。于是很多人有意见了，说"政府请的客人看航展要买票，政府自己的人看航展也要买票，这、这算怎么回事呀？"还有一些主办单位，以前看航展都是航展公司送票，现在一切按规矩办事，按国际化、市场化来操作，看航展的票一律不送了，要看航展，得自己掏钱买票，他们同样也有意见，甚至遭到坚决抵制。

其实，这就是一个观念冲突的问题，一个典型的颇具中国特色的观念冲突问题。中国人什么事都喜欢讲人情，喜欢不花钱就能买到一种被尊重的感觉。你送票给他，请他去看航展，他觉得你是看得起他，他就获得了一种被尊重的满足感；但你要他买票去看航展，哪怕再便宜，哪怕他很想去看，他也不去了。为什么？因为让他自己掏腰包，他认为就是对他的一种不尊重，甚至就是对他的一种蔑视！所以就不愿意了，有意见了。

不过，这事总算是坚持了下来。以往送门票，后来渐渐送得很少了，再后来就干脆不送了。久而久之，大家习惯了，也就接受了。所以，规则意识的建立，需要一个过程，有时候还是一个挺艰难的过程。因为对坚持者来说，它不光是对规则的一种恪守，同时还意味着对中国传统观念的挑战！

此外，还有另一种压力，就是来自内心的压力。这种压力，才是真正的压力。它是巨大的、无形的，有时会让你简直喘不过气来。说实话，每办一次航展，人就像死了一次一样。你想啊，上上下下，四面八方，国内国际，军队地方……各种矛盾错综复杂，各种问题纷至沓来，还有各种想象不到的麻烦以及各种突然而至的意外，常常搞得你不知所措、进退两难，甚至身心疲惫、彻夜不眠。尤其是航展期间的飞行表演，只要飞机一上天，刘华强的心就是一直悬着的。天上的飞机在飞，地上的观众在看，大家看得哈哈大笑，前仰后合，他的心却始终怦怦直跳，生怕掉下来。因为航展是国家行为，万一掉下来了，属于政治事故，涉及国际影响，那可不得了啊……每次直到最后一架飞机落地，刘华强一颗悬着的心才能真正放下来。

然而，两届航展，总算扛过来了。这除了珠海市委、市政府以及社会各界给予的支持外，应该说还得益于体育曾经给予刘华强的抗压能力的锻炼。即便到了今天，已到了知天命年纪的刘华强，依然十分感激体育给予的各方面的培养与锻炼。从小打比赛，竞争、对抗、坚持、忍耐……日复一日，渐渐养成了一种抗压的习惯。他知道，事情总是需要有人一件一件地去做，有时还得顶着压力去做。而历史也一样，总得靠人一点点地去推进，推进的过程肯定很难，甚至有时候可能还会承担某种风险。但是，只有去做了，只有经历了，只有走过来了，你才会知道什么叫真正的难；而这个难，其实就是一笔财富，一笔人生最宝贵的财富。

第五届珠海航展结束后，刘华强回珠海市政府工作。2011年，刘华强上任珠海城市职业技术学院担任校长一职，又踏上了一个新的工作岗位。他在教育这个工作岗位与在航展公司一样，一腔赤诚，壮怀激烈。无论工作多忙，刘华强都要每天坚持打上一个小时的篮球或羽毛球。篮球场上虽然没有了当年的勇猛，却信心满满斗志依然。他说："体育给了我力量，体育也给了我快乐！"

周乐伟：温文尔雅背后的气度与睿智

周乐伟从来没想到自己会与珠海航展扯上瓜葛，更没有想到从那一天起，珠海航展会成为他生命的一部分，成为他十年最好年华的见证，成为他为之哭为之笑为之隐忍为之甘愿付出的自豪与骄傲！

那之前，珠海这边，航展已经搞得轰轰烈烈沸沸腾腾；而广州那边，周乐伟还在忙着他十分熟悉并尤为擅长的业务——他是广东省建行某分行行长、金融博士，也是全省最年轻的银行行长。

当然，对于珠海航展，周乐伟也并非完全是个局外人。他的妻子赵伟媛，原本也在广州银行工作。那时，周乐伟是银行系统最年轻的副行长，妻子则是银行营业部的骨干力量。后来妻子参加公招，被招到珠海市审计局做了公务员，几岁的儿子也就跟着妻子去了珠海。因此，珠海的任何重大事情包括航展，与他都有着或分内或分外的关联。

当然，仅仅是关联而已。

不料，2005 年 4 月的一天，周乐伟却意外地接到了一份调令，调他去珠海航展公司担任第四任掌舵人。

之前的周乐伟，本科读的是会计专业；然后，获工商管理硕士、金融博士学位。一直在银行工作的他是青年才俊，意气风发，但跟航展及航空航天专业一点边都扯不上。于是消息传出，就有朋友对他直言不讳："哎，乐伟，你知道吗？珠海航展连工资都发不出去，这么一个烂摊子你也敢去？"还有朋友对他说："乐伟，听说这个公司跟主办单位闹得很僵，而那些主办单位个个都是惹不起的国企大佬，头头们都是有权有势的大人物！你在广州混得好好的，非要去珠海，何苦来着？"

周乐伟还是去了。而且从此与航展结缘，一干就是十年！

到任珠海航展公司后，周乐伟才明白过来，珠海航展公司的累，才叫真正的累——一种实实在在、无边无际、没完没了、无可奈何的累。

周乐伟上任第一天，航展公司财务部门的会计第一个冲到他办公室，向他汇报说，公司员工们的工资，最多能发到 2005 年底。

资金紧缺，一直是珠海航展公司的一道坎。尽管第四届珠海航展实现了收支平衡，第五届珠海航展已有盈余；但珠海航展两年一届，一届仅有七天时间。换句话说，公司仅靠七天的收入，就得维持两年的日子，这日子过得实在有点苦，有点难。

财力不稳，公司内部的基础自然也就不稳。周乐伟很快发现，公司不稳，首先是人心不稳。一些专业人才，尤其是一些负责招商的核心人才，纷纷流水般离开；而留下的，因各种原因，矛盾也开始显现，甚至还形成了某些小圈子。

因此，周乐伟每天一到办公室，就会有员工跑来向他"汇报工作"。可汇报来汇报去，都是些鸡零狗碎的人际关系方面的问题——不是这个说那个的不是，就是那个说这个的不好。这个现象，周乐伟很快意识到问题的严重性。有着银行工作经验的他非常清楚，倘若航展公司各自为政，一盘散沙，要想办好航展是不可能的。唯有先凝聚好人心，才可能办好航展。而凝聚人心的最好办法，就是要想办法让员工把所有的时间和精力全部投入工作当中，从而摆脱个人间的恩恩怨怨、是是非非以及眼前的现实困境，让大家看到航展的美好前景。

于是，周乐伟很快召开职工大会。会上，他用温和的口气宣布了一条严厉的规定："从今天起，不许任何一个人到我办公室来说任何一个人的是非。一个人工作得好不好，我心中自有一杆秤，不用谁来跟我讲。这一点，请大家相信我。我现在最希望的，是大家放下过去一切不愉快的东西，同心同德，齐心协力，办好第六届珠海航展！"接着，周乐伟又宣布，第六届珠海航展，航展公司将不再找政府要钱发工资，也不再靠借钱发工资，而是通过办好航展，自己走出困境！

一周后，周乐伟就面临接任后的第一个大难题：他接到通知，让他跟市领导去省里和北京开会。

去之前，周乐伟就隐约听说，主办单位对珠海有意见，一纸公文告到了广东省委、省政府，所以省里让珠海方到北京去解释、去协调。

尽管到任一周的周乐伟对航展的认知还不全面深入，但他深知，主办单位之于航展的重要性，不仅仅是航展工作大纲的会签单位，其中大部分是航展重要的国内展商。一届航展的成功，甚至航展的未来发展，都与主办单位的支持力度和参与程度息息相关。所以，珠海与航展主办单位建立良好稳固的合作关系尤为重要。由于历史沿革和中国国情的特殊性，从第一届开始，航展主办单位个个都是部委级单位，都是响当当的国字号大企业，而珠海市人民政府，只是航展的执行单位，级别最低；至于珠海航展公司，更是航展组织架构中一个具体的运作企业而已，与这些主办单位相比，地位悬殊，别人根本就不把它放在眼里，要做好与主办单位的解释和协调工作，难度可想而知。

所以，还在飞机上，周乐伟就做好了心理准备：像他这样一个小小的董事长，在北京一个个大佬面前，甭想看到好脸色。但再难，也必须做好解释工作，消除误会，争取支持。唯有与航展主办单位建立了良好关系，才能夯实航展的办展基础，才能让中国航展走得更远。

果然，在与主办单位领导的见面会上，尽管市领导向诸位介绍说，他是珠海航展公司新上任的掌舵人，可如同他预料的一样，大家只是礼节性地点点头，并不热络，甚至透出不着痕迹的疏离。

会上，主办方先后提了很多意见，发了不少牢骚，有的火气很大，说话直来直去，一点也不客气，搞得在座的珠海方代表们个个很尴尬，很难受；但再难受、再尴尬也得老老实实地听着，认认真真地记着，最后还得恭恭敬敬地表个态。

这天代表珠海方表态的，是珠海市委副书记王广泉。王广泉的表态，态度诚恳，内容朴实，他说："首先我代表珠海市委市政府，对主办单位多年对珠海航展的大力支持表示由衷的感谢，对今天你们给我们提出的宝贵意见表示真诚的感谢！我们在前几届航展工作中，确实有很多做得不完善的地方，离各位领导的要求还有很大的差距，请各位领导多多谅解包涵。我们这次回去后，一定好好整理领导们提出的意见，认真总结工作中存在的问题，逐一加以克服、改进，希望各位领导再给珠海一些时间，相信我们，我们一定竭尽全力，办好下一届航展！"

会后，好长一段时间，周乐伟每天就是跟着市领导们打"飞的"，在北京和珠海之间来回奔波，对主办单位一家家地拜访。说一家家地拜访，其实就是一家家地道歉，一家家地诉苦，一家家地解释，一家家地协调。在这过程中，受点委屈，听些骂人的话，自是常事。比如，有的主办单位的领导，怨气很大，脾气火暴，居高临下，开口就骂："你们珠海那破地方，能干什么事？这样办航展，还不如不办呢！"有时候早上从珠海飞到北京，当晚又从北京飞回珠海，累自不用说，满肚子的心酸委屈还无处诉说，只能自己默默承受，默默消化。

一个多月跑下来，周乐伟发现，不少实际问题确实比他此前想象的要严重得多：有的主办单位对航展持观望态度，有的主办单位对航展前景不太看好，甚至有的主办单位的立场已经开始动摇，总之不少主办单位对下一届珠海航展，普遍表现出信心不足。

于是，周乐伟回到珠海后，多次召开会议，和同事们一起，对主办方提出的意见，一个问题一个问题地梳理，一个问题一个问题地反省，一个问题一个问题地研究，一个问题一个问题地分析，一个问题一个问题地总结，一个问题一个问题地改进。最后，周乐伟发现，所谓的珠海方与主办方的矛盾，其实并没有什么大的原则冲突，双方的动机、愿望都是好的，都是为了一个共同的目标：办好珠海航展！即使在矛盾最尖锐的那段时间，出现的矛盾和问题，起因都是为了工作，性质都是工作上的问题。比如说，办证件很麻烦的问题，展馆秩序混乱的问题，生活服务水平较差的问题，现场管理能力不强的问题，工作节奏很慢的问题，沟通不畅、衔接不顺的问题，处理问题方式不妥的问题，等等。

接下来，周乐伟做的第一件事，就是广泛听取珠海市各部门的意见，与珠海各个政府部门一个个的沟通，一个个协调，一个部门一个部门地登门拜访，一个领导一个领导的征求意见，商讨如何化解现有的各种矛盾，怎样办好第六届航展。在这个协调过程中，周乐伟这才第一次深切感受到了"协调"二字的艰难甚至心酸——不光跟主办单位协调艰难，跟珠海各部门协调同样也很艰难。因为航展公司是企业，珠海各部门是政府。在人们的惯常认知中，政府就是指挥企业的，企业就是听从指挥的；政府叫企业做什么，企业就得做什么；政府不让企业做什么，企业就不能做什么。虽然珠海航展从第四届起，就提出了"管办分离"，可在实际工作中，"管"其实还在，"办"依然难办，与国外知名航展还是有着本质上的区别：中国是政府属性，国外是企业行为。换句话说，珠海航展说是计划经济，又不完全是计划经济；说是市场经济，也不完全是市场经济；两边都沾边，又两边都不是，左右不适，非常为难。因为与航展相关的工作，涉及面非常广，几乎牵涉到珠海市所有部门，比如公安、交通、口岸、海关、财政、宣传、环境、销售，还有飞行保障、应急救援、周边管理等。而这些，又都不是珠海航展公司自己能干的事情。虽说珠海航展是举全市之力，但航展的具体承办工作，是由珠海航展公司负责，公司不去推动，很多事情就永远是被动。所以，凡事只能以最低的姿态，去协调去推动，除此别无选择。难怪在与众多部门的协调问题上，航展公司自己总结了三句话：下级协调上级，企业协调政府，地方协调中央。

当然，上述种种问题，只是国内一个方面。

还有国际方面。

周乐伟到任珠海航展公司后不久，就得知一个消息，国际知名企业波音公司将不再参加第六届珠海航展了；同时持这个态度的，还有德国摩天宇发动机公司；而另一家一直与珠海航展有合作关系的美国招商代理公司也表示，波音、摩天宇等大公司的表态，直接影响了他们的选择，他们也将结束与中国航展的合作关系，其理由就五个字：没什么意思。

这对刚刚上任的周乐伟无疑是迎头一击。尽管周乐伟初来乍到，但他对航展的特点非常清楚，珠海航展能得以举办，有赖于两方必不可少的支持：一是国内带国字头的主办单位；二是国际上著名的展商。而波音公司，是国际展商中最具影响力和象征意义的领袖型企业，如果波音公司都不想参加了，势必影响其他国际知名企业，这对珠海航展无异于釜底抽薪，那珠海航展还叫国际航展吗？

周乐伟是个爱思考的人。他很快开始认真思考一个问题：为什么国内的主办单位普遍信心不足？为什么国外的展商们会说珠海航展"没意思"？如果说前五届珠海航展真的"没意思"，那么往后办航展，怎么才"有意思"呢？

这个问题显然不会有人给他一个明确的答案，而只能靠他自己去领悟，去探索，去实践。通过一段时间的思考和研究，周乐伟开始意识到，航展的灵魂和出路，其实就在于专业化；而专业化的前提，是国际化。倘若展会上没有一些国际大牌公司，仅有一些国内企业，所谓的国际航展就是无稽之谈；而珠海航展便是自娱自乐，或者说自欺欺人。现在，国内国外，两大基础都有些动摇；尤其是国外的"基础"，不仅仅是动摇，而且开始分崩离析，往后撤退。虽然前五届珠海航展，每一届珠海人都以超常的勇气和非凡的毅力坚持下来了，但不可否认的现实是，珠海航展至今依然危机四伏，举步维艰。

那么问题的根源究竟在哪里呢？

在周乐伟看来，航展对国外的展商来说，最吸引他们的其实就两个字：利益！第一是利益，第二还是利益。因此，即使眼前的利益一时无法凸显出来，也要让他们看到市场潜在的利益；而无论是眼前的利益还是潜在的利益，说到底必须要在航展上体现出来。中国航展是个大舞台，有着巨大的拓展空间和无限的可能性。只要把航展办好了，被人认可了，让人感到有利可图了，相信国外的展商们自然就会登台亮相的。

当然了，如果珠海航展做不好，不能为外国展商们服务好，不能为他们提供创造丰厚利益的条件，再漂亮的语言，再诱人的前景，也是空谈。所以要办好珠海航展，就必须牢牢抓住航展最重要、最核心的一点，即专注于航展的专业性。

捋清思路后，周乐伟的心里便有了方向。他决定走出国门，拜访各位国际展商，面对面地进行招商；而拜访国际展商的最好地点，就是国际航展现场。于是，周乐伟带着招商团队，开始奔波于法国巴黎航展、英国范堡罗航展、俄罗斯航展、新加坡航展、迪拜航展等世界各大航展现场。

去国外航展招商，在很多人看来，风光得意，尽享荣耀。其实只有去过的人，才知个中辛苦。周乐伟说，在国外招商期间，住的是普通房，喝的是矿泉水，啃的是方便面。每天从早到晚，不是紧张忙碌地搜集客户各种信息，就是马不停蹄地拜访各位展商。有时候一走就是好几个小时，脚走肿了是常事，甚至有时候脚都能走出血泡来。

周乐伟和招商团队最艰难的，是说服以波音为代表的几家大公司。开始，他们跟对方谈了许多珠海空气怎么好、海景如何美等自然特色，对方无动于衷；接着，又谈了许多展馆面积如何大、参展价格怎么少等优惠条件，对方还是不露声色；后来，直到详细谈了中国航空航天产业的发展空间，由此可能带来的巨大的市场需求与未来的发展前景，以及下一步珠海航展的整体构想与具体规划，以波音公司为代表的几家大公司才被说服打动，答应可以考虑参加第六届珠海航展。

至此，第六届珠海航展招商危机得以化险为夷，这也为后续的国内国际招商、招飞工作打开了良好局面。

其实，在招商过程中，周乐伟思考最多的，还是如何提升珠海航展的专业化水平问题。

第三届珠海航展将专业日与公众日分开，是中国航展迈向专业化的第一步；第四届珠海航展将专业日与公众日进一步科学化、规范化、制度化，则是中国航展迈向专业化的第二步，也是重要的一步。周乐伟出任总经理后，很快意识到，珠海航展仅仅走完这两步还不够，甚至说还远远不够。区分了专业日与公众日，只是为专业买家们搭建了一个很好的贸易平台；而专业买家和专业观众到场的多少、场次，才是决定航展贸易做得是好是坏、是短是久的重要因素。因此，珠海航展要想朝着更高的台阶迈进，这一点尤为关键，应该引起足够的重视。

采访中，周乐伟说："搞航展，就是要有展商来参加航展；有展商来参加航展，就得有人来看航展，好比一个舞台得有观众来看，一个集市得有人来谈生意做买卖。到航展来的专业买家和专业观众越多越好，人越多买卖就做得越多，人越多航展就越热闹。但光看热闹不行，做买卖才是目的。而要真正做好买卖，做更多的买卖，就得专注于航展的专业性，提升航展的专业化水平，把航展的专业化向深度和广度推进。"

因此，自第六届珠海航展起，周乐伟在重视国际招商的同时，把着力点用在了组织专业买家和专业观众上。比如，以各种可能的渠道，邀请国际贸易团前来参加珠海航展；通过中国空军的关系，邀请与空军有过合作的各国军方、政府、企业前来珠海航展洽谈生意。如此，有了国际展商，有了专业观众，有了专业买家，在珠海航展专业日这三天里，就有了做贸易的核心要素：看样品，做交流，谈生意，做贸易。由此形成一个良性的交易氛围，让珠海航展真正成为航空航天业的贸易平台，而不是看热闹的集市或庙会。

并且，为了进一步规范专业日，让珠海航展的专业日向着国际一流航展看齐，周乐伟还做出严明规定：儿童不能是专业观众。也就是说，儿童只能在公众日期间看航展；而在专业日期间，儿童一律不得进入展馆。

与此同时，在航展期间，周乐伟还推出一系列与珠海航展的专业性密切相关的活动。譬如，在珠海航展期间，邀请各方优秀专业人士，举办各类讲座；同时开展各种专业论坛、产品发布会、新闻发布会以及一些大型签约活动等。这些活动，既有珠海航展公司精心策划的，也有各家展商自发组织的。由于活动频繁，在三天的专业日里，听众越来越多，航展中心的新闻中心二十几个会议室全部排得满满的。高品质的专业论坛、频繁的贸易洽谈、深入的技术交流，营造了浓厚的专业氛围，也赢得了展商、专业观众和社会各界的广泛赞誉。

此外，门票是历届珠海航展最主要的收入，也是经营上波折最多、最容易失控的地方。此前，门票由珠海航展公司经营部的一位员工具体负责，但自第六届珠海航展起，周乐伟就在公司内部公开竞聘门票销售总监，并规定门票销售总监可享受公司正职待遇。于是通过竞聘，一位部门副职胜出，而后很快搭建起一个专门的门票销售团队。

以周乐伟做金融的专业眼光来看，珠海航展的经营潜藏着很大的拓展空间。所以门票销售团队搭建起来后，就从以下三个方面展开工作：

一是加大门票的宣传推广活动。

二是选择有实力的代理商，实行代理商总负责制和预付款制。即是说，凡是代理商所拿门票，必须预付一半以上的门票款。这一来，许多没有实力的旅行社，自然就被排斥在外了。事实上，之前的珠海航展，也曾实行过代理商制，可终因合作方实力不够，加之协议不清，责权利不明，导致最后扯皮，出现未售出的门票不退回，钱也收不回来的情况。而这一次，经门票销售团队仔细考察后，选择了珠海最大的一家旅行社作为总代理商，事先明确好责、权、利，先交清预付票款。尽管有风险，但总代理制具有的垄断性质让新合作方有了极大的操作空间，全中国的旅行社要航展门票都要找他，所以最终效果很好。

三是把珠海航展门票的销售和飞行表演等亮点捆绑在一起，打包销售。比如，第六届珠海航展的俄罗斯"勇士"飞行表演队和英国"金梦"特技飞行表演队，都是国际上著名的飞行表演队，其亮点鲜明突出，对航展观众具有很强的吸引力，把它与门票的销售捆绑一起，对门票销售就是一个极大的促进。

上述三项举措，让第六届珠海航展的门票销售，在大家都觉得不可能再有增长空间的情况下，居然增加了两万多张，获得五百多万元的收入；而五百多万对当时经济拮据的珠海航展公司而言，可是一笔不小的收入。

而在招商上加大经营力度，是周乐伟的另一举措。主要是对珠海航展的一些无形资产，做进一步开发。比如特许经营、总冠名、现场广告牌销售等。所以自第六届珠海航展起，航展现场开始出现了空客、波音等国际知名企业的大型广告。

最具代表性的，是对航模的开发和经营。航模是与航展联结最紧密的派生具象，它同时还联结着每个航粉心中的飞翔梦想。然而自珠海航展举办以来，航模在经营空间上的意义一直被忽略，直到第六届珠海航展开始，"航模经营"才受到重视。但第六届珠海航展期间，当周乐伟在现场询问特许经营商时，对方告诉他说，没多少钱赚，甚至还亏本呢。周乐伟心里纳闷，这么多人买，怎么会亏本呢？再度观察，他发现，如果说亏本，原因只有两个，一是一些不法商贩偷偷卖"山寨版"，二是"八一"表演队可能也在卖自己的航模。只要把这两个因素控制好，航模应该大有钱赚。

所以，第七届珠海航展时，周乐伟便改变思路，尝试着使用一种新的航模营销路子：第一，加强监督，谁也不许乱卖，"八一"队也不行；第二，与特许代理商合作，不收它的特许经营费，而是派人参与销售，收入分成。

结果，第七届珠海航展的航模收入，翻了一倍还多。后来第九届珠海航展结束时，周乐伟又觉得不妥，还要改。于是第十届珠海航展时，航展公司干脆收回了航模的特许经营权，全部自己经营。结果，第十届珠海航展仅航模一项收入，就非常丰厚！

由此可见，外表温文尔雅的周乐伟不愧为学金融的，他用金融的脑袋来搞航展，便显示出其独到之处。在他看来，搞经营就要有经营头脑，做经营一定要有风险意识；但同时又不能被风险意识所控制。只要在做之前，用专业的知识和缜密的思维把所有流程设计好，操作时再严格按照流程操作，即使出现问题，也好把控，能够承受。

然而，温文尔雅的周乐伟的另一面，却鲜有人知。

比如喝酒。

在中国，酒是一种文化，一种情怀；同时也是一把钥匙，一个桥段。有些时候，出于工作需要，喝个酒，吃个饭，既是出于礼节，亦是人之常情。

南方人喝酒，是随意的，轻松的，甚至有时还是肆意的。周乐伟在南方人中，属内敛节制型性格。之前在银行工作多年，位至行长，他也极少沾酒。可到了珠海，当了航展公司董事长后，在开展航展工作的过程中，虽然与协作单位在目标上一致，但出于工作需要，喝个酒吃个饭啥的，总是在所难免。

航展协调工作千头万绪，涉及层面高，范围广，且航展公司处于航展组织架构的底层，难度可想而知。不可为而为之，有无奈，有心酸，更多则是无畏艰难的勇气和海纳百川的胸怀。为了珠海航展，周乐伟有些酒喝得有几分委屈，几分苦涩，几分悲壮。

小酌怡情，酩酊大醉则让人难受又伤身。一次协调主办单位的经历，让周乐伟刻骨铭心。

第八届航展筹办期间，有天晚上周乐伟已回到家中，又突然想起与某主办方的一些细节还需做进一步的沟通，便拨通了这家主办单位领导的电话。不料电话刚一接通，对方不容周乐伟做任何解释，冲着他就又嚷又吼，火气非常大。可周乐伟不但没有挂掉电话，反而一声不吭，始终耐心地听着。等对方嚷完了，吼够了，才平静地向对方一一做了解释。第二天，还亲自上门，向这位领导赔礼道歉。道歉的方式，是传统的中国方式——喝酒。这一次他把自己喝醉了。他用自己的真诚和恳切委婉地表明了态度，冰释了误会，取得了谅解。

周乐伟打电话的这个晚上，妻子赵伟媛就在他的身边，对方电话里说的话不免难听刺耳，赵伟媛都听得一清二楚。周乐伟打完电话后，她什么也没说，但这个晚上的她却有一种心酸的感觉，她替老公感到深深的委屈。

作为妻子，从内心来讲，赵伟媛是最不愿意周乐伟喝酒的，也是最怕周乐伟喝酒的；但她更清楚他在工作上承受了多么大的压力。

她时常劝导周乐伟，干工作你要卖力，但喝酒得量力而行。可何谓量力而行？赵伟媛自己也说不清。她只知道周乐伟来珠海航展公司前，身体很好，健康阳光，能吃能睡，能蹦能跳；可现而今，每年体验，样样都高——血压高、血糖高、血脂高、尿酸高、脂肪高……当然，赵伟媛心里也非常清楚，这不光是因为喝酒，最根本的还是来自超强的工作压力！

采访中，赵伟媛说："每一届珠海航展，来珠海看航展的人都很多，而且越来越多。国外几家著名的航展，历史悠久，搞得很好，影响力大，交易量也大，但绝不可能有珠海航展的人多。可以说，珠海航展是世界上观众最多的一个航展。由于人多，情况就很复杂；加上珠海又与港澳紧紧相连，很多复杂人员都可能过来，还有恐怖组织。万一有些身份不明的人混了进来，在航展现场制造点什么事端，珠海航展搞得再好，主办方评价再高，都是大问题，影响都很坏。你想，作为珠海航展公司的董事长，乐伟能没压力吗？尤其是航展期间的飞行表演，短短六天时间，上千架次的飞机起落，其中惊险刺激的特技飞行，伴随着观众的惊叹声，也将飞行这一最大风险完全呈现出来。特技飞行表演的"空中勇士"是飞行员中的佼佼者，个个艺高人胆大，为了完美表现他们挑战极限的技艺，常常会在空中炫技，除了他们自己身处风险中外，这种风险也会压在其他人身上，压在航展承办方的负责人乐伟身上。俄罗斯'勇士'队在俄国飞行表演时，就出事了，死了人。出事那天，乐伟心里非常难受，那个去世的飞行员，他认识，来珠海参加过好几届航展的飞行表演。可一个活生生的人，说没了就没了。作为珠海航展的承办方，这种无形的压力可想而知。"

是的，从2005年至2015年，周乐伟已任航展公司董事长整整十年，十年间共承办了五届珠海航展。而每一届航展，作为董事长的他无疑都承担着巨大的经济压力和精神压力；这种压力不仅死死地压在周乐伟自己的身上，同时无形中也紧紧地压在了他妻子和父母的身上。于是，每届航展到来之日，便是他妻子和父母担惊受怕之时。

周乐伟的母亲信佛，珠海航展那几天，她从早到晚，不是在家念经，便是在家上香，祈求航展飞行安全；赵伟媛则说航展一开幕，她六天的时间都提心吊胆，只能通过默默祝福来祈求航展平安；而周乐伟的父亲，在珠海航展那几天，每天起床的第一件事就是看天，看天上的云层厚不厚，看天上的风大不大，看当日究竟是晴天还是阴天。他相信心诚可以感天动地，心诚也能融化人心。

非常遗憾的是，尽管儿子在办珠海航展，而且已经办了十年五届航展，可两位老人从来没去现场看过一眼。也不是两位老人不想去看，而是他们担心去了会给本来就累就苦的儿子增添麻烦。所以十年来，每当珠海航展期间，两位老人都不出门，从早到晚，就守在电视前，不放过一个镜头。

采访中，赵伟媛说："其实，我对珠海航展的了解和认识也是有个过程的。乐伟搞了十年航展，我的心也跟着他忐忑了十年。我真没想到，为了珠海航展，乐伟和他的同事们竟付出了那么多的心血和汗水，还受了那么多的委屈！要是换了我，我肯定受不了！"

是的，赵伟媛受不了，其他人也可能受不了。但身为珠海航展公司董事长的周乐伟，受得了要受，受不了也得受——他必须"接受"！从某种意义上，办珠海航展，"接受"就是他的工作，就是他的职责，就是他的使命。

事实上，周乐伟也真的"接受"了；航展中的许多工作，都是他先"接受"后完成的，否则，很多事情恐怕就难说了。而周乐伟之所以能"接受"，与他温文尔雅、内敛坚韧、包容宽厚的性格有关；而他温文尔雅、内敛坚韧的性格，又与他的家庭有关。周乐伟是潮汕人，父亲是学校校长，母亲是教师，所以他从小就生长在一个温暖而又平和的家庭里。父亲为人慈善，写得一手好字，多年来一直用毛笔给儿子、儿媳妇写信。听说儿媳妇要搬办公室了，他用粉纸毛笔给她写了一幅字："读书索理，求真务实。"后来儿子要去珠海就任了，他又用白纸黑字为儿子写了一幅。同样的内容，同样的心愿，倾注着老人对子女的殷殷期望：无论什么时候，在什么岗位上，都要好好做人，认真做事。

所以，温文尔雅与内敛坚韧，是周乐伟性格的基调。十年磨一剑。为了做好航展这份工作，他始终不忘初心，负重前行，执着地推动珠海航展破茧化蝶。

但是，如果有人认为周乐伟的温文尔雅与内敛隐忍，是胆小，是畏缩，是软弱，甚至是没有尊严的屈从，没有原则的和稀泥，那就大错特错了。周乐伟的温文尔雅不是胆小，不是畏缩，而是涵养和气度；周乐伟的内敛隐忍也不是屈从，不是软弱，而是柔中带刚，绵里藏针；是一种做人的厚道，做事的老练；是一种深刻的宽容，有底线的妥协；是一种策略，更是一种智慧。很多棘手的事情，就像一块烫嘴的骨头，在别人看来简直没法"啃"了，可到了周乐伟的手里，他却能慢慢接近它，一点一点地"啃"掉它，直至最后完全"消化"它。他的温文尔雅与内敛隐忍，恰如其分地化解了一段特殊时期出现的尖锐矛盾，让航展中的不少事情有了回旋的余地。或许正因为这一点，珠海市委才让他出任航展公司的董事长，并连任五届，从而成为珠海航展公司历来任职时间最长的一位董事长。

天道酬勤。从第六届珠海航展到第十届珠海航展，周乐伟通过与航展各主办单位真诚而持续的沟通与交流，最终雨过天晴，为珠海航展打开了一个良好的局面。多年来，珠海航展执委会和航展公司不仅能直接与中央各部委单位顺畅沟通，而且还建立了稳固良好的合作关系，夯实了举办航展的基础。

采访中，周乐伟说："从第七、第八届珠海航展以后，你可以看到，展商们来争的，都不是资金问题了，而是多争场地、多争展位、多争会场……尤其是第十届珠海航展，来了一百三十架飞机，都到珠海航展争相亮相。"珠海航展终于完成了从'要他们来'到'他们自己要来'的历史性转变。"

然而从"要他们来"到"他们自己要来"，个中的艰辛与酸楚，又有多少人体会得到？

第七届珠海航展结束时，答谢宴上，周乐伟仅仅喝了一杯酒，整个人便瘫倒在了地上，被紧急送往医院，直到凌晨一点才清醒过来；而第十届珠海航展结束当晚，已是"身经百战"的周乐伟，几杯酒下肚后，便已泪流满面……

那么，究竟是什么东西，让无数像周乐伟这样的中国航展人，一次次地热血沸腾，一次次地心惊肉跳，一次次地泪流满面呢？

魅力，航展的魅力。

当然，还有风险与挑战。

周作德：男儿有泪也要弹

2014 年 11 月 16 日晚，第十届珠海航展飞行表演答谢会结束后，珠海航展公司总经理周作德一回到家便栽倒在沙发上饮泣不已。一旁的儿子吓坏了，忙问妈妈："妈，爸爸怎么了？"周作德的妻子既焦急又习以为常，摇摇头道："没什么，航展闭幕了，你爸太高兴了。"

只有周作德的妻子知道，几乎每一届珠海航展结束，周作德都要大哭一场。

周作德是珠海航展公司少有的从第一届干到第十届的老将，也是为珠海航展流汗、流泪最多的人之一。采访中，周作德说，他像父亲。父亲打铁为生，性子硬得像坨铁，心肠却热得像团火。父亲靠打铁养活全家九口人，即便天塌下来，也能用脊背扛着；而父亲心中那团火却像一盏灯，一直照耀着他脚下的路。可打铁的父亲爱喝酒，几乎每天晚上都喝，喝多了就哭，自个儿哭，静静地哭，有时哭很长时间。以至于几十年后第十届珠海航展结束的当晚，当周作德的姐姐看见弟弟哭成个泪人时，禁不住在一旁连声感叹说："哎，没办法，遗传！"

然而，爱流眼泪不等于软弱，坚忍不拔才是周作德的性格。他从广西南丹县的大山深处走来，走到广州，走进珠海，走到今天，靠的不是流泪，而是绝不认输的坚强。

在周作德的记忆中，家乡的贫穷是不可思议的，也是令他刻骨铭心的。他老家整个村子没有钟表，只有他家有一只，每当村里人家里有红白喜事，想挑选良辰吉时，就都来他家借钟表。直到 1990 年他大学毕业时，村里还没用上电。也就在这一年，他的父亲去世了，一直照耀在他头上的那盏"土灯"，忽地一下熄灭了。从此，他只能靠自己摸索着往前走。

周作德是在村里上的小学和"戴帽"初中，到了初三上学期仍没有英语、物理课。初三上学期结束后，"戴帽"初中终于因为不具备办学条件而撤销，他也只好转学到外地。初三下学期，到新学校上的第一堂课正好是英语，他因为一个字母都不认识，一个单词也听不懂而一直低着头暗自落泪。经过半年的苦读和恶补，初中毕业时他考入了地区的重点高中民族班，这才得以系统地学习英语。到高考前夕，他的英语成绩居然跃居全年级前茅，并在英语老师的建议下报考外语专业。后来，他如愿被广州外国语学院录取，成了他们村有史以来的第一个正牌大学生。

可是，到了广州外国语学院后，周作德才知道什么叫差距。他的英语水平不仅在全班垫底、年级排名靠后，而且他发现，与绝大部分来自全国各地的同学相比，自己连"口语""听力"这些名词概念都很少听说，更不用说接受过任何训练。痛定思痛，好强和好学的他在刚上大学的第一个寒假没有回家，而是留在学校，恶补了整整一个假期的英语……正是凭着这股不服输的韧劲，他逐渐后来居上，到大四上学期时，竟成为全系保送的六个研究生之一。

可惜，因毕业时恰逢父亲病危，周作德为增加收入赡养父母，在临近研究生报到注册之际，忍痛放弃读研机会，选择了留校任教。

1994年，为与女友团聚结婚，也因为珠海正建设大型国际机场，需要外语人才，周作德赔钱调离广州外国语学院，到珠海机场做了一名翻译。

采访中，周作德说，其实他是主动"撞"上航展的。这一撞，尽管曾让他饱受委屈、黯然神伤，但是也让他踌躇满志、意气风发；这一撞，不仅让他见证了珠海航展从"庙会"到"盛会"、从风雨飘摇到誉满全球的发展历程，同时也让他的人生经历了从迷茫到充实、从低谷到巅峰的二十年。

第一届珠海航展筹备期间，周作德作为航展公司的一名编外人员和热心义工参与了航展筹备工作。当时的航展筹备工作一片空白，没有人知道什么叫航展，怎么办航展，只能邀请外国专家到珠海来传授经验。当巴黎航展的顾问到珠海来协助做可行性研究报告或介绍经验时，周作德常友情客串，协助航展公司进行外宾接待和翻译工作。

1996年2月，为感谢周作德多次的无偿帮助，航展公司特邀他随珠海航展招商团去新加坡招商。在新加坡招商期间，周作德亲眼见识了国际航展的宏大气象，第一次真切感觉到了珠海航展未来大有可为；而当时的珠海航展公司也急需他这样的外语人才，便向他做出承诺：如果他愿意调来珠海航展公司，可到招商部门任经理。从新加坡回来后，周作德马上向机场集团申请调到航展公司工作，但未获批。当时的机场集团主要领导在其调动申请上批示要求他要安心工作，继续为（机场）市场的开发工作做贡献。

1996年11月，第一届珠海航展在懵懂中举行。当时整个中国对航展并没有任何定位，可谓航展的草莽时代。不仅规模很小，室内参展净面积不足一万平方米，而且也没有区分专业日和公众日，任何人任何一天买票都可以进去。尽管如此，航展现场，依然人山人海，拥挤不堪。采访中，周作德用两个词对当时的现场做了形容：环境恶劣、人满为患。好在当时公众对航展还没有什么概念，所以并没抱太高的期望值，也就谈不上什么失望，太多负面影响的东西也就并未在社会上出现。

1997年，周作德再次申请调到航展公司工作。

此时，航展公司机构已经健全，职位已经配齐，周作德如果调去，只能做普通职员，连职称也不能与工资挂钩。因此，他的中级职称也相当于没有，但他去意已定，还是执意请调。周作德说，他下决心调动的原因，主要是两点：一是当时的珠海机场作为国际机场久不开放，外语用不上，他妻子高考时曾是广西的外语状元，可在机场待了若干年，由于无用武之地，专业几乎荒废；二是他一直认为，珠海航展前途远大，若能调去，他可以施展一下拳脚，干点自己喜欢干的事情。

这一次调动，总算如愿以偿。可是，航展公司是进去了，他原有的科长待遇却失去了，职称也没有了；因为级别降低，工资还降了一级。

这些，周作德无所谓，只要能干有意义的事，他就高兴，他就来劲。由于离第二届珠海航展还有一段时间，他的工作任务尚未明确，他便抓紧时间，埋头查阅世界各国有关航展的资料，翻译一些有借鉴意义的文章，主动修编第二届航展的招商手册和参展商手册等资料，提出各种合理化建议。在此基础上，他还按照部门经理的要求，通过对同事进行访谈，撰写了《什么是航展》一文，对如何衡量一个航展的好坏进行了较为全面的探讨，这篇文章当年被节选刊登在《中国国际航空航天博览》杂志上。

第二届珠海航展进入紧张的筹备阶段后，周作德作为一名普通的招商人员，负责法国和以色列地区的招商以及会议的策划组织工作。航展举办期间，周作德一直在市区几个酒店张罗不同会议、论坛的组织、服务工作，忙得不可开交。航展开始后的第四天下午，周作德突然接到电话，说航展现场有参展商在闹情绪，要求撤展，要他马上赶去帮助协调处理。

周作德匆匆赶回航展中心时，只见欧洲航空航天协会的一名组织者已经正襟危坐地等了很长时间了。所以刚一见面就说："其实我找你们没有什么事，只是来道别，以后再也不见了而已（Farewell！Farewell！）。"原来，他是被航展公司没有兑现相关承诺，临时改变欧洲展团位置，以及航展组织管理混乱的场面激怒了，因此要求提前撤展，并且表示今后再也不来参加中国航展！

第二届航展闭幕当天晚上，周作德又接到以色列飞机工业公司展览经理Miha的电话，他刚喂了一声，就听到对方在电话里一阵咆哮。原来，这位以色列客户在撤展时，要从场外运箱子进场，可安保部门的人员就是不让他的空箱进场，还要把他请出展馆去，说是要清场，这样一来，势必导致以色列客户无法按原定计划打包展品并离开珠海前往香港搭乘回国的航班。于是周作德立即赶到该公司展台，向安保人员表明身份，并承诺将一直守在该公司展台"盯"着客户打包，直到他们收工离开，如果出啥问题由自己承担责任。就这样周作德帮着Miha一起打包展品，一口气连干了几个小时。

上述两个情况，都是中方的协调和服务出了问题。而这些问题原本是可以处理好的，却偏偏没有处理好。每当这个时候，作为奋战在销售一线的周作德心里总是充满了对客户的愧疚和说不出来的难受。他想不明白，也很不甘心：航展不就是一个展览吗，为什么搞得这么复杂艰辛？！没有一点专业盛会的样子，参展商焉能不伤心失望？！

第二届珠海航展结束后，珠海航展毫无悬念地陷入了漫长难捱的低谷期。周作德知道症结在哪，却无力改变。政企不分，管办混淆；谁都在指挥，可谁都不知该听谁的；谁都在管，结果等于谁也不管。航展公司严重亏损，连工资都发不出。有人拂袖而去，另谋高就；有人漂洋过海，步出国门；余下的人，则在混日子。周作德的心里瓦凉瓦凉的，也同样动了走的念头，可他又心有不甘。他认定航展本不该是这样的，只要调整一下，优化一下，努力一下，就能够扭转过来，旧貌换新颜。

1999年5月，珠海航展公司领导班子换将，邹金凤出任航展公司董事长。

8月，周作德临危受命，被提拔为航展公司新成立的展览部副经理，全权负责国外招商。2000年2月，周作德领着招商团队去新加坡招商。如何重塑航展的形象，重振市场的信心，重获参展商的信任，成为摆在他面前的一道难题。

招商团队到达新加坡后，迎面就被当头一击：邀请世界各地参展商参加新闻发布会的邀请函早已发出，可到了新闻发布会那天，竟无几人到场。站在空荡荡的会场上，周作德如雷轰顶，呆若木鸡。他掏出手机，用发抖的手拨打着电话。可一个个电话打过去了，对方只礼貌地说声"对不起"，不做任何解释，便啪的一声挂了电话。

事后，美国招商代理找到他，转达了美国地区几家大公司展览经理提出的要中国招商团的领导到美国展团贵宾室当面回答问题的要求，声称，如果对他们的问题和要求不能做出合理回答，他们就将全部拒绝去珠海参加第三届中国航展！这位美国参展商还提醒周作德说："为什么我们大家都不去参加你们的新闻发布会？因为你们在新闻发布会上说的那些话，1996年、1998年都说过，事实证明都是空话、官话、套话，是没有价值的，也是毫无意义的！我们需要的是你们面对面地回答参展商的问题，并作出书面保证，打消他们对你们的各种疑虑。你们必须拿出诚恳的态度来，不然的话，事情会很糟糕很糟糕的！"

周作德当即感到事态严重。鉴于带队的市领导和董事长邹金凤等公司领导不懂英语，更听不懂对方谈话的内容，为提高沟通效率和效果，周作德决定自己去赴鸿门宴。这样可以直奔主题，坦诚相见，避免领导在场时那些多余的客套。于是他对董事长邹金凤等人说："这样，你们不用过去了，我自己带个人先去会会他们。我会英文，交流起来更方便，看到底出了什么情况，回来再向你们汇报。"

周作德来到美国展团贵宾室，一进门，就感觉气氛不对，好像走进的不是一个谈判室，而是一个审问场。迎着众人火辣辣的目光，周作德还是坐了下来，四下一望，却吓了一跳：波音公司、普惠发动机公司、西科斯基直升机公司等美国航空航天界著名公司的展览经理们，几乎全都在场；而且个个脸色肃穆，神情凝重。他们只看着周作德，却不急于说话。后来经过一番审问式的对话，周作德这才明白，这些老板生气的原因，主要是对中国前两届航展的强烈不满；而不满的原因，主要是中方没有按照之前的承诺，区分专业日和公众日；加上交通拥堵、现场人满为患；保障不足、秩序混乱，结果导致他们的参展商无法正常展示产品，更无法进行正常的交易……

最后，对方还态度强硬地向周作德直接甩出一句狠话："你们如果再不改进，就别指望我们去珠海参加你们的航展！"

面对众巨头的"审问"与质疑，此时的周作德感受到的好像不是一种紧张，反而是一种担当。情急之下，他自作主张，做了表态承诺："航展的秩序问题，我们一定改进；专业日和公众日的问题，我们这次一定分开。总之，请你们相信，请你们放心，我们一定尽最大努力，为贵国的各位参展商们服好务！"

气氛这才开始慢慢缓和下来。不料，周作德正欲起身离开之际，美国参展商们却提出了一个要求："周先生，你回去后，我们要求你们珠海市政府写一封信，向我们书面保证，兑现你们的所有承诺。"言下之意，你周作德仅是个做具体工作的，你的承诺无法兑现。

周作德沉默了，同时也有些被激怒了。他心里非常清楚，这封信政府不能写，写了就是新版的《马关条约》；但问题又不能回避，必须解决。

稍假思索，周作德抬起头来，诚恳而平静地讲了四点意见："第一，请你们相信我，一定相信我！信任是一切有效沟通的基础。第二，航展在中国，属于官办，而不是私办。也就是说，珠海航展是国家行为，所以我们比你们任何人更关心国家的形象和政府的声誉，更想把航展办好，对此你们没有理由怀疑。第三，中国办航展，不是办一次两次，不是一锤子买卖，而是要长久地办下去。以前出现的问题是因为缺乏经验所致，只要你们给我们多一点时间、耐心和指导，我们一定能够改正不足，后来居上。第四，也是最重要的一点，在此我想提醒一下各位，中国是个大市场，拒绝参加中国航展，无异于放弃中国这个大蛋糕，相信你们不会犯这种低级错误。这一点，希望你们三思。此外，我认为你们提出要我们政府给你们做出书面保证的要求是完全不适当的，也是不可接受的。如果你们不放心，我回去后可以以我个人的名义，把我今天讲的几点改进措施写下来发邮件给你们。"

从始至终，周作德言辞恳切，有理有节，美国展团代表最终选择了相信周作德。

从贵宾房出来，周作德将谈判过程及自己自作主张提出的几点改进措施向董事长邹金凤做了汇报。邹金凤表示理解，也很支持。

回到珠海后，周作德把会谈的情况写成了一份《会谈纪要》，连同会谈过程中同事拍的照片分别发给了每个参会的美国公司展览经理。就这样，第三届珠海航展的招商工作终于在艰难中起步，任务有惊无险，又在艰难的挣扎中勉强完成了。

由于有了这次与外商的交锋，从第三届起，珠海航展简化了办理证件的手续，区分了专业日和公众日，开辟了展商和专业观众专用通道，设立主要保障参展商的场内停位，并大力组织专业观众和买家前来参观。这些关键性的改变，成为珠海航展最基本原则。因此周作德认为，第三届珠海航展是个转折点，它重新赢回了参展商们的信任，也使中国航展开始向着专业化的道路迈进。

受命于危难之际的周作德，为了实现这个转折，可谓是呕心沥血，做了大量基础性的工作。尤其是航展早年频繁换帅、风雨飘摇，很多同事忙于复习考试，准备出国的时候，周作德却在潜心研究其他领先航展的资料。为了提升航展的形象，他亲自重新梳理、编写了中英文的招商手册、参展商手册、飞行指南、格式化招商代理合同等，即便是在十多年后，还能从航展的各类文件、方案、业务资料中看到他工作的痕迹。这种拼命工作的状态，使他很早就患上了腰椎间盘突出症的毛病。这个病在第三届航展最后一个公众日终于大爆发，他在航展撤展现场，突然僵在原地，动弹不得。后来，经过几天调理，可以缓慢行动，但等他赶回南宁看望住院待产的妻子时，伤病再次爆发，自己也成了一名住院病人，无法像其他父亲一样，能在第一时间看到刚刚出生的儿子。

在给儿子起名的时候，周作德曾经考虑过"周航展""周航""周展"这几个选项——这是当时主管航展工作的珠海市委副书记雷于蓝在航展公司全员大会上给周作德提的一个半玩笑半认真的建议。如果是双胞胎，"周航""周展"这两个名字可能会用上了，但作为一个孩子的爸爸，周作德最终没有选用"周航展"这个名字，因为当时航展公司刚刚经历过发不出工资的窘境。

但第三届航展重新赢回参展商的信任，开启了航展向专业化方向发展的征程，着实令周作德感到极大的安慰，他对未来充满了信心，期待着进一步施展拳脚。

确实，有了第三届航展的基础，第四届航展的招商工作轻松愉快、一帆风顺了，几乎没有参展商再像第三届那样，要么不愿见面，要么一见面就先批评指责。第四届航展的招商工作成绩斐然，国际参展面积显著增长。但令周作德做梦也没想到的是，进入 2002 年 9 月份后，局势风云突变，就在航展刚刚开始的第一天，他自己竟然被珠海市公安局拘押，关了一整天。

这个令人啼笑皆非的"工伤"事件，周作德笑称是自己人生中千金难买的一次经历，航展事业的悲壮和孤独，从中可见一斑。事情得从第四届航展举行开幕式的当天上午说起。当年航展的开幕式是安排在市区酒店举行，展览则是次日开始。开幕式当日上午十点，因为一家国外参展商随身携带的轻便展品在九洲海关被查扣，作为航展现场总指挥的周作德（时任航展公司总经理助理兼总经办主任）在百忙之中赶到九洲码头，协助参展商与海关协调展品放行事宜。正在这个时候，刘华强董事长来电告诉他，上级出于安全考虑，临时决定航展所有已发出的票证一律作废，必须马上通知所有的参展商、开幕式嘉宾和观众，按照新的规定和程序重新申办人证和车证，请他马上布置并落实。周作德一听脑袋"嗡"的一声就炸了：航展票证五花八门、种类繁多，有记名带照片的，也有不带照片的，适用不同的人、车，花了几周时间才办好分发出去。此外还有根据参展面积配发的专业观众邀请票，两三个月前就已经邮寄给世界各地的参展商。这些票证总数高达十几二十万张，其中邀请票在持有人前来注册办证前是可以换手的，开幕式今天下午就举行，航展明天就开幕，这么多人怎么通知？就算通知得到，又怎么可能在这么短的时间里重新办理这么多的人证、车证？办不了结果会怎样？这么多人无法如期参展、参观会发生什么事？人会不会闹事，车会不会堵路？航展和政府的诚信和形象怎么办？一连串无法回答的问题和难以想象的后果让周作德感到事态异常严重。在反复确认上级的命令已无法更改后，周作德一处理完展品放行事宜就立即快马加鞭赶回航展中心，路上不停地打电话向公司各工作组发出指令，并召集相关单位和部门的人士到新闻中心会议室集中准备开会。同时致电时任执委会办公室主任的市委副秘书长李天增和当时主管航展工作的市委副书记余炳林。余副书记显然一听就立即意识到了问题的严重性，没过一会儿就委托李天增副秘书长来电，指定周作德全权负责次日在航展现场处理参展商和观众入场的问题，并由执委会办公室出具授权书。

从九洲码头赶回航展现场后，周作德立即主持召开紧急会议，就通知通告、票证更换、人力调配、应急处置、搭建收尾等工作做了部署，并与负责有证车辆分流点的交警部门约定了相关事项。之后周作德组织力量加速推进布展工作，临近傍晚，眼看现场工作已无大碍，这才顶着夜色急匆匆赶回市区办公楼，与李天增一道联合办公，分别代表航展执委会和航展公司，在航展公司送来的一张又一张重新办证的申请表上签字，该申请表再经公安部门审查审批后，才能回到办证中心办理证件。

周作德和李天增就这样空着肚子，在各界嘉宾和各国参展商的斥责中，一口气干了一个通宵。但不出所料，到凌晨五点多的时候，当晚接到通知并前来办理更换手续的车证不到原先发出车证总数的四分之一。因为审批程序复杂和办证设备落后等原因，当晚也只有一部分重要嘉宾和重要参展商申领到了新的航展入场证件。为了申办几张新的证件，有的人不得不等上两三个小时……

此时，在离航展现场开门迎宾还有一个多小时——部分清洁和餐饮服务商甚至已在路上——的情况下，摆在周作德面前的选择非常简单，但也相当沉重：是继续低头签字，管他洪水滔天，还是干点一般人绝不会干的傻事？

周作德毫不犹豫选择了后者。他一把拿起剩下的新车证，对着与自己并肩战斗了一夜，同样被责骂和疲惫折磨得面无表情的李天增说了句"秘书长辛苦了！我把这些新车证拿走，回头新旧车证加一起如数奉还"就钻进车里，朝着航展现场飞驰而去。

赶到航展现场时，航展中心的入口处已是人声鼎沸。若干早到的服务商车辆和人员，因未更换新证而被拒之门外，随着人车逐渐拥入，不满的情绪也在不断高涨。周作德赶紧向根据头一天的部署前来待命的几个小组成员分发车证，让他们立即分头前往展区的两个车辆入口和外围道路的车辆分流点，嘱咐他们但凡遇到持航展旧车证的车辆，立即无条件就地为其更换新车证，并务必把旧车证拿回来核销。正在这时候，时任航展公司总经办副主任的程伟华正好走过，周作德当即拉住他，指示他到1号门办证点，只做一件事，即只要入场者持有航展公司原先发放的有效票证，只需其出示身份证件，在旧的航展票证上写上证件号码，即可签字确认有效，并当场更换或办理新入场证件入场参展、参观。

意想不到的是，在经历了头一天的不眠之夜和当天一整天的忙碌后，周作德在参加公司当天傍晚举行的每日工作例会上，被公安人员请去配合调查相关情况。离开会议室时，周作德还懵然无知，直到进了机场公安分局大楼，出入洗手间都有人"陪同"，通宵被人轮番"询问"，深夜饥寒交迫工作人员置之不理时，他才意识到自己"犯了事"，失了自由。至于犯了啥事，他在二十四小时后才被告知是因为自己的所作所为"给航展安全带来了危害"。周作德被关了整整一宿。那一宿，周作德这个航展"铁人"像水做的似的，在被"问询"中数次陷入哽咽，独处时甚至号啕大哭。他不是为自己的委屈在哭，而是为珠海航展在哭，为航展公司在哭。知我者谓我心忧，不知我者谓我何求？

其实，从第一届珠海航展到第十届珠海航展的二十年时间里，正如有过几次大哭一样，周作德也曾有过几次离开航展的念头。说来都是些痛彻心扉的时刻，哭是爱之切、恨之深，走也是迫于无奈。

第一次萌生离开之意，是在第三届珠海航展结束后。虽然第三届航展重新赢回了参展商的信任，但因为在飞行表演和广告经营方面投入太大，加上航展期间遭遇连日瓢泼大雨，最终导致收不抵支，珠海航展公司陷入了资金链断裂的困境。航展结束后，公司连续几个月发不出工资，不得不裁掉三分之二的人员。

恰好在这个时候，澳门一家公司，三番五次向他递出"橄榄枝"。

于是在2001年9月初的一个上午，周作德直接当面向董事长邹金凤提交辞呈。

面对周作德的辞呈，邹金凤内心无比复杂，无言以对。

其实，早在邹金凤被市委派来珠海航展公司不久，他就注意到周作德了。经过一段时间的观察，他对周作德做出三点评价：第一，外语专业毕业，当过大学教师，有知识有文化；第二，为人低调，不走关系，性格单纯，为人正直，而且踏实肯干、能干；第三，思维活跃，脑子反应快，文笔不错，写作能力很强。就这样，1999 年 7 月，周作德被提拔为重组后的展览部副经理，全权负责招展招商工作。在筹备和举办第三届珠海航展的整个过程中，邹金凤对周作德的表现也都是满意的。可现在，周作德却要离开他，离开航展公司了。

对周作德的请辞，邹金凤是有所预料的，而且此时的他已经知道自己很快也要离开航展公司，但他坚决不同意周作德离开，于是他把公司所有领导班子成员叫到办公室，一起和周作德谈心，要求他不要走。时任副总经理的毛矛更是私下对周作德说：你有走的资本，也有留的理由，最好能留下。

毛矛是周作德在航展事业上的启蒙老师，也是分管领导，一直很受周作德信任和尊重。正是毛矛的一句话，留住了周作德。

2001 年 9 月中旬，珠海航展公司领导层再度发生变动：邹金凤调回珠海市政府，刘华强调任珠海航展公司董事长兼总经理。

刘华强到任后，第一时间把周作德从展览部调到总经办任主任。

周作德一开始感到非常纳闷。在周作德已有的认知中，总办主任就是管杂七杂八、吃吃喝喝那一套，跟业务一毛钱关系都没有，怎么会把自己放到这个岗位上，莫非新领导对自己有误解？或者是什么地方出了差错？

不久，周作德便发现，是自己想错了。

刘华强到任后，首先要做的是从体制上理顺关系，提出政府与珠海航展公司"管办分离"。一切运作都由珠海航展公司负责，都按市场化运行。政府只管行政那一套，只负责协调工作。另一方面，在珠海航展公司内部，必须加强管理，制定规章制定。尤其是财务制度，务必严格。之前为什么亏损严重？在刘华强看来，那是观念错误，制度缺失所致：没花自己的钱，无须精打细算。

很快，一系列严密而系统的管理制度出台。珠海航展公司各部门的人权财权收归公司统管。包括用车、接待，各部门如有需要，必须先填单报总经办，呈公司领导批准后才能安排。就连各部门的国际传真，也全部收归总经办统一管理。

周作德这才明白过来，原来刘华强调自己去总办任主任，不是贬职，而是重用，连招展招商工作，也由总经办牵头！在外人眼里，总经办几乎统管一切。当年与刘华强一起新调来的公司常务副总甚至开玩笑说周作德是比常务副总还"牛"。

但作为公司的中层干部，周作德深知，这个权力，只是干事的职责。外人眼中的"权"，在他这里实际是无穷无尽的加班。

事实也确实如此。由于公司的董事长和总经理同时更替，新领导一开始对航展业务不熟悉，而且推行的一系列改革举措打破了原来的格局，触动了部门原先享有的一些权益，导致公司上下级之间的信任和部门之间的协作关系在相当长的一段时间里不太和谐。加上公司管理层没有懂外语的成员，因此，几乎所有部门的业务文件特别是涉外文件，董事长都要求周作德亲自把关。重要的合同和协议，需要周作德在每页纸上都签字，董事长才会签署。但真正让周作德感到欣慰的，是自第三届珠海航展开始将专业日和公众日区分开之后，国外的招商工作较之以前，一下就轻松多了；同时，第三届珠海航展后，还形成了一个固定的做法，就是在筹备新一届航展时，航展公司都会编写一份《航展工作大纲》，征求航展各主办、协办、支持和相关单位意见后再由主办单位联合签字，并报国务院审批，以此来统一各单位的思想和行动，推动航展筹备工作的开展。这样一来，大家的工作轻松多了。

可惜，周作德高兴得太早了。

第四届珠海航展新闻发布会在北京举行的时间是2002年9月3日。本来，这应该是一个大喜大庆的新闻发布会，但周作德怎么也没想到，这个新闻发布会却让他和航展公司的弟兄们非常扫兴，甚至苦不堪言。因为就在这次新闻发布会上，航展组委会宣布，取消第四届珠海航展的公众日和飞行表演！

公众日是航展期间最重要的一个日子。有了公众日和飞行表演，航展能够吸引媒体和公众的关注，才能产生巨大的影响力。此外，飞行表演是吸引观众参观，创造门票收入的重要手段。一旦取消了这个公众日，普通百姓就看不上航展了；任何一个普通百姓看不上航展，就等于失去了几十万乃至上百万的观众；失去了几十万乃至上百万的观众，就等于失去了几十万乃至上百万张门票；失去了几十万乃至上百万张门票，就等于失去了几百万乃至上千万的收入……那么如此重要的"公众日"和飞行表演，为什么会突然被取消呢？

究其原因，既复杂又简单。

第四届珠海航展的举办时间，早在筹备上一届航展的时候就已确定为2002年11月4日至9日；而当年中共第十六次全国代表大会召开的时间，后定为2002年11月8日至14日。如此一来，两个重大活动的日子便不期而遇，前后脚跟脚地连在了一起。如何确保航展绝对安全，成为压倒一切的首要考虑。

而众所周知，飞行表演具有较大的危险性，恰逢当年7月27日这天，乌克兰空军为庆祝第14军成立六十周年，在乌克兰的斯克尼利夫机场举行特技飞行表演，一架苏-27战斗机在低空做高难度俯冲特技动作时突然失控，机身擦着机场跑道旁的树林，接着撞上一架停在停机坪上的客机，并引起爆炸，造成七十七人死亡、五百多人受伤，成为人类历史上最为惨重的一次航展空难事故。所以，为安全起见，为确保十六大期间航展的绝对安全，经与相关单位和部门反复研究，航展组委会决定第四届航展取消飞行表演和公众参观。

这样做的理由看起来很充分，道理也容易理解，可周作德是个轴人，有点一根筋。公众日取消了，飞行表演也取消了，他总感觉有一种莫名的苦、揪心的痛。这种苦、这种痛，他分明真切地感觉到了，却又说不出口。

从做航展可行性研究报告的时候就参与航展工作的周作德，亲历了航展早期所有的坎坷和艰难。因为一直在一线从事珠海航展的招展招商工作，他对行业的情况、客户的需求、国际航展惯例十分熟悉，也养成了特别重视诚信和规则的习惯。在国外，航展多为行业协会主办，基本是市场化运作，专业性很强。成熟航展的飞行表演，多为助兴节目，珠海航展是新生事物，公众日和飞行表演能给航展带来巨大的影响力。更重要的是，飞行表演本身就是航展的重要组成部分，没有飞行表演，航展就不成其为航展。此外，在中国特殊国情下举办的中国航展，公众日的设定，既能最大限度地壮大航展的规模和声势，又是航展重要的收入来源。可现在，一句话，飞行表演说取消就取消了，航展的收支怎么平衡？怎么对参展商交代？更重要的是，航展的活动安排，相当于公开要约，在航展开幕前一个多月突然单方面取消公众日和飞行表演，上一届航展历尽艰辛才与参展商重建的信任必将毁于一旦。

因为一个政治会议，而改变一项国际活动，在周作德的认知世界里，从未有过。所以，他在心里怎么也难以接受。但作为中国人，周作德又再清楚不过了，这就是当时的国情，他只能接受，别无选择。

然而，现实的问题是，取消公众日和飞行表演，是 2002 年 9 月才决定并正式对外宣布的，而与国外参展商的合约却是早就签订好了，现在中方单方面变更了珠海航展的议程和内容，无异于单方面毁约，由此带来的法律风险和国际影响难以预料。

果然，组委会新闻发布会刚结束，周作德就接到巴西航空工业公司销售总监从澳大利亚打来的电话，他提出第二天就会飞到珠海来当面商讨退展和赔偿的问题。理由是，他们是按照七天航展的日程做的工作安排，并且特地扩大了展位面积，制订了公众推广计划，准备大规模开展各种营销活动，以扩大中国公众对其产品的认知。航展取消飞行表演和公众日，将导致公司的计划和目标落空，造成大量资金的损失。

接着，周作德又接到了来自国外好几家公司的电话，主题都一样：要求退还部分或全部展位费！

退，还是不退？

退，将会牵一发而动全身。退了一家，就会有两家；有了两家，就会有三家、四家；接下去，还会没完没了，后果不堪设想。

不退，又明显违背商业法则，践踏契约精神，失去展商的信任。怎么了结，如何收场？这可不是在国内合伙做生意，而是国际间的商业合作啊！

在契约精神和现实利益之间，周作德纠结着、痛苦着，整整一个晚上都难以入眠。

第二天一早，周作德去找刘华强。刚一进门，他便发现，刘华强一夜之间好像瘦了一圈！他知道刘华强也正为此事伤透脑筋，不忍心再说什么，便想转身离去。可他刚走到门口，刘华强却叫住了他：说吧，没关系，天大的事，我们也一定要顶住！

周作德说了。

刘华强却半天没有说话。

最后，刘华强只说了一句：你会外语，又了解签订合同的背景情况，这事怎么解决是好，你与对方好好协商，争取取得对方的谅解和支持。但前提是，珠海的航展，无论如何，还得办下去！

周作德经过一番周折、斡旋，第四届航展中遗留的商业纠纷问题，最后总算得以解决。

但是，第四届航展结束后，一系列的打击受挫和来自国内外各方面的矛盾问题，让珠海航展公司不少员工信心受损。就在这一微妙时期，一家国外会展巨头加紧与上海联手，谋划在上海办航展。这家公司此前在航展招商工作中与周作德有过合作，近几年也一直在动员周作德离开珠海航展公司。所以，当他们看到珠海航展再次陷入低谷后，再次极力游说周作德，并专门从总部派来一名董事，希望能说动周作德加盟。

这段时间的周作德，内心很纠结，也很困惑，甚至迷茫：他觉得自己很清楚珠海航展的症结所在，总觉得只要机制稍微调整一下，大家再团结努力一下，航展就能够实现转折、重生，2000 年第三届航展就是个明证！但为何他刚想要再接再厉，大展拳脚，使航展更上一层楼时，航展又转头向下了呢？莫非这就是珠海航展的宿命？！他感到既伤心又不甘！早知如此，何必当初？怀着一腔航展情怀的周作德不为利益所动，果断谢绝了外方的邀请。经过"时运不济"的第四届珠海航展，珠海航展公司逐渐摆脱了内忧外患、四面楚歌的困苦境地，开始走上一条比较健康的发展道路。而那家一直想"挖"走周作德的外国公司，在结束了与新加坡的合约之后，又将航展之地从新加坡移师香港。与珠海航展隔岸相争，最终在香港仅举办了三届，便销声匿迹了。

继第四届珠海航展之后，珠海又连续成功地举办了第五届、第六届、第七届、第八届航展……周作德这位湘籍广西汉子，伴随着珠海航展的步伐，也继续一步一个台阶，从航展公司总经办主任到航展公司总经理助理、副总经理、常务副总经理；从青年步入中年，从青涩走向成熟。

然而，周作德怎么也没有想到，十年之后，第九届珠海航展与中共第十八届代表大会再次不期而遇。而这一次的相遇，差点让当时仍在分管招展招商招飞工作的周作德再次萌生辞职的念头。

2012 年国庆节前一天，就在距离航展开幕不足一个半月的关键时期，有相关领导提出，鉴于航展开幕日期距离 11 月 8 日党的十八大的开幕日期太近，请航展公司商各主办单位、国内外参展商，研究调整航展举办日期的方案。

得知这一消息时，周作德内心再度涌起的，不是一般的失望，而是深深的绝望：莫非航展注定有此一"劫"，无论如何都逃不掉？如果十年前的故事重演，航展就前功尽弃了，自己也将无法面对各国的同行和参展商，是不是也就该考虑离开了……

所幸，在分管航展工作的市领导王广泉、陈英、王庆利等人的坚持下，航展按照原计划如期举行。珠海航展不能改期，必须如期举行。理由很简单，珠海航展是国际航展，商贸活动有世界各地的展商和客户参加。并且，许多展商的酒店和机票一年前就订下了，展品也都在路上了，这时候怎能改期？

如期举行唯有一个问题，就是很多党政军领导人因为要出席会议，无法前来观摩航展，但不来就不来，又能怎么样？航展的国际声誉才是重中之重，而且珠海航展确实再也经不起这样的折腾了。

另一个重要的问题，安全问题，飞行表演搞不搞？

意见顿时有了分歧。一种意见说，不飞吧，搞静态展算了。北京开十八大，万一掉飞机下来，那可怎么办，谁承担责任？

仍然是陈英。他没有直接表态主张飞还是不飞，只把话题扯回到十年前的十六大："2002 年那届，十六大，是谁让不飞的？是国家叫停的，还是省里叫停，还是我们自己要停？"

尽管十年前的第四届珠海航展，因为取消了飞行表演和公众日，当时的冷清和沮丧大家记忆犹新，可接到这样的问题，没人能回答得出来，甚至没人去认真想过这个问题。

使用排除法得出的答案让大家十分震惊。没有任何国家部委提出要求停止飞行表演和公众日。广东省委省政府也没有下达过同样的要求。是我们自己！在政治面前，我们早已养成了服从和放弃的习惯，甚至不惜丧失信用，影响了他人的利益，在我们看来也理所当然。

这是令人遗憾的"中国式思维"。然而，还有没有另一种思维，可以让我们做得更好？

大家就此开展了讨论。"三剑客"坚持认为，应该相信我们的飞行员，也应该相信我们的指挥空管这一块工作。风险肯定有，任何时候都存在；但事实证明，风险在很大程度上是可控的。珠海航展不能改期。飞还是要飞，动作可以不做那么复杂——这是航展"三剑客"坚持的意见。

最终，珠海市委市政府采纳了"三剑客"的意见，只是特别提醒：一定要把航展的每一项工作做深做细，确保万无一失。

那些天里，珠海航展的组织者们可谓提心吊胆，如履薄冰。这一关终于过了。谁也没想到，那一届航展，竟取得了前所未有的轰动效果。电视机前的观众们，白天看"十八大"新闻，晚上看航展和飞行表演，一个举国瞩目的政治会议和一个盛大而高端的国际商贸活动，在同一时间举行，各具风采，相得益彰。富于联想的中国人甚至以为，这是国家的有意安排。航展为此在国民心中，又多了一份重量。

时隔两年，另一关口又挡在面前。2014年11月11日开幕的第十届珠海航展，又于2014年11月10日在北京举行、由习近平主持的APEC峰会重叠。为了开好这次会议，北京的单位放假，中小学休课，国家的重视可见一斑。珠海这边，再度形成航展与峰会重叠。因为有十八大时的经验，面对这次重叠，大家的态度冷静而决然：航展如期举行。办航展，就得承担风险。尽管谁也无法保证航展期间不出问题，但我们要把工作做到最好。做好了，尽力了，别的一切都不再重要。

有人甚至还扔出一句狠话：大不了，把头上的乌纱帽丢了！

结果再次出乎意料。第十届珠海航展取得了前所未有的成功。其时，中央电视台的众多频道中，APEC峰会和珠海航展盛况轮流直播。中国和世界的观众，再次在同一时间，观赏两大盛会。

每届航展的时间，都是提前两年定好的。航展与重大事件的若干次重叠，冥冥之中，透露出一种奇妙的命定的感觉。有趣的是，这种奇妙的重叠仍没有结束。2014年11月11日开幕的第十届珠海航展，定下了第十一届珠海航展将于2016年11月1日至6日举行，其时，又将与在北京举行的二十国首脑峰会重叠。无论是命定还是偶然，也无论这种奇妙的重叠还将出现多少次，珠海人和珠海航展，都已经验丰富成竹在胸，必会奉献给大家一届又一届精彩成熟的航展。

采访中，回顾起二十年的航展历程，周作德说："珠海航展这二十年，我们走得太苦、太累、太难了！"他从来没有完整地看过一次自己的航展，更是从来没有轻松享受过，比如什么俄罗斯空军飞行表演，什么"八一"队女飞行员表演，等等，他大多只是听人们说得眉飞色舞，唾沫四溅，眼花缭乱，自己却从来没有能够全程看过一次，有的表演甚至根本没有看过。每一届航展的前前后后，他总是马不停蹄，忙前忙后，四处奔走，八方协调，像个消防队员一样，到处"扑火"。他说，这其实是航展很不成熟的表现。他说他最羡慕的是法国巴黎航展公司的老板。有一次他去法国参加航展，开幕第二天上午应邀出席巴黎航展牵头搞的"世界航展高管俱乐部"聚会，发现巴黎航展公司总经理吉尔一上午都陪着他的几个客人喝红酒、品咖啡、聊天、看飞行表演。他的身边，既没有慌慌张张跑来跑去的工作人员，也没有接听过一个电话，只是中间来过一个同事耳语过几秒钟。而窗外，正在如火如荼进行的，是世界最大的国际航展！这在珠海航展的现场，简直令人难以想象！甚至在国人的眼里，是不正常的！这让周作德羡慕不已。

"这才是我理想中的珠海航展！"周作德如是说。

苏全丽：空中护航女神

苏全丽是珠海航展公司唯一的一员女将，也是从第一届珠海航展干到第十届珠海航展的一员"老将"。

苏全丽干航展，一干二十年，不为别的，仅为她心中那份对航展的专注与热爱。

也曾有过沮丧、委屈，有过失望甚至绝望，可她还是一届一届地干过来了。采访中，苏全丽说，之所以坚持，只是觉得不甘心。因为每一届结束后，都发现工作中还有很多不足；而这些不足，是可以改正的。因此，总想着下届会更好。所以不知不觉中就这样干下来了，一干就干了二十年！

对于珠海航展，苏全丽的朴素感受简单得让人惊讶。她没有任何高深的理论，她就是把航展当成自己的工作来做，就是把航展当成自己的事业来干。她干航展，就热爱航展；干航展，就专注于航展。在长达二十年的时间里，她的心里好像没有别的，只有航展。航展已经深深融进了她的生命，成为她生命中很重要的一部分。

二十年前的 1996 年，苏全丽刚从俄国留学归来，正赶上珠海筹办第一届航展需要俄语翻译。她从新疆兴冲冲地飞到珠海，再兴冲冲地去珠海航展公司应招，结果就把自己留在了珠海。

苏全丽的经历极其简单。上学，大学毕业后来到了珠海，进入了航展公司，从一名普通的招商人员做起，一直做到现在。所以她对航展的看法最平和，也最单纯——在她的眼里，航展就是一个展会。虽然它与别的展会性质不同、场地不同、表现形式不同，说到底，还是一个展会，但这个展会也太复杂，不是一个一般展会可以比拟的。

同样，苏全丽在珠海航展公司所做的工作，也是珠海航展所有工作中难度最大、情况最复杂、事情最难预料、结果最不确定的一份工作——负责外军飞行表演队！

起初，作为俄语翻译，苏全丽主要和周作德一起携手并肩，曾参与国外的一线招商工作，也就是说，打交道的对象主要是国外的参展商。但从 2002 年起，她在做招商和主办单位联络沟通工作的同时，又多了一份特殊的工作——专门负责接待外军飞行表演队。

所谓外国飞行表演队，就是在珠海航展期间，中方专门邀请到珠海航展做飞行表演的一些外国空军飞行队。这些外国空军飞行表演队，对苏全丽来说，早期全然是一个陌生的领域；但它对珠海航展而言，却是其中最关键、最重要、最富看点、最聚人气的一环。众所周知，在每一届航展上，飞行表演都是航展区别于其他展会最大的亮点，都是集专业性和观赏性于一身的重要内容，也是航展上最华丽最精彩的篇章。因为受邀前来参加航展表演的，均是世界航空史上最著名的国内外空军特技飞行表演队。

然而，每次在航展现场观看这些特技飞行表演队精彩表演的普通观众们，又有多少人知道，这些特技飞行表演队的每一架飞机，当它们从万里之外飞抵中国，要盘旋在珠海的上空，要平安降落在珠海的机场，要展翅亮相在航展现场百万观众的头顶，而后再平安返回各自的祖国时，其间会经历怎样一个艰难险阻、风雨激荡的过程呢？

珠海航展作为一个国际性的展会，涉及国内外参展商、展品、飞行器的方方面面，珠海机场又不是国际机场，因此在外来人员的出入境问题上便相当复杂。即是说，每一架参与中国航展的国外飞机，在进入中国之前，都要进行相关审批手续，而外军表演队的审批手续和具体入境过程则更为复杂。

作为承办方珠海航展公司的代表，苏全丽作为国外空军飞行表演队工作的总负责人，承担着整个表演队的协调工作。飞行表演队到来前，她要安排好途中一切细节；珠海航展结束后，别人的航展结束了，该庆祝、该喝酒、该睡觉了，可她的航展却是又一个的开始，而且是又一个更为艰难的开始——她要亲自护送老外的飞机回程！

于是中转机场的停机坪上，常常是苏全丽的工作现场，也是她的"战场"。每一届航展启动后，她总是坐着飞行表演队的保障机，先期到达机场。一跳下飞机，便像打仗一般，手脚并用，四处奔忙：不是联络、接洽、登记、签字，就是安检、审查、复核、盖章，还有吃喝、付款、加油、结账等等。

安全工作，是所有机场的重中之重，是保证所有机场飞行安全的根本。而机场安检，是进出机场的首要一环，但是机场安检，对于外军飞行表演队来说，则是一项极其烦人且复杂的工作。

飞机一旦"夜停"机场，安检就必不可少，且非常重要。一支飞行表演队，七八架表演机，还有好几架保障机，十几架飞机百十号人，进出机场，每一个人都需办理安检手续。同时，还需要办理海关、边检关、检疫检验三关的检验工作。而每次过安检前，苏全丽都需要跟安检人员沟通好，怎么样以最快的时间顺利通过安检。因为外籍飞行员不懂中文，也不懂中国机场的规矩，只认苏全丽。只要飞机到站了，加完油了，他们顺利飞走了，一切就完事了。至于途中出现其他意外情况，一旦耽误了时间，添加了麻烦，他们从不管是非，也不问究竟，只冲着苏全丽吼！

而面对中方的"三关"工作人员，苏全丽同样也是个受气包。他们工作量大，脾气大，架子也大；脸上从来铁板一块，声音也都高八度；一言一行，神圣威严，上帝一般。所以，每次一到安检区域，不管办什么事情，"三关"工作人员说什么，苏全丽就听什么；"三关"工作人员叫什么，苏全丽就做什么——一路都是点头，一路都是微笑；一路尽是担惊受怕，一路尽是匆匆小跑。

有一次，一位"三关"工作人员突然提出，要上巴基斯坦的飞机进行检查。可巴基斯坦的飞机是军机，绝对不让上。双方僵持起来，情形很严重，而且越来越严重，眼看着就要失控。怎么办？苏全丽顾不上想那么多，她只想着平息事端，于是一路小跑过去，几步就爬上了飞机的舷梯。可等她站在了飞机的舷梯上，才一下意识到自己其实什么也不是，甚至连协调的资格都够不上。在"三关"工作人员的眼里，她不过是珠海方一个小小的办事员；而在巴军飞行员的眼里，她也只是一个为他们保障的工作人员。但她自己却非常清楚，飞机的舷梯，是上飞机和下飞机的中间部位，是一个关键点。那一刻，她不知哪来的勇气，就那么站在舷梯的中间，用一个弱女子的身体，挡住了争执的双方。然后，又是笑脸，又是劝说；一会儿中文，一会儿外语。说来也怪，面对一个弱女子，刚刚还激动万分的双方，情绪居然渐渐平静下来。后来，苏全丽又急中生智，请巴军飞行员和中方的安检人员拍照合影。这一招果然奏效，中方工作人员非常高兴，于是转眼之间，双方握手言和，化干戈为玉帛。

苏全丽说，和稀泥，是她在工作中遇到难题时常用的一种方法。面对矛盾时，她没有别的选择，只有在中间找个平衡点。

但是，倘若飞机在"经停"或"夜停"中，一旦遭遇突发状况，事情就没有这么简单了。

有点航空常识的人都知道，飞机在飞行途中，任何一点原因，都可能改变原有飞行计划。比如，因为天气、机况、油料、安检等原因，"经停"有时候也会变成"夜停"。这就需要苏全丽提前做好各种预案。但问题是，预案是理论的、估测的、固定的，而情况是复杂的、多变的、有时还是突然的。预案一旦遭遇"突变"，预案就会变成废案。

也是送巴基斯坦飞行表演队回程那次，飞机在西安夜停后，第二天一早，苏全丽把一切安排妥当后，就先坐第一架保障机飞走了，三架"枭龙"战机接着也紧随其后，只留下八架 K8 表演机在机场等候起飞。可苏全丽乘坐的第一架保障机和三架"枭龙"飞机刚刚到达预定"夜停"机场——江西南昌青浦机场，苏全丽便接到西安机场的电话，说因为天气不好，八架 K8 表演机不能飞了，只有继续停留西安。

那一刻，早已身心疲惫的苏全丽望望天，看看地，没有任何脾气。一支完整的飞行表演队，突然就被分成了两拨，就像一支正在前方打仗的队伍，一下被切成了两半。这是苏全丽从来没有想到过的，更是她从来没有遇到过的。尽管她知道，西安机场的这一句"不能飞了"，意味着将改变一路的所有计划、所有的联络工作，换句话说，她此前的所有工作等于白做了。但是，她此前所有做过的工作，她还得从头做起。

问题是，她坐的是专用军机，她既飞不回西安，也飞不到北京，而只能用电话与北京的空管部门联系。于是当天晚上，她首先汇报了机场临时变故的原因、情况，然后对相关事务做了处理；第二天一早，她再忙着补报各种计划，联系审批事项；紧接着，她又忙着联系旅行社，安排飞行表演队员的吃喝拉撒。等所有工作基本忙完了，她这才猛然想起，从昨天晚上到今天中午，她不仅没有机会坐下来喘上一口气，甚至也没机会举起杯子喝过一口水。

在迎送飞机的过程中，什么样的意外都不是意外。采访中苏全丽说，因为飞机和机场，变数很大，受限太多。在迎送飞机的过程中，一架飞机能不能飞，不是我一个人决定得了的；但只要有机场说一声"不能飞了"，所有后续的保障工作，就全都是我的了！

那次飞机在兰州夜停，再飞往嘉峪关经停，就是最典型的一个例子。

原本一切都联系好了，可飞机刚从珠海飞到兰州机场，苏全丽却接到嘉峪关机场的电话，说你们来的是军用飞机，嘉峪关机场因情况临时有变，提供不了保卫，所以不能接受经停。接到电话，苏全丽几乎就瘫在那里了。可她还是强打精神、鼓足力气跟对方说："对不起，我们的飞机已经夜停在兰州了，现在就是想再飞回去，也飞不回去了。机场的保卫工作，我们事先不是已经说好了吗？现在如果有什么问题，你们应该跟兰州军区协调。"

"这个不是我们的事，我不管。"对方说话很干脆，态度很漠然。

对方不管，就只有苏全丽管。

可她管得了吗？如果嘉峪关机场真不接受经停，第二天不发出信号，在兰州的飞机就无法起飞。飞机一旦不能起飞，后面的事情就会像雪崩一样，全都塌在那里了！

怎么办？

那天晚上，苏全丽在兰州的一间客房里，没完没了，与相关部门打了一个晚上的电话。"遇到很大麻烦了！本来是计划明天就飞嘉峪关的，可嘉峪关机场突然来电，说他们不能接受军用飞机的经停。所以无论如何请你们帮个忙，尽快给兰州军区协调一下，不然的话，我们的飞机困在兰州机场，走不了了……"

由于在办航展的过程中，每一届航展的飞行表演队的迎来送往都是苏全丽负责，所以她与这些部门已经是多年的合作关系了，与这些部门的许多人更是成了朋友。尽管已是晚上，这些部门的人已经下班，但听了苏全丽的求助后，大家纷纷想办法去解决。于是他们加班的加班，写报告的写报告，找领导的找领导，报批的报批。终于在第二天一早，苏全丽接到嘉峪关可以降落的回复。

但麻烦的事情，却刚刚开始。

飞机由嘉峪关机场再往北飞，顺利抵达库尔勒机场。不料，11月的库尔勒，天气异常寒冷，一架飞机偏偏出了故障：漏油。没办法，只好在停机坪上接受检修。

飞机修好后，接着再飞下一站，也是飞机出境的最后一站——和田机场。和田机场是军民两用机场，有外军军用飞机到达时，为安全起见，需要"禁空"，即民用飞机需要停飞。所以，又经一番折腾，飞行队才终于到达和田机场。

不料，飞行队好不容易到达和田机场后，有一架飞机再度出现故障，同样需要检修。

检修人员告诉她说，可能当天修不好，需要在和田住宿。苏全丽一听更急了，她知道，和田是少数民族地区，飞行队又是外国军机，万一当天走不了，飞行队一百多号人的吃住行，怎么解决？尤其是这一百多号人的安全问题，又怎么保障？谁来保障？

但没办法，这个时候，这种地方，这种情况，只有苏全丽自己想办法。

苏全丽只好一方面与和田军方联系，一方面安排一百多人的吃喝拉撒。更要命的是，慌乱中，一个飞行员的护照又找不到了。好在和田是国内机场，苏全丽只好去找"三关"工作人员交涉、求情。

等一切应对好了，已是下午四点。

苏全丽这才被告知，飞机修好了，可以起飞了。

终于，苏全丽看见，巴军飞行队的飞机从和田机场缓缓起飞了。

望着最后一架 C-130 飞机渐渐远去，苏全丽和她的团队以及机场的工作人员这才长长地出了一口气。大家情不自禁地纵情欢呼，又蹦又跳。随后，有人提议，拍张照，留个念，犒劳犒劳自己。于是，寒冷的天空下，大家簇拥着，搂抱着，嬉笑着，摆好姿势，等待拍照。

然而，就在有人刚要按下快门之际，站在队伍中央的苏全丽突然叫了一声"停"。接着大伙顺着她手指的方向抬头望去，只见正前方远远的天空上，出现了一个小小的黑点。小黑点渐渐变大，越来越大，越来越近，最后竟变成了一架扑面而来的飞机！

原来，是巴军的一架保障机又飞回来了。

飞机返回来，是因为出了故障。

站在寒冷的停机坪上的苏全丽，木然地望着返回地面的飞机，只感觉自己的身体好像已经结成了一块冰。她不知道这架返回的保障机又要修多长时间，也不知道这架保障机上的三十多号人留下来后该怎么安排，更不知道这架保障机如果今晚修不好真的需要"夜停"，又将遭遇哪些麻烦、问题和困难。

时间不允许苏全丽多想。她立即开始着手做预案：在哪里吃饭？在何处住宿？要不要借些钢丝床？需不需打电话联系安保？等等。

然而，当苏全丽把所有需要安排的事情全都安排好了时，却忽然听见飞机的发动机轰隆隆地响了起来。接着她就被告知，飞机修好了，可以起飞了！等于说，她刚才所做的一切，全都白忙乎了。

很快，苏全丽便看见，飞机真的缓缓起飞了。不一会儿，就听指挥台上传来一个声音：飞机已过国界了！

飞机一旦过了国界，就不会再飞回来了。一瞬间，苏全丽忍不住热泪长流，连连感叹：啊，过界了，终于过界了！

后来，在公司的一次会上，苏全丽说起送飞途中的种种艰难，说起与"三关"工作人员打交道时的战战兢兢与委屈辛酸，眼泪不知不觉便流了下来。流到后来，甚至完全失控，竟当着公司那么多男人的面，放声大哭，哭得稀里哗啦，哭得一塌糊涂，哭得泪水都变成了河水。而她身边的一屋子男人，全都沉默着，一句话也不说，就眼睁睁看着她哭，就任凭她哭。因为他们知道，外籍飞机出入境这块工作，既艰难，又辛苦；不仅超越了苏全丽个人的权限与能力，也超越了珠海航展公司甚至珠海市的权限与能力。可二十年来，就是苏全丽这个娇小柔弱的女子，一直独当一面，死死扛着半边天！

长期的航展工作，练就了苏全丽负重与忍耐的性格，同时也练就了她内心的柔软与宽容。但如果你以为苏全丽只有柔软与忍耐，那就大错特错了。

除去负责飞行表演队外，从招商部的普通人员到招商部经理，再到珠海航展公司副总，二十年间，苏全丽的工作几乎从未变过，都是在负责招商。而招商是一个跨度极长的系列工作：联系客户、确定展位价格、接待展商、搭建展棚、协助参展，直到送展商回程。

在珠海航展前后以及珠海航展期间，苏全丽的工作地点，一直都在展场。而展场犹如战场，就像送飞一样，苏全丽的工作一样忙碌，一样紧张。

2006年，珠海举办第六届航展，邀请俄罗斯"勇士"队前来进行特技飞行表演。航展前夕，俄罗斯"勇士"队派出三名先遣队员，乘坐民航飞机先期到达珠海打前站；而随后而来的"勇士"队飞机却因天气原因，滞留在了郑州机场。负责联系此事的人是苏全丽，协助苏全丽的人是三名俄罗斯的先遣队员。那天，苏全丽一进办公室就开始忙，忙得晕头转向，忙得完全忘了身边三名"勇士"队员的存在。后来，她忽然听见一个"勇士"队员发出一声喊叫：苏小姐，恭喜你！

苏全丽一抬头，你恭喜我什么？

你的电话终于有一分钟没响了。"勇士"队员说。

原来，三位俄罗斯队员自跟着苏全丽走进办公室后，从早上八点到中午十一点，就见苏全丽电话不离手，一会儿是手机，一会儿是座机，不是接听，便是拨打，轮番交替，片刻不停。在三名俄罗斯队员的眼里，坐在办公桌前的苏全丽，哪像一位副部长，分明就是一位动作麻利、经验丰富的活脱脱的电话接线员！后来三名俄罗斯队员说，他们过去对中方工作人员的辛苦一点不了解，这次总算见识了苏女士的工作节奏。

当然，展场的工作并不只是忙碌，关键时刻还要应对突然出现的事端。因为每次航展期间，展场内外，人山人海，观众少则几十万，多则一百多万，工作复杂纷乱，千头万绪，随时随地，什么情况都可能发生。一旦有情况发生，不是看你怎么忙碌，而是看你如何应对。

2008年第七届珠海航展，苏全丽是珠海航展公司招商部的部长。航展第一天，她就接到投诉：不少人在展厅内卖与航展完全不相关的产品。结果导致一旁的外国展商根本没法做生意，他们已向我方提出强烈抗议！

苏全丽当即赶到展馆，只见展馆内，有几处展位摆满了望远镜、墨镜、熨斗之类的小商品，这些卖东西的地摊主还对着喇叭使劲吆喝，把展馆搞得乌烟瘴气，乱七八糟。苏全丽急忙上前劝阻，告诉他们别用喇叭乱吼乱叫，没想到却被摊主们又拉又扯地给挡了回来。一向文弱的苏全丽一下来了脾气，不但不让他们再卖下去了，还说要没收他们的东西。摊主们见苏全丽瘦弱娇小，身单力薄，毫不示弱，一边继续吆喝，一边还用半生不熟的普通话羞辱她：小姑娘，你为什么这么瘦你知道吗？就是因为你太爱管闲事，太爱瞎操心了！你有这闲工夫管我们啊，还不如回家吃点喝点，多长二两肉呢！再说了，这场馆本来就是我们的地方，你管得着吗？

但苏全丽要管，而且非要管，她的眼里容不得一粒沙子。她认为第七届航展才刚刚开始，接下来还有好几天时间，若能及时制止这股歪风邪气，就能减少外商对珠海航展的不好印象。若是任由这些小商小贩继续折腾下去，一定会让那些好不容易招来的外国展商们感到失望，也等于为下一届航展的招商工作埋下隐患。因此，当晚她就找到同事商量，看第二天如何处理那些小商小贩的事。可商量来商量去，也没商量出更好的办法。最后，苏全丽心一横，说了一句，那就强行清场！

第二天一早，苏全丽带着一帮搬运工上路了。路上，她对领头的说，到了现场，你一定要听我的，你的人说行动就得行动，叫干吗就干吗！领头的拍了拍胸脯，说放心，没问题！

　　为避免节外生枝，惹出事端，影响航展，苏全丽又拨通了110，报告了情况。

　　一到展场，苏全丽二话不说，一声令下，直接清场！于是搬运工们搜东西、缴喇叭，凡是与航展无关的商品，一律靠边，不许再卖！但很快，一些商贩就开始跟苏全丽理论起来，有人开始大吵大闹，甚至一位商贩还口出狂言，说要一刀捅了她！苏全丽一听，不但没有退缩，反而直接迎了上去，对着那个人高马大的男人说，你想捅我，好啊，有本事你来捅呀！实话告诉你，我现在就希望你捅我一刀，只要你捅我一刀，警察肯定马上就到；你不捅我一刀，警察还不来呢！

　　警察很快来了。那拨与航展毫不沾边的小商小贩终于被强行"请走"。

　　……

　　航展结束后，苏全丽也曾多次萌生去意，但最终还是坚持下来了，至今没有离开珠海，没有离开航展。

　　其实，她又何尝不想离开。

　　苏全丽从小到大都生活在新疆，1992年高中毕业，才去了哈萨克斯坦留学；1996年留学归国后又去了珠海，干上了航展。航展一干就是二十年。而当年和她一起在航展公司工作的很多同事都早就离开了，甚至有一年航展公司搞招商的人几乎全走了，只剩下她和周作德两个人，她也依然选择了留下。而且始终在一个公司、一个部门。这二十年，她干得有声有色，有滋有味。尽管她也承认，航展二十年，她经历了很多的艰难与困苦，辛酸与委屈，甚至愤怒与绝望。但她还是舍不得离开航展，舍不得离开自己全身心付出的事业。

　　这是为什么呢？

　　采访中，苏全丽说："刚工作时，我有个好朋友，每天早上吃酸辣粉，味道都要不一样。而我呢，每次吃酸辣粉，永远都是一个味——牛杂味。我在珠海一干就是二十年，就跟吃酸辣粉一样，这就是我的性格。当然，干了二十年航展，我也不得不说，我对航展这份工作是有感情的，航展有很多我割舍不下的东西，有许多别的工作无法给予我的东西。我们一直在说做航展的人都有航展情怀，我想之所以能坚持这么久，也就是因为这个情怀吧。"

　　而让苏全丽长留下来的原因还有一点，那就是遗憾。珠海航展每两年举行一次，每一届结束之后，苏全丽都会发现不足，总觉得有做得不到位的地方，总觉得下一届还可以做得更好。

就这样，十届航展办完了，苏全丽的青春一晃也逝去了二十年！

二十年，在历史长河中不过弹指一挥间，可对我们的"护航女神"苏全丽而言，又意味着什么呢？

第四章

安全、有序就是最好的服务

第四章　安全、有序就是最好的服务

面对前所未有的挑战

没有安全，什么也不是

从拥堵，到畅通

热闹背后是孤苦

有备无患，确保安全

不可或缺的后勤保障

面对前所未有的挑战

航展的成功举行，离不了安全保障。

安全保障，从小处说，就是保障个人的安全；从大处讲，则是保障国家的安全。

所以，安全不仅仅是一个名词，还是一个动词，而且是一个特殊而复杂的动词。在这个特殊而复杂的动词里，既隐含着神秘，又包括了辛苦，更承担着责任。其最大特点，就是时时处处都在接受着各种各样的意想不到的挑战。

而珠海航展的安保工作，内涵更为丰富。

观展者怎样安全顺畅抵达航展现场参观，又如何平安快捷地离开，是航展安保的基本内容；防火、防盗、防恐怖袭击等，则是航展安保的重要内容。在一届又一届总结经验的过程中，珠海航展安保工作逐渐确立了"社会治安稳定""活动安全举行""交通总体顺畅"三大目标。因此，航展的安保工作对珠海市公安干警及全体安保人员而言，几乎就是一次极限的挑战。这是因为，从航展开幕到航展结束，其中每件事、每个问题，甚至每个细节，都必须考虑安保问题。稍有差池，就可能在国际国内造成不良的或者极其恶劣的影响，甚至导致重大悲剧。

对此，珠海的安保工作者从上到下，都有着自己清醒的认识：安保工作是每届航展关键的一环，是重中之重；做好安保工作，就是对航展最好的服务。

也许有人会问，不就是一次航展嘛，会有那么多车去航展？会有那么多人去看航展？会有那么多问题需要安保吗？

我们先来看看如下有关数据，便从中略知一二了。

第一届航展，参展、观展总人数70余万人次，车辆总计超过12万辆次；

第二届航展，观展总人数 80 余万人次，车辆总计超过 17 万辆次；

第三届航展，观展总人数 30 余万人次，车辆总计超过 9.1 万辆次；

第四届航展，未设公众日，故无观展人数和车辆；

第五届航展，参展、观展总人数共 23 万余人次，车辆……；

第六届航展，参展、观展总人数共 23 万余人次，车辆……；

第七届航展，参展、观展总人数共 30 余万人次，车辆总计超过……；

第八届航展，参展、观展总人数 32 万余人次，车辆总计超过……；

第九届航展，参展、观展总人数 33 余万人次，车辆总计超过 9.6 万辆；

第十届航展，参展、观展总人数 41 余万人次，车辆总计超过 18.4 万辆；

第十一届航展，参展、展总人数 36 余万人次，车辆总计超过 23 万辆。

上述部分数据，至少告诉我们两个事实：一是参展、观展人数众多；二是车辆来自四面八方，且数量庞大。这就决定了航展期间安保工作不仅非常重要，而且必须做到如下三点：

一、确保航展现场所有人员的安全；

二、确保开幕式及其他各项重大活动的顺利进行；

三、确保沿线交通畅通无阻，确保航展现场正常秩序。

尤其是交通问题，是历届航展的大问题。面对众多的人和车，道路是否通畅，直接影响到成百上千的嘉宾和参展商以及数十万观众的心情，甚至关涉航展能否正常进行。

我们再来看看下面公安干警们的具体任务，航展安保工作的重要性，就更是一目了然了。

第一届航展期间，珠海市公安局成立了警卫工作领导小组，抽出警力 300 名，警车 36 台，接待警卫对象 22 批 610 人。在机场分局设立了现场指挥部，抽调了 1164 名干警、19 辆消防车实行 24 小时执勤制。展区每天平均出动警力 1164 名、车辆 230 台、船艇 16 艘。由于拱北口岸和九洲港每天出入境人员多达四万人次，拱北口岸将通关时间延长至凌晨两点，拱北边检总站将 37 条通道全部开通，九洲口岸还把到香港的航班每天增加 14 个，从而保证居住在澳门的参展商和港、澳参观人员能及时到达航展现场。

第二届航展期间，珠海市公安局抽调 300 多名民警，出动警车 38 台参加警卫工作，共接待警卫对象 30 批 560 人。展区每天投入警力 1672 名、车辆 240 台次、船艇 18 艘。专门抽调了 187 名（其中便衣 30 名）警力负责维护开幕式会场的秩序。开幕式前一天晚上，对主席台和会场进行了全面安检，安检后封闭现场派专人看护。并在开幕式会场外围设置警戒线，实行隔离管理，对主席台和普通嘉宾席之间实行分隔，对采访记者实行严格管理。

第三届航展期间，珠海公安局在 9 月就成立了航展安保指挥部，下设九个功能组：开幕式安全保卫组、展区治安管理组、案件处理组、交通管理组、消防管理组、突发事件处理组、驻地安全保卫组、庆祝活动安全保卫组、通讯后勤组，并专门抽调 130 名警力投入开幕式安保。航展期间，珠海市公安局抽调 130 名民警，出动 25 台警车参加警卫工作，共接警卫任务 12 批 123 人。从广州市局抽调了八台安检门和技术人员；从省厅抽调一台应急指挥车，负责现场图像的采集；从广州、深圳等地公安局抽调四名外语翻译加强珠海警务翻译力量。据统计，本届航展现场发生扒窃等刑事、治安案件 23 宗，比第二届下降 76.3%；发生道路交通事故 38 宗，比第二届下降 29.6%。

第四届航展期间，开幕式酒会和展区共投入警力 1500 人次。每天展区投入警力 900 多人、车辆 100 多台，完成了现场治安管理、进场人员安检、交通疏导、消防检查、展馆和展机坪护卫、警务翻译等工作。尤其值得提及的是，因该年十月以来，国际恐怖活动升级，多个国家先后发生了爆炸、劫持人质事件；加上时值十六大召开前夕，全国只有第四届航展这一项国际性活动，所以国务院、省委、省政府领导多次批示，反复要求，一定要确保航展的绝对安全！于是安全保卫工作，便成了本届航展各项组织工作的重中之重。

第五届航展期间，每天投入警力 900 余人，车辆 100 多台。完成警卫任务 12 批次 364 人次。七天内共检查进入展区的人员 23 万多人次，车辆 5000 多台次。反恐小组对参展商、服务商及新闻记者、航展工作人员进行身份核查，先后核查了 8085 人的身份资料。

第六届航展期间，开幕式当日投入 520 名警力、250 台车辆。航展期间每天投入警力 1200 余人，车辆 300 多台。完成警卫任务 15 批次 89 人次。入口安检组七天内共检查进出展区的人员 24.8 万人次、车辆 3200 多台次，查获各类刀具112把。航展保卫组化解各类矛盾纠纷66起,协助找回走失的老人和儿童48名。

第七届航展期间,成立了航展交通安全保卫工作领导小组,并下设现场指挥部和12个功能组。制定了第七届航展交通安全保卫工作总体方案和开幕式、展区、交通警卫等四个分方案,以及两个应急预案。绘制了展区交通组织图、开幕式交通组织图、交通设施发布图、交通警卫路线图等各类图纸45种380余份。航展期间,安排了十个事故处理组、九辆清障车,在机场路、珠海大道、九洲大道及展区周边重要地点待命,避免因交通事故造成交通堵塞。

第八届航展期间,共投入安保力量1.69万人次,圆满完成了十批次警卫任务,确保了航展展区和12项航展系列活动的安全。航展期间,完成100多批次共两万多人的背景审查工作,发现126名有违法犯罪记录人员,消除了隐患。航展安保19个功能组牵头单位的一把手始终坚守航展现场,强化现场研究、果断协调指挥、严格督导检查。完成了10批次警卫任务,完成了32万观众、27处场地、5800余辆车辆的安检任务,收缴各类刀具、易燃易爆物品556把(个、罐),疏导外围车辆13.4万辆次。每日投入到航展现场的安保力量达到了1800多人,比上届增多了40.3%。聘请保安公司保安员5478人次。广东警官学院派出100名学警,中山和惠州等五市公安机关支援14名搜爆员、14条搜爆犬参与航展安保工作。初步形成了涉及大型互动违法犯罪人员信息数据库。在每条入口通道安装了"身份证核查"和"人像识别"设备,对入场人员实施身份核查,抓获在逃犯罪嫌疑人四名、吸毒人员一名;劝离法轮功人员一名、吸毒前科人员两名;预警重点动态监控有犯罪前科人员179名。

第十届航展期间,共投入安保力量1.65万人次(其中民警7680人次、武警官兵7860人次、治安员6960人次),圆满完成了开幕式等26项航展系列活动,确保了18批次警卫对象的绝对安全。本届航展进出展区的车辆18.4万辆,同比上升192.1%。创历届航展之最,展区周边及市区主要道路未发生大面积拥堵。整合广州深圳等市近几年会展扒手、制售假票等涉会展活动的违法犯罪人员信息和涉维稳人员信息,强化信息研判,重点审查了33

名可疑人员。11 月 14 日，航展展区 5 号门售票大厅 1100 张门票被盗，刑侦、技侦等部门仅用 20 小时破案，抓获 14 名嫌疑人。强化证件监管，证件均由珠海市证件管理中心统一制作并植入芯片，配套使用遥感设备验证。利用人员身份核查系统，查验人员 10.1509 万人次，查获冒用他人证件参展人员 98 名，收缴假证 35 张。本届航展参展观众超过 50 万人，借助可视化平台，指挥疏导进出航展区域的车辆 8.87 万台次。

第十一届航展期间，航展现场共投入安保力量 25609 人次，其中民警 9886 人次、武警官兵 1734 人次、辅警 2576 人次、保安员 11413 人次。其间，出入展区外围的交通流量近 23 万辆，进出展区交通畅顺；进入展区的观众、参展商及工作人员共 39 万人次；在展区外围共抓获违法犯罪嫌疑人 82 人。与此同时，社会治安管控工作组同步发力，确保了全市社会治安秩序良好、交通畅顺。

由此可见，航展的安保工作是多么重要，珠海市公安干警及全体安保人员面临的挑战是何等严峻，承受的压力又是何等重大！如果说安保是航展的一道"长城"，那么每一位安保人员便是这道"长城"上一块可靠的"砖石"。

没有安全，什么也不是

顺势而生的蓝箭突击大队

第十届航展时，时任珠海市委常委、市委政法委书记、航展执委会副主任陈英在接受采访时曾说过这样一段话："每一届珠海航展，安保都是重中之重，每一个细节都不能忽视。没有安全，什么也不是。"

从第一届珠海航展的人防为主、其他为辅的安保规划，到如今人防、技防等高科技手段的综合运用，并联合周边城市建立立体的防护安保圈，每一届珠海航展的安保工作都是重中之重；且随着航展的发展变化，安保工作也不断变化升级着，比如蓝箭突击大队，就是 2015 年珠海市公安局在新的反恐形势下组建的一支特殊队伍。

蓝箭突击大队在航展期间的主要任务就是反恐处突。时任珠海蓝箭突击大队大队长的张志浩是一位参加过十届珠海航展的老特警。

这些年来，张志浩对女儿一直怀有一种负疚心理。2004年第五届珠海航展期间，女儿四岁，是最缠人的时候。为不影响家人睡觉，张志浩连续几天住在单位，可读幼儿园的女儿天天打来电话，说见不到爸爸就不睡觉。为了哄女儿睡觉，张志浩只得跑回家里，骗女儿说："宝贝，快睡吧，等你明天醒来，我就带你去看飞机表演。"可等女儿一睡下，他又匆匆赶回单位。张志浩说，"航展期间，肩负安保重任的我，是绝不可能带着女儿去看航展的。尽管多年来我的内心深感愧疚，但作为一名特警，我别无选择。"

张志浩始终把航展的安保工作和民众的安全放在第一位，对航展安保的发展进步有着直接的体验和感受。他说："我们的安保力量有很明显的变化，第一届是摸着石头过河，有什么事再临时调动。原来我们靠手动安检，靠个人判断，现在都是X光的透视检查，还有人像识别系统等一系列高科技手段。"比如，突击队员戴的墨镜，是名为"叶蜂"的作战眼镜，除了阻挡强光外，它的镜片厚度达到3.5毫米，里边包含防弹纤维材质，除保护佩戴者眼睛不受到外界冲击外，主要是防止外物飞溅，特别是弹片的飞溅。突击队的队员身穿的都是99式作战长服，这种服装的材质轻便、排汗功能好，结实、便于运动。左胸前佩戴多功能对讲机，珠海警方每个部门都有特定的频道以及指挥部的综合频道，有抗干扰等功能，方便在有突发情况时第一时间接到信息赶赴现场。

反恐工作中，情报是第一重要的，然后是处置。珠海航展前一个月，珠海公安局就与省公安厅、国家公安部对接，取得相关情报。并对珠海境内的某些特殊人群，做了密切的关注和掌控。比如在珠海市有多少人，干什么职业，在珠海多长时间了，与内地有哪些联系，等等。并提前一个月，对珠海航展现场附近的三灶镇一带所有出租屋、小旅店，进行拉网式排查，不留任何死角；对刀具、斧头、汽油罐等易爆物品，实行严格管控。

再就是珠海航展现场及停车场等人流密集处，以设置瞭望塔、布点和巡逻等方式，防冲撞，防爆炸，防砍杀，防偷盗。人流那么大，开车撞到人怎么办？满地的车，爆一下怎么办？干警不可能每个车都去查，只有增加警力，高度警惕，严密监控。第九届珠海航展时，现场执勤的警察随身携带了二百条防盗链，为有需要的观众及参展人员免费发放。观众们领取防盗链后，即可将贵重物品用防盗链扣系在身上，以防失窃或掉落。而到了第十届珠海航展，航展现场又设置了"反恐隔离墩"，每间隔 1.4 米设置一个；每个"反恐隔离墩"重四百五十至八百公斤，可有效隔离机动车辆驶入隔离区。此外，进入珠海航展场馆的安检环节也大有改进，严密程度如机场安检，而速度比机场安检还快。除了上一届已有的身份核查系统，不能携带刀具、打火机外，场内还第一次严禁售卖打火机。

二十年间，十一届珠海航展，未发生任何重大安保事件。

航展保安，跨入"大数据时代"

众所周知，加强安保工作是各国举办重要活动的国际惯例，尤其作为国际性的航空航天博览会，安保工作必然就是重中之重。随着航展的发展，越来越多的高科技被应用于航展安保中，就连近来热门的"大数据"概念也在第十一届航展中得到充分的应用。因此，第十一届航展安保工作不仅得到了相关领导的一致认可和好评，就连历届被"吐槽"最多的航展交通保障问题也获得了众多的点赞。

"大数据"的搜集和使用，离不开数据处理平台。第十一届航展首次公开面世的大型安保指挥平台，即航展安保系统，有力地支撑了整个航展期间安保体系的资料数据收集和信息分析研判，很好地辅助了航展安保工作的开展和进行。

大型安保指挥平台是一款用于协作大型活动安保工作而研发的安保系统软件。它可以同步兼顾管控多场同时间进行的大型活动，并实时更新动态信息，最大限度地实现各项资源的合理利用和调配，从而科学有效地确保安保工作的落实和完成。

大型安保指挥平台融合了警用地理信息、视频监控、800 兆数字集群、视频卡口、移动警务、微信、二维码、证件识别、人像识别等多种技术手段，实现了安保指挥可视化、现场态势实时化、统计分析智能化、信息获取网络化、身份查验自动化。而通过上述数据统计，可以掌握进入珠海的人流量和车流量并及时进行调度；同时通过数据挖掘，分析航展背后的信息，从而为航展安保决策提供依据。

作为航展安保指挥的"千里眼",视频图像监控系统是大型安保指挥平台的重要组成部分。视频图像监控系统不仅在机场高速、机场北路、机场路、珠海大桥等交通枢纽有多台高速球机,还在航展停车场及换乘区、展区制高点安装了高速球机、鹰眼全景摄像机和超高清瞭望摄像机。同时,从航展公司接入了展馆内外 360 多路监控摄像头。

"为有效应对各类突发事件,珠海市公安局装备了'动中通'卫星通信车、无人机系统、图像采集传输车,配备了二十台 4G 单兵摄像传输设备、六台车载移动摄像机。"珠海市公安局科技信息支队相关负责人说,当作为应急用的 R6、R7 接驳停车场紧急启用时,这些车载移动摄像机可迅速赶赴现场布点。展馆内外每一个角落的实时情况、展区重要道路的交通情况、停车场的饱和度及治安情况,都被指挥部收入眼底。比如,从江珠高速通往机场的主要道路,在图上我们可以看到沿途所有卡口的数据,通过波状图分析我们可以看到交通峰值出现的时段并对下一路口流量高峰做出预测,便于交通指挥部门及时掌握整体交通态势,适时调整交通组织方案。

科技信息化处副处长朱友文介绍说,该平台首先可以汇集人、车数据和视频信息,实时展示现场态势,辅助决策指挥。平台集成了大量与航展相关的地图和数据,专门制作了航展矢量地图、卫星影像图、道路路网图等电子地图,可以自由切换,可以放大观看细节,可以在图上进行距离和面积的测量。平台根据人流量和停车场的饱和度进行实时计算,如果出现入场人流量过大或停车场饱和度超过预警,平台会通过图标显示红色进行预警,指挥部可以提前半小时做出应对。平台还集成数字集群功能,实现精确定位。平台可以直观展示现场警力部署方案,通过不同颜色,可在地图上突出显示不同分组的责任区域划分。平台还能支持到岗点名,指挥部可以通过平台对各个安保组进行现场点名并及时登记到场警力的数据,可以看到所有室外警力的位置。

往届航展,基层指挥员由于科技装备的限制,只能通过对讲机上传下达。但在第十一届航展,各级安保指挥员手里多了一台平板电脑——指挥平台移动手持终端,可实时查看视频监控、现场警力、安检情况、停车场状况、任务推送等。航展期间，六十余台移动终端可以实现从事件发现到研判、预警、处置、统计分析的信息传递，让任务无间断地完成整个流程闭环，提高了事件处置效率，也增强了事件处置的精准程度。

每届航展，展区入口身份核查都是安保工作中的重要一环。从第十届航展开始引入的人脸识别装备，在第十一届航展同样得以推广运用，在1、2、5号门安装的两台人脸识别机器，均可供忘记携带身份证件的观众使用，且人脸识别的速度和效率，比上届有明显提高。

进入展区前的安检包括三个环节，物品人员基本安全检查，身份核查以及入场证件核查。为了确保安检系统的绝对稳定，公安部门给安检设备还准备了三套通信系统，一套是光纤电缆，一套是无线视频专网，另一套是前端设备。当有线、无线出现故障时，前端设备可以实现数据存储、传输、比对。前端设备又分为固定式、移动手持式两种。移动式可以根据不同验放通道的人数多少进行调配使用。

第十一届航展与往届航展最大的不同，就是大数据运用渗透到了安保的方方面面。各级公安指挥员手持平板电脑，只要登录上面的指挥系统，就能实时查阅到航展安保的所有数据，如实时进场人数、进出车辆数量、各条道路交通状况。出场通道的摄像头可以自动统计出场人数。停车场加装了地磁感应系统，进出车辆都会自动计数。执勤警力携带有定位系统，指挥部能实时查看警力分布，从而就近调配警力。

此外，还值得一提的是，第十一届航展期间广东边防总队珠海边防支队作为本届航展中唯一的海上安保力量，首次投入使用单兵图传设备，实现了声像实时传输。这不仅改变了以往指挥仅靠电话和对讲机音频对接的低效率局面，而且还可透彻清楚地了解一线警情，为协同联动、科学指挥提供了依据，从而提升了实时调度指挥的效率。

从拥堵，到畅通

航展的交通问题，是安保工作中最繁杂、最头痛的事情，它不光需要每个安保人员的辛勤付出，更需要团队经验的积累和设施装备的提升。

第一届珠海航展时，除了珠海人的热情与辛勤，几乎什么都没有。开展的前几天，看似一切都很顺利，等到正式开展的第一天，就出大乱子了。因为一位重要嘉宾的到来，按照安保条例，为确保通行，需要各处封路。那时的条例还没那么人性化，信息技术手段也十分落后，所以为了万无一失，只有死板地按照条例执行，结果导致了珠海史上规模最大、时间最长的一次大堵车——从市区的前山桥一直堵到航展馆，车龙足足有四十公里，直到下午才有所缓解。

然而到了第十一届航展，情况就完全不同了。

2016年11月5日，第十一届珠海航展公众日第二天，除了航展上的尖端武器和飞行表演外，交通意外成为火热话题，横跨境内外媒体，遍及微信朋友圈。

《澳门日报》在当日一篇题为《航展首个公众日迎八万客》的报道中称，本届航展中心各入场口往届必堵的现象得到明显改善，为"历届航展最好"；广东南方卫视报道称，"珠海航展交通新规获点赞"；金羊网也发出了"记者亲身体验公交出行，高峰期专线道路路况仍良好"的报道；香山网论坛网民则发帖称，航展公众日出乎意料，去和回交通都很顺畅；而在珠海本地的微信群和朋友圈内，因交通顺畅而深感意外惊喜的留言者更是直抒胸臆："我到了航展现场就直接哭了，路上竟然只用了五十分钟！""今天下班居然比平时还顺！""今年的停车举措非常好！"……

一位参与过航展安保的交警说，前几届的航展交通组织，不但缺乏经验，更受制于地形因素，通往航展馆只有机场路一条道。尽管之后的几届航展，珠海加大了对交通硬件设施的建设力度，包括修建机场高速、金湾立交，加建视频监控，实现可视化指挥，实现信号灯智能化控制，精确调节配时。但这些硬件加码依然没能从根本上解决拥堵问题。因为航展交通组织在一点一点地改变时，拥堵问题同样在改变。2007年后，机动车浪潮席卷全国。也正是在这一年，珠海五位数字的车牌号第一个数字一下子冲到了9。人们的自驾出行观念骤然攀升，经济发达的珠三角地区首当其冲，机动车数量在历届航展中均能屡屡刷新纪录。

　　转折点出现在 2014 年第十届中国航展。如果说在此之前的航展交通组织发展更多集中在硬件改善上，如增加视频监控、配备数字对讲、拓宽路面车道、加大停车场，那么这一届航展则在改善硬件的同时，有了理念的变化。第十届航展首次围绕展区核心，将交通分为诱导区、分流区与核心区。将疏导的触角伸到远端，更加注重车流预警诱导。

　　而大数据概念的首次引入，更使本届航展的交通资源使用率大幅提升。有了大数据的引入，在现场安保指挥部的大屏幕中，指挥者便可实时看到展区各通道入场数和停车场的进出车数，以及进入珠海各条高速和航展路线沿途的车流量。通过这些数据，决策者能很清晰直观地了解各条线路的压力，而后通过对讲机发出指令，调整路面管控措施。由于能实时显示车位数，只要停车场有车离开，指挥部就能第一时间知道，然后立刻引导其他车辆前往"填空"，使停车场周转大大加快。如 1 号停车场 4300 个停车位，公众日首日先后停放了 6400 多辆车；2 号停车场 9700 个停车位，航展最后一天竟先后停了 13785 辆车。

　　由于大数据的作用，第十届航展还改变了观展车辆的路面配比问题。往届航展出现交通问题的一大诱因，是车辆来回过于集中，每天十一时到十三时，车流量会井喷到每小时 5000 辆次，而八时左右的平峰期，车流仅为每小时 500 辆次，忙闲比高达十比一。第十届航展依靠大数据结合路面管控，警方成功地将车流量高峰打散，高峰期每小时 7000 辆次，平峰期为每小时 4000 辆次左右。

　　然而，尽管这届航展引入了先进的管理经验，公众日还是创下了单天十八万人次的最高观展纪录，导致机场高速一度处于难以调控的绝对超饱和状态。鉴于此，第十届航展结束后，一份长达二十多页的数据报告放在了市公安局负责人的案头。根据这份报告，市公安局经过审慎研究并吸收国内外大型活动安保经验，针对上届航展的成败得失，分析出了交通组织基本框架。结合这一框架，市公安局交警支队着手研究起草了第十一届航展交通组织方案，后经历大量实地调研、兵棋推演之后，方案得以顺利通过。

　　在基本框架之下，经过交警部门往里填充血肉，在第十一届航展期间，一套解决航展拥堵问题的系统性方案便大功告成。原最大承限仅 3000 车次的机场高速在高峰期每小时 4000 多车次的冲击下，不但能够保持平稳有序，而且将驾驶员的拥堵感降到最低。这是珠海公安累积二十年经验的集大成之作。

采访中交警有关负责人说，如果没有错峰和公交出行，可能珠海大道最高峰的车辆就不会是 6000 辆次，而是 8000 辆次甚至上万辆次。珠海大道倒是可以勉强承受，但是珠海大桥和泥湾门大桥的拥堵就很难避免了。本届航展的交通顺畅并非侥幸的偶然因素，而是交通组织做到了对症下药，对其他大型活动有着很大的借鉴意义。

历经二十年的淬炼，第十一届航展公众日进入核心区的车流量，最高的一天竟创下 5.8 万辆次的纪录，且没有出现拥堵，珠海大道的通行甚至比平时早晚高峰还要畅通。

由此可见，从拥堵，到畅通，珠海交警们付出的不光是辛劳和汗水，还有智慧与心血。

热闹背后是孤苦

不管航展安保有多么先进的设备，运用了多么先进的技术，都离不开为此日夜奋战的安保人员。从航展开始到航展闭幕，全力以赴，彻夜加班，成了安保人员的生活常态。而正是他们的默默付出，才保障了历届航展的安全与秩序。

他叫卜罗成，可谓珠海航展公司的元老级人物，也是一位名副其实的老安保。

1995 年夏天，在珠海警备区入伍服役了二十二年的卜罗成转业至珠海机场，三十天后，珠海航展公司成立，他被调入珠海航展公司，成为最早的一批员工。初入公司，卜罗成负责行政管理和安保工作，包括其在内的最初四个领头人开始迅速招募员工，并成立了一个由二十多人组成的团队，全面操作第一届珠海航展工作。

在卜罗成的记忆里，二十多人的团队要负担起航展的招商、场馆建设、安保等方方面面的工作，任务之重压得人喘不过气。当时，外界对航展几乎没有任何了解和认识，招商工作进行得非常困难。

九十年代初，珠海成立经济特区十余年，正亟须对外树立和打造自己的形象及影响力，此时，中国国际航空航天博览会的举办权交到了珠海政府的手里。

然而，珠海在哪里，是个什么样的城市，珠海航展的吸引力何在？这些都需要航展公司团队对外进行宣传和引导。卜罗成和同事们常常随身携带地图，向人们指出珠海的具体位置，再慢慢介绍珠海航展的情况。这样的画面一直深深印刻在卜罗成的脑海里。

在卜罗成的记忆中，第一届珠海航展时，整个社会对航展没有任何概念，各项安保措施也相对简单，甚至没有进入场馆的安全检查环节，所有观众凭门票即可入场，参与安保工作的人员也只有二百人。而安保的最大压力是交通。当时的珠海，交通状况十分糟糕，没有隧道，前往展馆的道路也只能经珠海大道进入机场路。而当时的珠海，作为一个未知名的城市，从未经历过这么大规模的活动、这么大规模的人流往来，就是交警也缺乏指挥这么大人流的经验和能力。第一届珠海航展期间，有游客早上六七点从广州开车出发，直到下午三点多都还进不了展馆。从第二届珠海航展起，在时任市委书记梁广大的主持下，珠海修建了前往机场的环形交通要道，交通状况才得以明显改观。后来随着交通网络的逐步健全，展场外围已不存在塞车的情况，唯一担心的是停车场内出现拥堵。

当时安保工作的整个过程，也没有完善的应对机制，使航展期间的很多活动无法保证秩序。负责安保工作的卜罗成回忆说，面对许多突发情况，虽然心里很着急但凭借着在部队二十几年的工作经验，最后还是在紧张的氛围中顺利地完成了压力较大的安保工作。不过航展的安保措施亦随着时势发展和科技进步逐步升级。后来反恐形势严峻，航展安保部门感到压力愈来愈大。于是 2006 年开始实行安检，观众必须随身携带证件和门票方可入场。

作为安保部门的负责人，卜罗成主要牵头负责航展公司的日常安保工作和航展期间的安全保障。航展开展前一个月，卜罗成就开始每天到展馆忙乎不停，且事无巨细。由于哪个环节出现偏差都不行，所以不管是谁，遇事都要去找他。参展商的安全保障安排要找他，展区哪个区域需要增加安保人员要找他，场馆内出现任何突发状况也要找他。

每一届珠海航展筹备时，珠海航展公司都与保安公司签订合同，从航展开幕前四十天左右，保安公司开始派遣安保人员到现场，随着时间推移人员逐步增多，直至航展结束。卜罗成则负责与保安公司以及上级公安、交警部门的沟通协调工作。

航展一开始，卜罗成干脆就住到了展馆附近，每天早上六点前就抵达展馆。珠海航展期间，有数万台车辆进出展区，卜罗成负责的安保部门需要为其定人、定位、定岗、定责，协助交警做好交通指挥疏导和道路巡逻监控。下午闭馆观众都退场后，他还要带领安保人员协助公安人员带着搜爆警犬搜索展馆各个角落，进行防爆安全检查，一直要忙到晚上将近十二点。卜罗成说，航展期间每天只能睡四五个小时，虽然已经快六十岁，但自己还能再熬一熬。

让卜罗成欣慰的是，从事珠海航展安保工作近二十年，从未出现过因安保问题造成的安全事件。唯有一事印象深刻，即第八届珠海航展开幕式期间，按照上级部门安排，须等开幕式结束观众方能进场，但仍有部分专业观众坚持一定要进场观看。尽管安保人员一直加以劝阻，这部分观众依然不肯让步，并一度和安保人员发生冲突。所幸冲突最后并未升级。卜罗成说："我们往往是公安部门前面的第一道防线。确保展馆内和观众安全无虞是我们最大的职责。当珠海航展落下帷幕、工作顺利完成的那一刻，成就感和快乐也随之加倍，这时候是我最快乐也最轻松的时候。"

他叫杨贤钢，与卜罗成有着类似的经历，同为珠海航展的"老安保"。他的主要职责是负责安全保卫、防恐反恐、停车场管理、清洁卫生等。

航展前一个多月，有参展商前来布展，杨贤钢工作的场地就挪到了航展现场，其主要任务是，协助参展商按标准搭建摊位，确保安全系数，摊位搭好了，配合公安部门验收，再封存。

航展期间，他更是忙得"腿发软"。他说："上午下午都要绕展场走一圈，检察巡视。走一圈下来，要两个多小时。下午五点钟闭馆后，再跟武装巡警一起搜索展馆，做拉网式清理，进行防爆安全检查。搜索结束，封馆，第二天，再集体开馆。此外，还有汽油、煤气罐等特殊物品，需要进展场的，有什么用，量多少？比如煤气罐是炒菜用，每天都要报，炒多少菜、用多少罐煤气，有没有酒精等等，查完了，报上来签字，这才进场。"

超强度的工作量，极细致的工作性质，是杨贤钢对安保工作的体会。这样的工作节奏一直要"熬"到珠海航展的最后一天结束，最后一架飞机着地，再做完最后一次搜巡。这时候，杨贤钢往往感觉"腿站不住，眼睛也睁不开，要睡一两天才起得来。"

但珠海因航展而被人记住，被国际认同，杨贤钢心里是高兴的。第十届珠海航展，离开展仅有一个月了，还有许多展商申请展位，可是没摊位了。他说："尽管这届航展扩大了一倍，室内净面积三千五百到三千六百平方米，可还是供不应求。"他深深地感到，珠海航展能走到今天，不容易。办一次航展，需要联动的是国家级、省市级的六七十个大单位：主办单位、协办单位、参展商、媒体……

最让杨贤钢感慨的是珠海航展公司的同人。全公司仅七十余人，策划承办这么大的活动，一个人要干十几项工作。单是接待，珠海航展公司"一家对几千家"，自然就会有疏漏，不可能十全十美。珠海航展公司的人不仅辛苦，还会常常受点窝囊气。杨贤钢说："珠海办航展，靠的是协调。不像别的国家，有明确的规矩规则，发布下去就行了，大家照着做。"

尽管心存委屈，但杨贤钢还是觉得值。因为珠海发展经济，不以牺牲环境为代价，保住了蓝天白云，留下了青山绿水，因而让珠海成为难得的一片净土。而为了实现这一目标，珠海走了一条与众不同的路。这是珠海人一次漂亮的选择，也是一次智慧的选择。

说到这些，杨贤钢不禁回忆起他当初来珠海时的情景。杨贤钢在新疆当兵二十余年，转业到乌鲁木齐民航局。1978年，还在部队服役的他到珠海出差，身为北方人的他第一次冬天到南方，看见冬季的珠海仍然是阳光明媚，春暖花开。尤其让他惊讶的是，当时全中国都还凭粮票吃饭，珠海却是先吃饭，后结账。当然，当时的珠海条件也差，让杨贤钢终生难忘的是蚊子——满天飞舞蚊子！走在路上，一大团，几百个，黑压压一大片，且是水陆两栖。珠海蚊子与北方的蚊子明显不同，北方的蚊子吃饭时不动，而珠海的蚊子，吃饭时还咬你！

1994年，正是珠海机场筹建的关键时期，时任珠海市委书记梁广大求贤若渴，从全国选聘优秀人才来到珠海，杨贤钢就是那时调来珠海机场。当时乌鲁木齐民航局不愿放杨贤钢，甚至还惊动了民航总局。最终杨贤钢还是以辞职的方式离开新疆，来到珠海。就在临走前，杨贤钢的副厅级任命书到达，他被任命为乌鲁木齐民航管委会副主任。但他还是放弃了这一令人羡慕的职务，头也不回地离开了新疆，来到了珠海。

说起那段岁月，杨贤钢感情复杂，沙哑的话语中有激情，亦有沧桑。他坦言，来到珠海后，他才感到珠海条件并不好，工资待遇也不比之前高，但珠海却是一片热土。在这片热土上，有希望，有梦想，有无限的可能性。

现如今，这个梦正在一代代的珠海人手中变成现实。

他叫段新文，珠海金湾分局特巡警大队副大队长。自当初一脚踏入航展中心的大门，连他自己都没想到，眨眼间便横跨了两个十年。可以说，航展馆的每一寸土地上都留下了他的足迹。虽然每一届航展的岗位都不同，但段新文的航展安保任务始终离不开一个字——守。从1996年第一届航展开始，段新文守过山、守过导航塔、守过停车场、也守过飞机，他戏称自己是航展的"守护神"。一个普普通通的"守"字，包含了责任重大、不辞辛苦、任劳任怨、默默付出等多重含义。

珠海航展中心有五个停车场，航展期间，这里每天接纳数十万车辆的进出和停放。车多、人多，总有一些粗心大意的参观者忘记关上车窗就匆匆离去，使这里成为不法分子窃窥的重点区域，偷盗案件时有发生。2002年，段新文第一次被分配到看守停车场的岗位，当时执行安保任务的各功能组仅靠一部对讲机联络，各任务组想要相互联络都十分不便，要联系到一个茫茫人海中的车主，更是难上加难。

段新文说："如果车主的玻璃窗没关，又联系不上，我们就派个人站在那里守着，直到车主看完航展出来。"科技的落后，并不能阻碍民警完成自己的安保任务。密切观察停车场的动向，守护群众的财产安全，是每一个航展执勤民警义不容辞的责任。所以，不管多苦多累，段新文始终坚守在自己的岗位上。

2012 年，停车场搭建了瞭望塔，在每个瞭望台上配备两名民警和望远镜，用于实时监测现场情况，发现问题及时传达调度。同时，航展中心成立临时指挥调度室，增加摩托车巡逻小组，方便各部门随时联动，处置突发事件。段新文说："瞭望塔上的民警发现情况以后，用对讲机反馈给摩托车巡逻的民警，民警把车牌号码记下来报给指挥调度室，查询平台一查就能查到车主信息，然后电话联系车主，车主直接就过来了。"

除了要防止不法分子侵犯车主的财产安全，接受群众的问路，帮助群众寻找遗忘了停车位置的爱车，也是段新文每天面临的大量工作之一。"观众把车停进去以后，出来找不到车了，我们马上用对讲机叫各个巡逻组帮他们找车，每天我们要面对几百桩这样的事。"段新文如是说。

在段新文的记忆里，航展安保工作经过十届的发展，无论是在后勤保障、通信设备，还是警力部署、联动执勤等各个方面都有明显的进步。

2008 年，段新文被分配在停机坪守飞机。他说："我当时在展馆里面，白天巡逻，晚上守飞机。本来正常航展是一个星期，但那一届航展从第一架飞机抵达到最后一架飞机离开前后共十七天，我就不停地在里面转啊转，里面很大，停了很多飞机，转完一圈，坐一下，休息十分钟，又去转。"

每一届航展期间，珠海航展馆都迎来全球各国航天航空制造商的各种飞机和飞行器。每天展会结束，展馆闭馆之后，这些飞机就停放在停机坪上。守护这些飞机度过漫漫长夜，确保这些飞机安全的重任，就落在了段新文的肩上。要防止任何人员接近飞机，制造对飞机有损坏的行为，段新文要保持高度的警惕，用耳朵听，哪怕是很小的一声响动，都要在最短的时间做出准确判断；用眼睛看，由于范围大、晚上能见度又差，给视觉观察带来很大障碍，但就在这样的条件下，哪怕是一只老鼠过街，也难逃段新文的眼睛。

段新文说："一是怕有人进来搞破坏，二是怕发生意外事故，比方说飞机漏油，万一烧起来引起其他的问题。有天晚上，我们就发现有台飞机漏油，很危险。马上向指挥部报告，他们迅速派了飞行员过来处理。因为问题如不及时发现，后果不堪设想，每一架飞机都关系到国家的财产安全，我们责任重大！"

在守护飞机的日子里，段新文创造了执勤无事故的佳绩。而像段新文这样的航展保驾护航者，在珠海警队里还有很多，很多。

他叫林周良，珠海公安局机场派出所民警，参加过历届航展安保工作。

林周良是机场派出所的一名普通的民警，每到航展年，他便习惯将自己调整到最"寂寞"状态。

1996年，珠海举行第一届中国航展，林周良是机场公安分局消防大队的一名消防兵，从此两年一度的航展，便成了他最忙最寂寞的日子。

在航展期间，参加安保的民警每天凌晨五点起床，五点三十分集中吃饭，六点出发，六点四十分到达航展现场列队接受训话，七点前到达各自的岗位，直到下午六点清场结束，才能陆续撤出。等回到家里，已是晚上七点以后了，所以每天都处于十个多小时的高强度工作中。这只是上级领导对作息时间的规定，实际上，林周良和他的同事们经常加班加点，困了就在办公室眯一会儿，彼此轮流换班执勤。

第三届航展时，林周良被调到防火科，由于工作岗位的特殊性，他不单要在航展期间参加安保工作，还要在航展开始半个月前和进行布展的建筑队一起进入场馆，对施工单位进行监督。"当时每天就是巡逻，不断地巡逻"，林周良说，"开展前两天更是要通宵检查。"

到了第七届航展，调入治安部门的林周良主要负责停车场的治安防控。当时航展安保指挥部判定，停车场是犯罪分子可能出现的最后一个地方。那届航展，警方在停车场设置了五个瞭望塔，加强了保安，并制定了严密的巡逻方案。

林周良在停车场一待就是七天。公众日这几天，每天都有几万辆车次进入停车场，需要不断提醒车主锁好车关好车窗。林周良说，当时嗓子都喊哑了，润喉糖根本没有用，车太多了。更让林周良无奈的是，因为停车场太大，有些车主从展馆出来后到停车场找不到车，就以为车丢了，于是就报警。而实际上车根本就没丢，只是车主不知道停在哪里了，民警们只好为车主寻找。

仅在公众日的一天，林周良从下午四点到晚上七点，最多的时候帮助过七八个车主找车，不知在停车场来来回回走了多少遍，连喘口气的时间都没有。

到公众日闭馆前，参观的观众在航展馆门前的巴士站坐不上公交车，就会步行到机场的巴士通道乘车。第九届航展时，观众把整个巴士通道都塞满了，公交车无法开动，很容易发生踩踏事故，林周良就和同事一起手拉手，将公交车围起来，而后一步一步地护送公交车出站。

"做航展安保就是要耐得住寂寞。"林周良说，"第一届的时候，飞机展示区距离执勤地点只有二十来米，但是我从来没有过去看过；别说看飞机，我连水都不敢多喝。为什么呢？怕上厕所。因为万一上厕所出了事，怎么办？"

作为参加航展安保的一线民警，林周良认为，安保的难点是人多，特别是航展闭馆观众离场时，几万人一下子拥出来，挤在一起，很容易造成踩踏事件。

林周良虽然参加了十届航展的安保工作，但是从未完整地参观过一次航展，也从未看过一次飞行表演。他说："没办法，既然当了保安，就得负起责任来。航展嘛，等以后退休了再去看吧。"

他叫徐楠，珠海航展一名特殊的安保人员，是飞行协调地面保障组负责人。他负责的这部分工作鲜为人知，却极其特殊而重要。

徐楠所在的珠港机场管理有限公司作为珠海航展执委会一支重要的力量，一直承担着珠海航展期间的飞行动态表演、展坪静态展示等地面保障工作，其中包括了航展前的准备工作和航展中的保障工作。徐楠就是这项工作的总负责人。

徐楠说："珠海航展前期的准备工作任务是很重的，首先是应急救援准备工作，我们要制定应急救援方案并付诸演练；其次是布展准备工作，也就是对参展航空器的动、静态展示区进行展位的规划布置，这是极为重要的工作环节。因为参展的飞机种类杂，最大的有A380，最小的有轻型机、滑翔伞，而且每个参展商、参展航空器都有自己的展示保障特殊要求，我们为了确保万无一失，事先收集了大量的数据资料，包括飞机的尺寸、特性，准确计算了每架飞机的安全间距，通过多次评估、模拟才能确定展位。"徐楠还做了一个比喻："这就像人走人的路，车开车的道一样，飞机更需要它的秩序管制。"为了做好布展工作，每逢航展年的三四月，徐楠他们就要与珠海航展公司保持密切联系，及时更新参展飞机的信息，做足准备。此外，飞行区场地保障、设备维护、优化联检口岸服务等，也都离不开前期的准备。

从第一架参展航空器降落珠海开始，徐楠负责的航展应急保障工作就正式拉开序幕。最让徐楠难忘的是 2008 年第七届珠海航展："大型客机 A380 的首次到来，当时我们谁都没有见过这么大的飞机，普通飞机的长度是三十多米，而 A380 长达七十多米。A380 的起降需要 F 类机场，而珠海机场是 E 类机场，这么大型的客机顿时让我们紧张起来。结合 A380 的各项资料，我们按照民航标准对它进行了专门的评估，并和香港机场专家专门进行了多次计算机模拟实验，制定了一套完整的保障方案。其间，我们还对 A380 的行驶通道进行了压力评估，尽管最后确定是足以承载 A380 重量的，我们还是坚持在联络道下使用了圆木、顶柱进行加固。"A380 起飞时产生的气流将对临近的助航设施、飞机等造成很大的影响，但在工作人员的仔细勘察和保护下一切安然无恙，空客公司对 A380 的保障工作给予了盛赞："珠海机场为空客 A380 飞机提供的机务服务，是我们在国外参展历程中经历最好的！"

从第一届到第十届珠海航展，将近二十年的时间里，徐楠从当初的一名航展保障工作的普通员工，成长为珠港机场管理有限公司运作部高级经理兼珠海航展飞行协调地面保障负责人。他的人生体验也从当初的激情四射但抓不住要害，到如今沉着、冷静且淡定。每一届珠海航展结束时，望着最后一架飞机离开展场，徐楠总会与一同奋战的兄弟们来到停机坪上，静静地伫立在那里，久久地望着天空。这时候，一种辽阔的空旷感和难以言表的欣慰感，便会从心底油然而生。

……

此外，还有很多安保工作人员，同样值得我们记住。

比如，珠海斗门新青派出所的副所长吴杰宏。1996 年他被安排参加首届中国航展的安保工作时，还是一个二十四岁的小伙子，如今已是一个大叔级的人物了。他当时的任务是夜间看守停机坪，所有参展的飞机都在珠海机场的一个停机坪上停放着，上级要求他们必须二十四小时不间断巡查，以确保飞机的绝对安全。吴杰宏说，他们的工作就是"专机保卫"。但第一次见到那么先进的战斗机非常兴奋，压力也非常大。他和其他一些警察因参加了十届航展的安保工作，而被称为"十全警察"。吴杰宏说："我特别喜欢中国空军'八一'飞行表演队，从歼-7到歼-10，再到后来的歼-31，我全都见证了。可以说，是航展陪伴着我成长。"

比如，珠海公安局高栏港分局指挥中心副主任郭金海。参加工作第一年，他就加入了首届航展的安保工作。不过郭金海并未进入航展馆，而是在航展馆附近的一个山坳里负责安保工作。他说："当时有很多观众来看航展，我就守着这个山坳，看有没有人销售假票，还要排查嫌疑人员，接受群众求助。其实我自己也很想进场看看，但由于工作需要，我只能不时抬头看看飞过上空的各种飞机。"

作为一名参加了十届航展安保的警察，郭金海对前几届的航展印象深刻。他说："当时交通不方便，塞车非常严重，很多人来到现场后，都看不了；我们的通讯保障也落后，所以安保的压力很大。每天凌晨五点就集合，六点前就抵达现场，晚上回到家已经八点多了。每届航展期间，盗窃、冒用他人证件、小孩走失的事情时有发生，我和同事每天要应对数十起各类突发事件。"因为任务繁忙，好几天没刮胡子的郭金海说话时显得很是疲惫。

郭金海有一个女儿，最喜欢看航展。遗憾的是，郭金海虽然参加了二十年的航展安保工作，却没有机会带女儿看过一次航展。

比如，高栏港分局女警官李洁。李洁每天就在2号安检门执行安保任务。2号安检门是航展的中心入口，每天经过这里安检的参展商和参观者达上万之众。既要确保安全，又要确保各进出通道的快速通行；既要严格检查人员和物品，又要热情、微笑、礼貌地接待每一位宾客。这看似简单，真正做到却不容易。

航展开幕后，李洁每天早上五点二十分从家出发，晚上八点多才能到家，一干就是十多个小时，即便男民警有时也吃不消。但她始终坚持着，每天都提前进入岗位，并总是面带微笑，真诚热情地接待着每一位来客。

第八届航展时，适逢广州亚运会，新婚的丈夫被派驻广州执行安保任务，家中无人做饭。李洁当时在安检门执勤，每天一站就是好几个小时，等她晚上回到家中，已经很晚，她只能随便应付一下，第二天的早餐也是如此。领导体恤她，提出帮她换个稍轻松点的岗位，但李洁坚决不同意。

李洁说，要做好安检工作，相互的沟通很重要，也是关键。一次，一位参展商急着要进展馆，按规定，他携带的提包等物品必须通过 X 光机检查。但因时间紧，这位参展商不顾安检民警的劝说，坚持要从安检门通道通过。李洁面带微笑，有礼有节、反复耐心地向这位参展商解释，事情很快得到圆满解决。

还有一次，一外国参展商提着挂包经安检通道进展馆，安检员刚要打开他的挂包检查，外商马上变了脸。李洁见状，微笑着将他请到一边，请他自己打开挂包让安检员检查。参展商当即竖起大拇指，并同意接受检查。

再比如，珠海拱北公安分局吉大派出所民警曾伟铭。第十一届航展是他第三次参加航展驻场安保工作，航展开幕前，他刚刚升级当了爸爸，但他主动放弃了陪护假期，与同事们日夜坚守在安保第一线。

航展期间，出入展区外围的交通流量近二十三万辆，进入展区的观众、参展商及工作人员共三十九万人次，对于参加航展安保任务的公安民警来说，压力巨大。曾伟铭说，他们每天凌晨五点起床，早上七点半进场执勤，一直在现场执勤十多个小时，直至下午闭馆，观众全部散去，他们才能稍微松一口气。接着还要总结一天的工作，等晚上回到家里，已经是八九点了。

尤其是公众日期间，展馆人流如潮，上午十一点至下午两点三十分，是展馆人最多的时候，也是民警们最紧张的时候。因为这个时候处于飞行表演间隙，也是阳光最猛烈的时候，户外的观众都往展馆里挤。在这种情况下，训练有素的民警们要做到眼观六路，耳听八方。一方面要紧盯着观众，提醒保管好随身物品，并做好分流人群的工作；另一方面，还要做好随时应对突发状况的准备。公众日第二天，民警在 3 号馆停机坪处发现一名游客突然晕倒，马上呼叫医疗组将游客送往医院救治。开幕式首日，有马大哈观众丢失了二十多张门票，急得团团转，后被民警们很快找回。这样的事几乎每天都会发生，所以对于每一个在现场执勤的民警来说，时时刻刻都是考验。

而航展刚一开幕，曾伟铭就面临考验。这一天，他刚上岗不久，便接到家里电话：刚出生的宝宝因肺炎住进了医院。同事们都让他离开现场，赶紧去医院看看孩子。但在"奶爸"与"民警"之间，他还是选择了后者。他说："我是一名父亲，也是一名警察。航展安保工作人手紧，压力大，任务重，我必须尽到一名公安民警应尽的责任。"

此外，还有一群特殊的安保战士——搜爆警犬，同样值得我们尊敬，值得我们记住。

搜爆警犬是航展中一支鲜为人知的安保队伍，多年来，它们紧随珠海市公安局刑警支队五大队的民警们共同承担着航展的防爆安检任务。据刑警队介绍，搜爆警犬从第八届航展开始参加航展安保工作，每天天没亮就开始上班，天黑了依然还在紧张地搜索着展馆的各个角落。警犬们不仅要负责对各个进场人员及车辆进行搜查，在闭馆时还要对航展馆进行安全巡查。它们行动敏捷、嗅觉灵敏，可嗅出管制刀具、易燃易爆液体的味道。但由于任务繁重，有的警犬竟累得病倒了。

为顺利完成航展的安保任务，确保场内活动的顺利开展，珠海市公安机关专门成立了搜爆小组，由刑警支队五大队的民警和十四只史宾格搜爆警犬组成，其中两只备勤，另十二只分成三个小组，每组四只。由于搜爆警犬每天很早就要赶到航展现场，而饲养警犬的警犬队离展馆又较远，所以参加任务的史宾格搜爆犬，全被寄养在离航展馆较近的特警支队。

每天早上五点半，民警就到警犬训练基地接搜爆犬。搜爆犬刚被民警牵出，便兴奋不已，在院子里又蹦又跳，以欢迎民警的到来。训导员说，警犬休息了一晚上，早上一放它们出来，它们就非常兴奋。民警把搜爆犬集合好后，便带着它们上车，一同赶赴航展现场。途经约一小时的路程到达航展馆，随即投入紧张工作。

搜爆犬的任务分为白天和晚上两部分。白天，搜爆犬分别在1号门和2号门的车检通道，对进入航展现场的车辆进行详细的安全检查。晚五点半闭馆后，待馆内人员清理完毕，搜爆犬再跟着民警们在每个展馆内进行地毯式的检查，等确认展馆安全无误，方才离开。一位民警说，他们回到市区，一般都是晚上11点左右了。三个小组的搜爆犬采取轮班制度，工作两个白天休息一个白天，但晚上展馆内的安检，三个小组必须全部到位。

参加航展安保工作的搜爆犬都有着丰富的大型活动安保工作经验。2008年北京奥运会、国庆六十周年、澳门回归十周年、亚运火炬传递等活动中，都有它们的身影。

据有关部门统计，在第八届航展开幕的两天中，搜爆犬在民警的带领下，一共检查车辆近三千辆次，查出管制刀具八把、易燃易爆清洁剂及油漆十五瓶、汽油燃油精四瓶、机油十四瓶、燃油气筒添加剂两瓶，以及含酒精类液体二十八瓶。

在这群搜爆犬中，有一对亲兄弟，一个叫"北航"，另一个叫"东航"，它俩曾担任过十多次大型活动的安保工作。"北航"和"东航"时年十岁，是十四只搜爆警犬中的长者。而最小的搜爆犬年仅一岁零两个月，此犬经过半年多的严格训练，便完全胜任安保工作。此外还有一只叫"北征"的搜爆犬，时年四岁，在所有警犬当中就数它最活泼。它之所以被叫"北征"，是民警们希望它能像南征北战的战士一样勇猛。"北征"出任过第二届航展、第三届广交会、澳门回归十周年庆典、亚运火炬传递等大型活动的安保工作，虽然只有四岁，却堪称一名经验丰富的"老同志"了。

按习惯，人们重视人，忽视犬，但这群搜爆犬我们似乎没有理由忽视。因为正是它们每天伴随着民警走过每个展馆的角落，用人类不具备的特有的灵敏的嗅觉时刻捕捉着每一丝危险的信息，才协助人类确保了航展的安全。因此说，搜爆犬和民警一样，都是珠海航展背后的功臣。

有备无患，确保安全

航展期间，交通运输繁忙，人员流动密集，安全形势复杂，许多无法预知的险情很有可能突兀而至，因此应急预案乃至现场救援、处置方式等工作便显得尤为重要。

以第十一届航展为例，航展陆上应急救援队伍，主要由珠海警备区、边防五支队、市卫计局、金湾区斗门区基层综合应急救援队伍、珠海机场、民安救援中心等单位救援力量组成，共设置应急救援点十八个，医疗救护点五个；空中应急救援队伍，主要由南海第一救助飞行队、市卫计局、珠海海事局等单位救援力量组成。航展期间，航展应急救援共出动应急救援兵力三千四百九十六人次，救援车辆二百六十四辆次，直升机六架次，船艇一百五十六艘次，摩托车二十四辆次，医疗救护车五十六辆次，医疗救护人员四百二十人次，救治身体不适观众一百七十一人。

二十年来，珠海航展逐步建立起了事前预防、事发应对、事中处置、善后管理应急管理体系，确保了航展有急可应，有急能应。特别是第十一届航展前，高规格、高标准制定了操作性强的《第十一届航展应急（管理）救援工作手册》。此外，相关单位还对安保进行了风险隐患排查与评估，对最可能发生的突发事件组织专家进行分析研判，其内容主要涉及以下几个方面：

一、恐怖袭击事件方面，可能有不明飞行物袭击、发生爆炸引发恐慌、暴恐分子驾车撞人、持刀斧砍杀观众、劫持人质等。

二、群体性踩踏事件方面，可能因恐怖分子袭击引发群体性恐慌造成踩踏事件，因飞行表演器坠落观众席爆炸引发群体性踩踏事件等。

三、飞行表演器坠落事件方面，可能有以下十种情况：（一）表演航空器坠落在展区观众人群中起火或爆炸；（二）表演航空器坠落在展区展馆起火或爆炸；（三）表演航空器坠落在机场跑道上起火或爆炸；（四）表演航空器发生故障需要沿跑道迫降着陆；（五）表演航空器坠落在机场航空加油站起火或爆炸；（六）表演航空器坠落在展区附近居民区起火或爆炸；（七）表演航空器坠落在山上起火、爆炸并引起山火；（八）表演航空器坠海；（九）表演航空器坠落在金湾区、临港工业区和斗门区等其他区域起火或爆炸；（十）表演航空器降落时冲出跑道引起爆炸。

四、医疗救护方面，可能有飞行表演器坠落起火或爆炸致人伤亡、恐怖袭击致人伤亡或引起踩踏致人伤亡等。

此外，可能还有临时搭建物坍塌事故、展馆发生大火、展馆内发生停电等意外事故等。

针对上述可能发生的突发事件，相关部门提前做好了相关防控工作，并针对航展期间最有可能出现的突发事件，制定了《第十一届航展社会面管控工作专项方案》，设立了巡控处突、反恐防范、空防安全、案件处理和交通管理等六个功能组，以强化航展期间机场地区应急管理工作。同时加强了重点部位治安防控工作，制定了"二组三点"巡逻方案，每天安排两个带犬巡逻组，加强候机楼巡逻防控，维护公共秩序，排查可疑情况；并在三个重点部位设置防爆检测点，由民警和机场安检联合进行防爆检查，防止有人将管制物品、易燃易爆以及其他危险物品带进候机楼。

而针对可能发生的航展突发事件，相关单位则采取贯穿事前预防、事发应对、事中处置的系统应对措施，做到了"九个一"：一批应急预案，一支应急救援队伍，一系列演练，一系列培训，一组应急专家，一批应急救援救护点，一张应急救援处置图，一套航展安全法规，一册典型案例。

第十一届航展期间，应急管理工作首次由市政府应急办牵头负责，专门邀请了数名国内知名应急管理专家，在航展现场指挥部坐班值守，现场提供专业指导意见。航展整体应急管理工作依据实际情况，分为应急专家组、现场安保组、医疗救护组、机场应急救援组、陆上应急救援组、海上应急救援组、空中应急救援组、山地应急救援组、应急保障组共九个专业救援组。

航展应急指挥部还成立了一支专职巡查组，由金湾区应急办负责实施开展，每天在场馆内持续开展动态巡查，及时发现场馆内的各种突发事件风险隐患，第一时间上报现场指挥部。金湾区首次运用公共视频应用管理平台和航展大数据平台，实时掌控区域内人流、车流状况和航展馆现场秩序，实现对航展外围秩序的全面掌握和远程指挥。

由于航展应急管理各单位周密细致、快捷高效地实施了各项应急准备和应急管理工作，从而确保了第十一届航展的万无一失。

不可或缺的后勤保障

餐饮、电力、供水、机场、航油等，既是航展必备的后勤保障，也是安保的重要内容，其中每个问题乃至每个细节，都关乎航展是否能够正常举行。

而后勤保障工作，大都默默无闻。可二十年来，正是有了一大批甘愿默默奉献的后勤工作人员，珠海航展才一步步走到今天。

选择餐馆看"笑脸"

航展期间的餐饮问题，一向是大家关注的重点。每天近十万人的餐饮，既有安全问题，又有服务质量问题，哪个环节稍有一点疏忽，都会出现问题，甚至是重大问题。更何况，观众来自全国四面八方，各有所需，众口难调。

尽管如此，为了最大可能满足观众、参展商以及工作人员的各类饮食需求，珠海航展举办方不仅在航展馆内设置有西餐厅和休闲茶座，在空旷的展馆外也有自助餐、中餐、穆斯林饮食等种类多样的食品出售。由于加入了志愿者的派餐和清理卫生等服务，现场顾客排队就餐秩序井然；即使是人最多的午餐时间，现场也没有出现随处乱扔饭盒的情况。

珠海金湾区食品药品监督管理局管辖着珠海航展周边的餐饮业务。为了保证珠海航展期间食品安全，每逢航展前夕，他们都要对机场、航展馆、旅游景点等重点区域进行食品安全专项检查，并对所有餐厅进行量化分级管理。安全量化分级管理从高到低分为 A、B、C 三个等级，分别对应"大笑""微笑""平脸"三种卡通标志。为了便于消费者对餐厅提供的食品进行有效监督，被评定的安全等级餐饮服务单位必须在醒目位置悬挂上述标识，不得拒挂或张贴、遮盖公示牌。航展期间，游客选择餐馆只需查看其有无"笑脸"，即可判断大致的环境卫生状况。

在航展现场，第一届至第三届航展都是由多家酒店提供餐饮。后来，以商务谈判的形式确定了餐饮供应商。航展期间，饮食将采取限价制度。餐饮企业在航展现场建设了临时中央厨房，其设计产能为每餐十万人的加工能力，以确保充足供应；并搭建了约两千平方米的常温仓库及十二个移动式冷冻冷藏库，用于储存各类干货及肉类食材；还配备了两条长龙式微波隧道加热设备。在航展现场提供的各种餐品，常规情况下每日可满足十一万人以上餐饮需求。餐品包括盒饭、点心包和自助餐 。为避免观众过长时间排队，航展现场还设置了数十个移动售卖点，每日可供应约八万份常温点心包。点心包包括面包、鸡腿、巧克力、休闲零食、乳饮料等多种食品。

为满足不同人群的多层次的餐饮需求，餐饮企业在航展现场还提供不同档次的自助餐服务：A 餐厅为高端商务自助餐，主要是向展商、专业观众等持航展有效证件人士开放，每日可满足两千人就餐；B 餐厅航展前三天向展商、专业观众等持航展有效证件人士开放，航展后三天向所有人开放，每日可满足三千人就餐；综合村自助餐厅则向所有人开放。真正做到了用餐选择模式多，服务贴心又便捷。

至于航展期间安保人员的餐饮，则由饮食保障组负责。早点厨师每天凌晨三点开始做早餐，采购员五点就到市场采购。后勤保障组民警坚持六点上岗，每天工作时间长达十几个小时。根据民警口味特点，精心搭配菜式口味，确保安保执勤人员一日三餐吃饱、吃好。

至于人们最关心也最担心的如厕问题，珠海主办方也下大力气，采取了非常具体有效的措施。第十一届航展期间，各个展馆包括综合村，共设有近五百个固定厕位的公共厕所，同时在 1 号门旁边和消防水泵房旁边还安置了两座卫生间。此外，十座勾臂式流动厕所、两台客车式移动厕所和两台车载式流动厕所，也根据人流量等情况布置在不同的位置；同时在公共停车场的两边，还设置了三十座单卡厕所。

而且，为了确保航展期间展馆展区厕所外观靓丽、内部设置整洁完好，以及其他环境卫生，航展现场共派出三百三十名清扫和保洁人员每天辛苦工作。为培养公众的垃圾分类意识，展馆展区还放置了九百个垃圾桶，分为有害垃圾、厨余垃圾、可回收垃圾三类，从而使展馆内外的环境卫生均得到很好的保障。

确保航展供电零事故

每届珠海航展，都有一群人，整天待在展馆，却没有时间抬头看看飞行表演，更没有时间离开岗位去参观展馆。这群人，便是一直坚守在幕后的珠海供电局航展保供电人员。

从第一届航展到第十届航展，十八年间，为确保航展的顺利开展，珠海供电局投入大量人力物力，制定了供电保障及服务专项工作方案，始终将航展保供电工作列为"一级保供电"。在展馆的某个角落，有一扇不起眼的铁门，铁门的背后便是航展中心的"心脏"——配电房。

据统计，航展馆内共有六个配电站、十五台变压器，四条专线线路，为航展公司内贵宾楼、新闻中心、模型展区、餐饮服务区、销售区、旅客服务中心等提供照明用电需求。

为了保障航展的供电安全，珠海供电局的工作人员每一小时都要反复巡查电线及设备，用红外热成像仪测量电缆温度是否过高，并认真仔细地做好巡查记录。一名工作人员说："为保证电力安全、可靠、不间断供应，我们实行一小时报告制、一小时巡查记录制。"

而在展馆停机坪旁边，还停有一辆标有"应急供电车"字样的橘黄色卡车，这是珠海供电局首次在航展中引进的飞轮发电车。此外，珠海供电局还分别在另外两个场馆配备了一台1000千伏安以及一台500千伏安的发电车。三台应急发电车与场馆内的低压设备相连，可实现不间断供电。倘若遇上停电，该设备能自动迅速做出反应，即使一路电源停电，也可以做到"无缝接驳"供电。

每次航展正式开始后，珠海供电局就派出保电现场值班组、线路巡视组、故障检测组、航展馆巡视组、航展场馆外围驻守组等十五组，驻守在航展保电区域，全天值班护航，随时测温、测负荷并进行动态记录报告。

第十一届航展期间，为了最大限度地保障航展道路交通畅通，满足纯电动公交车充电站配套设施的需求，珠海供电局还投资建设了三个充电站。三个充电站原本需时五个月建设时间，可经多方努力，仅用了四十二天。每个充电站建有八个360千瓦直流快充装置，每辆公交车只需六分钟就能充满电。

二十年来，从第一届航展到第十一届航展，广东电网珠海供电局对航展保电一直启用"一级保供电"标准，创下了历届航展零事故的纪录。

而为全力保障航展期间的供水安全，珠海水务集团则成立了珠海航展供水保障指挥部。一是集中放置了抢修用具、管网设施图片资料等应急物资，确保航展期间供水正常；二是启动供水保障预案，实行二十四小时不间断值班制度；三是加强对涉及航展区域的供水管线设施的检查，保证管线的正常运作；四是启动《水质监测预案》，检测项目由十九项增加至二十二项，全方位严控水质变化；五是配合航展公司开展内部管线的检查改造；六是与参与航展的酒店保持密切沟通，安排专人提供服务，保障供水；七是加强对水厂设备检修；八是在航展期间停止可能造成影响的管道施工。

由于上述措施得力，因而有效地确保了历届航展的供水安全。

不冒烟，不起火

航展少不了飞机，面对展馆展区密密麻麻的飞机，消防工作稍有不慎，后果不堪设想。因此如何确保航展现场"不冒烟，不起火"，是对安保工作的严峻考验。

每一届航展前，安保防火警力就会提前进驻航展馆，开展消防监督检查工作，督促展馆内相关单位落实消防管理措施，全力整改消防隐患。每届航展布展期间，都会发现火灾隐患，少则几处，多则几十处；一旦发现，安保部门便当即责令，迅速排除火灾隐患问题。

第十一届航展，由于展区设有展馆、演示区、公众餐厅、飞机展示表演等功能区域，点多面广，且临时建筑物多，给消防监管工作带来很大难度。但为确保航展安保工作万无一失，珠海消防不仅派出精兵强将，还专门从省总队调来造价七百万元"美洲豹"消防车。该车身宽三米，行驶稳健，起步极快——二十五秒内起步可达一百公里。当飞机着火时，它可以在行驶中喷出泡沫，实现快速扑救。

而广东省消防总队则专门成立航展消防安保工作组，并从全省抽调二十名具备丰富防火经验的骨干力量，充实到航展一线消防安保团队中，与珠海市公安消防局一起，集合驻点航展馆核心区域及要人住地，按照一场馆一团队的安保组织原则，定人、定岗、定责。

航展期间，为全面排查火灾隐患，全力确保航展馆及要人住地"不起火，不冒烟"。现场共调集消防车四十二辆，其中全省各地总共调集三十一台消防车一百六十名官兵参与执勤。而参与航展馆及涉会场所一线防火安保人员则上百人，参与社会面火灾防控的消防监督员近两百人，网格员近千人。

与此同时，为防止展区周边山上发生山火，珠海森林分局还派出民警和多名护林员在所有通往展区周边山上的道路设置岗点，严格进行检查，有效地防止了群众将火种带上山这一隐患。

"重头戏"的背后

每次精彩绝伦的飞行表演，都是航展上的重头戏。为了这个短暂的"重头戏"，珠海机场有关保障人员默默付出的，是常人难以想象的辛勤与汗水。

每届珠海航展，珠海机场都基本承担了航空器布展、地面保障协调、应急救援准备、机坪布置等工作。以第十一届航展为例，参展的国家和地区达四十七个，中外航空航天厂参展商七百余家，参展的各种航空器实物达一百五十一架，为历届之最，而且大部分航空器都是在开幕前几天才抵达航展中心。航空器"短时间集中抵达"，导致展前航空器的布展工作难度系数加大，所以珠海机场方面10月初就开始了幕后后勤服务保障工作。

首先，珠海机场指挥中心根据每个参展商的需求以及各航空器的特点进行航空器布展：在航展展区测量位置，划出滑行线路、机位安全线、服务车道。因为有的参展飞机，既要做飞行表演，又要做静态展示；飞机停靠的地点一方面靠近观众，方便参观，同时也要考虑飞机推出、滑入路线的便捷性，以方便表演。

通常情况下，飞机起飞前一个半小时，机务人员就要为飞机进行电源检测，为飞行员提供氧气，给飞机充氮气；飞机降落后，再一次为飞机提供电源检测及为飞机"加油"。歼-10、苏-27、米-29和"枭龙"等战机进行飞行表演后降落时，均要提前悬放"减速伞"，增加阻力才能安全着陆。所以每次飞机表演前十几分钟，机场巡场员就须在跑道旁做好准备；当飞机降落经过身边时，以手势示意飞行员放伞，并快速将减速伞移出跑道，再折叠起来，以保证后面降落飞机的安全。

而驱鸟也是保障工作中的重点。在飞机起降过程中，飞鸟对飞机的威胁是致命的。为了保护表演飞机起降安全，防止飞鸟被吸入飞机发动机或撞击飞机，每到表演起和降的前一小时，机场驱鸟队员就开始开着驱鸟车，巡查跑道周边，驱赶飞鸟；并且在关键飞行区域，尤其是飞机起飞或者降落的跑道边，仔细检查驱鸟设备是否正常。

第十一届航展，珠海机场安全保障了航展飞行表演及训练五百余架次，保障民航航班六百一十一架次；同时规划、设计了一百五十一架参展航空器的三十五万平方米静态展示区，零失误地完成了航展的保障任务，从而确保了航展的顺利进行。

第五章

航展托起一座城

第五章　航展托起一座城

从鸦片烟枪到宇宙飞船

惊心动魄的飞行表演

国家实力，是航展的强大支撑

伴着航展一起长大的后生们

航展托起一座城

从鸦片烟枪到宇宙飞船

一百五十年前，即 1868 年，日本明治维新结束不久的某一天，十几个留日的中国学生兴致勃勃地走进东京博物馆。当他们走到标有"中国物"三个大字的橱窗下时，看见摆在里面的展品是：六支鸟枪；两个九龙袋；两个陶瓷烟缸；两支鸦片烟枪！

一百四十二年前，即 1876 年，美国在费城举办世界科技成果博览会。博览会开幕那天，来自世界各国的人们潮水般涌向展厅，急不可待地观看自己国家送来的科技展品。结果，美国人在展厅看到的，是莫尔发明的发报机；英国人在展厅看到的，是瓦特发明的蒸汽机；而中国人在展厅看到的，则是一只手工制作的挖耳勺和一双小脚女人的绣花鞋！

即便到了四十年前即改革开放初期，中国似乎依然没什么东西供世人可看，或者说没什么像样的东西供世人可看。最有意思的一个事例是，不少外国人来中国，一下飞机问的第一句话常常是："中国到底有什么东西可看？"而中国人的回答几乎异口同声："我们有四大发明呀！我们有黄河、长江呀！我们还有兵马俑、万里长城啊！"

是的，那个时候，不光外界这样看中国，我们自己也这样看。于是问题来了：为什么曾以"四大发明"而闻名世界的中国，近几百年来在世界上露脸的不是绣花鞋就是掏耳勺，不是陶瓷烟缸就是鸦片烟枪？中华民族自古便是一个号称聪慧的民族，为什么到了二十世纪九十年代初，还有西方人说"中国人只会开饭馆"？甚至早在 1970 年中国就成功地发射了"长征一号"火箭，为什么到了二十世纪八十年代，仍有美国人说："中国的发射架像啤酒瓶做的，火箭像小孩子玩耍的鞭炮！"

东方与西方，为何这么陌生？

中国与世界，何以如此遥远？

其实，并非中国没有好东西可看，而是因为我们自己闭关自守，坐井观天，致使外人想看也看不见；不仅外人看不见，本国国民也看不见。

所幸，我们有了改革开放，我们有了珠海航展。

有了珠海航展，如同向世界打开了另一扇窗。通过这扇"窗"，外人便能看见某些过去看不见的东西，从而熟悉了解中国；而我们自己，也可以通过这扇"窗"，看清我们自己的真相，同时还能通过这扇"窗"，反观先进国家的某些存在。

而更重要的是，有了珠海航展，中国向世界展示的，不再是绣花鞋和掏耳勺，也不再是陶瓷烟缸和鸦片烟枪，而是飞机、火箭以及载人飞船！

——1996年第一届珠海航展，共有七个国家的军政代表团、三十二个驻华使领馆官员出席了开幕式，二十五个国家和地区的四百余家厂商参加了航展（包括中国在内）。室内参展净面积七千八百三十平方米，观众人数达七十余万人次。本届航展，中国首次向世界各国展示了作为航空航天大国的实力与魅力。其中，歼8-IIM战斗机、直-9直升机、运-12运输机以及代表中国航天技术世界先进水平的"长征二号"捆绑式火箭，成为世界关注的焦点，而苏-27、伊尔-78和英国"金梦"特技飞行表演队的加入，也为本届航展注入了活力。

——1998年第二届珠海航展，来自二十个国家的代表团、驻华使节出席了开幕式并参观了展馆，二十五个国家和地区五百余家航空航天厂商参加了航展，参展飞机九十八架，观展总人数达八十多万次。相比上一届航展，本届展出规格更高，规模更大。不仅实物展出数量显著增加，展品的竞技性和技术难度也大幅度提升。法国空中客车A330、加拿大庞巴迪Learjet60、俄罗斯苏-30战机、伊尔-96运输机等国内外九十八架飞机参展，基本代表了上世纪九十年代国际航空航天的最高水平。尤其是，中国航空工业总公司派出了二十架飞机参展，并展示了新中国成立以来设计研制的七十余种型号的飞机模型；不仅直-9G直升机、直-11直升机、运7-200A运输机、K8变稳机新机型公开亮相，而且中国自行设计研制的FBC-1也首次露面。同时，中国航天工业总公司还在航天馆外场开辟四千平方米的火箭展区，对

"长二捆""长三乙"火箭实物和"长征一号""长二丙""长二丁""长征三号""长三甲""长四乙"等八种火箭模型和"东方红"三号卫星进行了公开展示。与此同时，中外厂商在航展期间还先后举办了十九场新闻发布会和二十场各种类型的学术交流会。

——2000年第三届珠海航展，二十七个国家和地区近四百家航天航空厂商参加了航展，观众总人数达三十多万人次。室内展位面积达一万二千四百三十六平方米，室外展坪面积四十五万平方米，共展示各类型号飞机八十九架。新组建的中国航空工业第一集团公司、中国航空工业第二集团公司、中国航天科技集团公司和中国航天机电集团公司分别携带了最新展品参展。中国自行研制的新一代支线客机新舟－60、运－12运输机、运－8运输机和中国第一艘载人航天试验飞船"神舟"号飞船，以及发射飞船的"长二乙"运载火箭的逃逸塔和整流罩也进行了公开展示。

——2002年第四届珠海航展，共有来自二十八个国家和地区的近三百七十多家航空航天企业参加航展，室内展位面积再次扩大到一万五千平方米。国产战机中"山鹰"和"枭龙"的大比例模型样机成为亮点。本次航展的最大特点是与国际接轨，采用了市场化运作方式，进一步提升了航展的科学化水平。遗憾的是，由于国际国内局势特殊的原因，本届航展规模小于往届，仅有二十四架飞机参展；并取消了飞行表演，现场只摆放了各种大小比例的模型而已。

——2004年第五届珠海航展，共有来自三十二个国家和地区的约五百家航空航天企业参展，接待专业观众、普通观众共二十三万多人次，室内展位面积达一万六千平方米。在本届航展上，老面孔"勇士"换成了俄罗斯空军"雨燕"飞行表演队，米格－29战机在珠海航展首次亮相；而更换新装的"八一"飞行表演队歼－7EB和FTC－2000"山鹰"高级教练机，也成为国产战机中的亮点。

——2006年第六届航展，参展国家和地区达三十二个，有近五百五十家国内外航空航天厂商参展，接待观众和参展商二十三万多人次，室内展厅净面积一万七千余平方米，航展规模超过上届。从默默无闻的"小字辈"，到跻身于世界五大航展之列的珠海航展，使本届航展成为一场航空航天的技术交流与贸易盛会。不仅中国航空航天企业集体亮相，阵容强大，而且波音公司、空中客车公司、欧洲航天及航空防务公司、罗尔斯·罗伊斯发动机公司、米格集团等数百家世界知名的航空航天企业也竞相参展；同时杨利伟、费俊龙、聂海胜三位中国航天员也赶赴现场助阵。

——2008年第七届珠海航展，共有来自三十五个国家和地区的约六百家航空航天企业参展，同时还有国内外四十八个军政贸易团、二百多家新闻媒体以及驻华使领馆团体出席了航展；室内参展净面积达两万一千平方米，展出各类飞机五十八架；接待专业观众九万多人次，普通观众共二十一万多人次。在本届航展上，中国空军首次全面参展，并派出以歼－10战机为代表的一批先进在役飞机参加航展，同时香港特区飞行服务队和印度空军"阳光"特技飞行表演队也首次飞临珠海参展，而有着"空中巨无霸"之称的空客A380也在航展上精彩亮相。值得一提的是，中国商用飞机有限责任公司与美国通用金融航空服务公司签订了二十五架ARJ21-700型飞机，合同总额高达7.324亿美元。这是中国民用飞机首次进入美国高端市场。

——2010年第八届珠海航展，共有来自三十五个国家和地区约六百家航空航天企业参展，接待专业观众、普通观众共三十二万多人次。空警－200中型预警机和ARJ21新型支线客机－8F战斗机以及拥有自主知识产权的中短程商用干线飞机C919大型客机，也首次公开亮相，并受到关注。

——2012年第九届珠海航展，共有来自三十九个国家和地区的近六百五十家中外航空航天厂商参展，同时有一百四十一个外国军政贸易团和四十多位外国驻华武官应国防部邀请出席了航展开幕式；参展飞机达一百一十三架，其中有三十九架飞机进行了飞行表演。接待专业观众和普通观众四十一万人次，专业观众和专业买家、潜在客户数量大大超过上届航展。中国空军展出了包括"列宁号""冯如号"、轰油－6、歼轰－7、歼－8、歼－10、空警－200、直－8、直－9等诸多经典战机。中国航天科技集团公司首次展出了神舟九号飞船返回舱实物、导弹发射车和无人机等实物，而刚圆满完成"神九"交会对接任务的景海鹏、刘旺、刘洋三位航天员也参加了航展。

——2014年第十届珠海航展，共有来自四十一个国家和地区的七百多家厂商参展，军政贸易代表团一百五十个，参展商及工作人员共 58.7 万人次，比上届航展上升 74.2%；室内展览净面积 3.5 万余平方米，参展飞机一百三十余架。中国自行研制的重型运输机运 -20 首次公开亮相，同时亮相的还有中国空军首批女歼击机飞行员。而备受瞩目的歼 -31 隐形战斗机、"太行" WS-10 发动机、大型灭火／水上救援水陆两栖飞机模型、小鹰 500 轻型飞机、领世 AG300 公务机、波音 787 等也悉数到场。此外，中国空军首次成体系的以歼 -10、轰 -6M、空警 -2000 为代表的十八种现役航空装备和以红旗 -12 地空导弹为代表的六种现役地面装备公开亮相，俄罗斯空军则拿出了现役最高端战机苏 -35 进行了特技飞行表演，甚至还出现了运 -20、C-17、伊尔 -76 三大军用运输机同台竞技的场面，再次展现出珠海航展的巨大魅力。

——2016 年第十一届珠海航展，共有来自四十二个国家和地区的七百余家参展商参展，境外展商数量接近全部参展商比例的一半。专业观众约为 14.3 万人，普通观众约为 31.9 万人，参展飞机一百五十一架。除美国、俄罗斯、法国、加拿大等国家外，奥地利也首次组织国家展团参展，高端国际空间合作更加密集，共签订了四百零二个项目，总价值超过四百亿美元，成交各种型号飞机一百八十七架。本届航展不仅规模空前，且亮点纷呈。如歼 -20 战机、运 -20 大型运输机等中国最先进的 "20" 系列跨代装备纷纷登场；中国兵器工业的 VT4 型主战坦克、ST1 型 105 毫米突击炮、VN12 履带式步兵战车、VN4 型 4x4 轮式装甲车和 VP11 型轻型防雷车及东风汽车公司六人防护型东风猛士 "陆军航母" 等战车盛装亮相；中国航天科工集团公司展出了由防空、海防、对地打击、无人作战、预警与雷达、空间应急、后勤保障七大体系组成的全域攻防装备体系以及防务对抗体系仿真演示系统等五十个展项；各大航天企业在宇航展区集中展示了中国在载人航天、探月工程、北斗导航以及宇航科学等领域的最新成果；中国电子科技集团、中国电子信息产业集团则展示了多款新型防务电子雷达。

从 1996 年到 2016 年，珠海航展已举办了十一届。十一届珠海航展不仅吸引了国人的目光，也吸引了世界的眼球，二十年来十一届航展观众总数已高达上千万！

很显然，这已不单单是个数字问题，还有个期望值的问题。

那么珠海航展，其魅力究竟何在呢？

惊心动魄的飞行表演

珠海航展，什么最好看？

看过航展的人，答案几乎都一样：飞行表演最好看！

的确，航展最精彩、最好看的，是飞机的飞行表演。飞行表演堪称航展一道最亮丽的风景。但凡去珠海观看航展的人，几乎无一例外地都喜欢看飞行表演；而事后人们脑海印象深刻的，还是那令人时而惊叹不已、时而欣喜若狂、时而心惊肉跳的飞行表演！

这是因为，世界各国都把每一届航展当作展示自己航空航天实力的最佳舞台，于是各种飞机悉数出台，诸多飞行表演争相竞技；而飞行表演带给人们的，常常又是最强的刺激，最大的悬念。在这种充满刺激、充满悬念同时也充满审美的观看中，人们总能获得某种心理上的满足与享受。因此，每一届航展上的飞行表演，均是夺人眼球的重头戏。

其实，早在美国莱特兄弟发明飞机后，人们便喜欢看飞行表演了。

像鸟儿样飞翔，是人类"飞天梦"的起点，也是目标。人类因为羡慕鸟儿在空中的飞翔而发明了飞机；而两千多年前中国人发明的风筝，则被普遍视为飞机发明的鼻祖。二十世纪初，在大多数人认为飞机依靠自身动力的飞行完全不可能的情况下，莱特兄弟却不以为然，坚持己见，从 1900 年至 1902 年共进行了一千多次滑翔试飞，1903 年终于制造了人类第一架依靠自身动力可载人飞行的飞机——"飞行者一号"，且试飞成功。两人于 1909 年获得美国国会荣誉奖，同年还创办了人类历史上第一个飞机公司——"莱特飞机公司"。

于是，1921 年，英国中央飞行学校组建的第一支飞行表演队应运而生。这支使用索普威斯"鹬"式双翼机进行飞行编队特技飞行表演的表演队，便是英国"红箭"队的前身，也是世界上最早的有据可查的飞行表演队。而飞行表演与航展结缘，则是 1946 年的事。这一年，在巴黎航展上破天荒出现了首次飞行表演。此后，集专业性和观赏性为一体的飞行表演，开始在各国航展中频频出现，从而成为航展区别于其他展会的最大亮点。

航展中的飞行表演，主要分为两大类：示范飞行和特技飞行。示范飞行，指展商为展示自己的产品、达到销售飞机的目的而进行的表演，第十届珠海航展上表演的苏 -35 和歼 -31 当属此类；特技飞行，则指受邀而来的世界航空历史上经典飞行表演队在航展上进行的特技表演，或是用作其他用途的飞机进行的助兴表演。

不幸的是，在这个世界上，意外事故总是时时刻刻都在发生，航展亦不例外。在飞行表演这道亮丽的风景的背后，无论巴黎航展，还是俄罗斯航展，抑或美国的飞行表演，都有过无数令人心惊肉跳的坠机事故的发生。坠机事故不仅会危及观众的安全，甚至飞行员的性命有时也无法保障。因此，意外事故带给人们的刺激，常常远远大于飞行表演本身。当呼啸而起的飞机突然坠落人群时，那种天崩地裂、撕心裂肺的震感，足以刺破航展现场每个人的神经！

远的且不说，就近二十年世界航展的历史来看，飞行表演中发生的坠机事故，便触目惊心，屡见不鲜。

——1982 年 9 月 11 日，在德国进行的飞行表演中，一架满载各国跳伞人员的美国直升机坠毁，机上四十六人死亡。

——1988 年 8 月 28 日，在德国拉姆施泰因美军基地的一次飞行表演中，意大利空军"三色箭"飞行表演队的三架飞机空中相撞，另一架燃烧的飞机冲向地面人群，造成七十人死亡，数百人受伤。巨大的火云燃起，观众在恐慌中拼命逃离现场。

——1989 年 9 月 4 日，加拿大多伦多安大略湖上的飞行表演中，突然因飞机故障，飞机坠毁，飞行员当场死亡。

——1989 年，在巴黎航展上，苏联空军的一架米格 -29 战斗机在飞行表演时突然坠毁，飞行员在飞机坠地瞬间弹出座舱。所幸，飞行员有惊无险，幸免于难。

——1993 年 7 月 24 日，在美国进行的一次航空展览上，两架米格 -29

战斗机在做并排筋斗特技飞行表演时相撞，飞机突然坠毁。在飞机相撞的瞬间，两名飞行员有幸安全弹射跳伞，仅受一点轻伤。

——1996 年 8 月 10 日，双翼飞机"皮茨"旋转表演时在维也纳上空坠落。

——1997 年 7 月 26 日，在比利时的一次飞行表演中，一架轻型飞机坠毁在一个红十字会帐篷附近，造成九人死亡，五十七人受伤。

——1997 年 9 月 14 日，在马里兰航展上，美国空军一架 F-117A 战斗机突然尾部冒出烟雾，飞行员紧急弹射，飞机凌空部分解体，机头分离，接着大部分机体撞向两栋房子，地面数人轻伤，飞行员幸免于难。

——1998 年 4 月 19 日，在佛罗里达州航展上，两只双翼飞机表演时在空中相撞。

——1999 年 6 月 12 日，在巴黎航展上，俄罗斯苏 -30 飞机在飞行表演中失事。

——2002 年 7 月 27 日，乌克兰一架苏 -27 战斗机在进行特技表演时坠毁，造成七十八人死亡，一百多人受伤。此次空中表演是为庆祝乌克兰空军第十四师成立六十周年而举行的，地点在乌克兰与波兰边界附近利沃夫的 Sknyliv 机场。当时飞机上有两名飞行员，事发时飞机正在做高难度的翻滚俯冲动作，不料飞机忽然失控，从地面掠过，左翼触到跑道后坠毁，当即变成一团翻滚的火球，两名飞行员弹射出舱，逃生幸免。此次事故堪称人类历史上最为惨重的一次航展空难事故。

——2003 年 9 月 14 日，在美国爱达荷州的一个空军航展上，美国空军的"雷鸟"喷气式战机坠毁，好在飞行员利用弹射座椅从飞机紧急出口弹射出去，仅受轻伤。

——2007 年 9 月 1 日，在波兰拉多姆市举行的"拉多姆国际航空展"上，两架轻型飞机凌空相撞并坠毁。这恐怖的一幕不仅将地面上仅数百米远的观众吓得魂飞魄散，而且正巧被当地电视台拍下并向全波兰进行了"死亡直播"。电视画面显示，出事地点火光冲天，黑烟滚滚，两架飞机很快被烧得只剩下残骸。尽管火势很快被消防队员控制，但两架飞机上的两名飞行员不幸全部遇难。庆幸的是，没有造成地面人员的伤亡。

——2009 年 8 月 16 日，在莫斯科州茹可夫斯基举行的 2009 航空航天展前夕飞行训练过程中，俄罗斯"勇士"飞行表演队的两架苏-27歼击机发生相撞事故。事故发生时，其他正在进行飞行训练的飞行员亲眼目睹了事故发生的全过程，并成功进行了躲避。两架苏-27歼击机由三名飞行员驾驶，其中两名飞行员通过弹射装置被弹出飞机，成功跳伞逃生，而俄罗斯"勇士"飞行表演队队长、俄空军传奇飞行员特卡琴科上校则因降落伞着火无法打开，不幸遇难；同时导致地面三所房屋和车库被烧毁，三名当地居民和两名救援人员受伤。事故原因认定为飞行员在处理一个高难度转弯时发生错误。俄罗斯"勇士"飞行表演队成立于1991年4月，是全球唯一一支使用重型歼击机作为表演飞机的飞行表演队。

——2010年3月23日，英国空军"红箭"飞行表演队两架飞机相撞，一架飞机坠毁，飞行员跳伞着陆。这是"红箭"飞行表演队时隔近四十年后第二次发生的撞机事件。

——2010年4月2日，巴西空军飞行表演队的一架飞机在南部拉热斯市机场表演时失事坠毁，飞行员丧生。

——2010年7月23日，在加拿大阿尔伯塔莱斯布里奇机场，加拿大一架F-18战斗机当天在阿尔伯塔莱斯布里奇机场为航空展进行预演时坠毁，巨大的橘黄色火球瞬间将其吞没。据现场目击者称，飞行员在做低飞练习时，有个弯转得有点偏，飞机突然缓慢地坠向地面。飞行员在飞机坠落前跳伞逃生，但到达地面后便进入昏迷状态。

——2010年9月6日，在德国南部纽伦堡的一次飞行表演中，一架小型飞机起飞时突然失控，而后冲向人群，造成一人死亡、三十八人受伤，其中五人重伤。

——2010年9月24日，在印尼举行的雅加达航展上，一架正在飞行表演的飞机从空中坠下并迅速燃烧，机上的飞行员奇迹生还。该飞机为一架两座的轻型飞机，主要用于飞行训练以及特技表演；生还的飞行员是一名资深飞行员，有着两千航时的飞行经验。

——2011年3月1日，斯里兰卡空军两架战斗机在飞行表演预演时相撞，两名飞行员弹出机舱，一人生还，另一人死亡。

——2011年6月18日，波兰普沃茨克飞行表演，一架小型特技表演飞机坠毁，飞行员丧生。

——2011 年 8 月 20 日，在英国南部多塞特郡的一次飞行表演中，英国空军"红箭"特技飞行表演队一架飞机坠毁，导致飞行员死亡。

——2011 年 9 月 8 日，在美国内华达州雷诺市举行的飞行比赛中，一架飞机意外坠落看台，造成十一人死亡，七十余人受伤。

——2011 年 9 月 16 日，在美国西部的内华达州里诺举行的全国飞行锦标赛中，一架 P-51 型"野马"战斗机突然正面冲进看台，导致九人死亡。死者包括七十四岁的飞行员和八名观众，另有七十余人受伤。内华达警方第二天在新闻发布会上说，此事故是该赛事四十八年历史上最严重的一次。

——2011 年 9 月 17 日，在西弗吉尼亚州马丁斯堡举行的飞行表演中，美国的一架 T-28 单引擎飞机在表演中坠毁，驾驶员当场死亡。

——2012 年 7 月 1 日，在英国贝德福德郡举行的一场航展活动中，一架年代久远的木制飞机发生坠机事故，事发地点距观众席仅二百七十多米，飞行员当场死亡。现场逾六百人目睹这一惨剧。航展活动随后也宣布取消。

——2014 年，据有关部门统计，全世界共发生航展事故十七起，共有十二名人员伤亡，其中十名飞行员死亡，一名乘客死亡，一名机组成员重伤。

——2015 年 3 月 15 日，在马来西亚兰卡威国际海事与航空展举行期间，两架参展的印度尼西亚飞机相撞并坠毁，导致机场附近一间房屋和一辆汽车起火。所幸的是，两架飞机上共四名飞行员通过降落伞平安落地，得以安全逃生。

——2015 年 8 月 23 日，在瑞士迪廷根举行的航展上，来自德国 Grasshoppers 表演队的三架 C-42b 飞机正在进行编队飞行特技表演中，两架飞机相撞，分别坠落在迪廷根附近的村庄里，一名飞行员死亡，另一名飞行员成功跳伞。事故发生后，航展当即宣布取消。

——2016 年 3 月 20 日，在俄罗斯航空展上，意大利飞行表演队发生意外，飞机空中相撞，十架飞机瞬间损毁，比空战还要震撼。

……

由此可见，飞行表演不仅充满风险，而且这种风险很难避免，甚至说无法避免。

因此，飞行表演的安全问题，历来是航展上一个极为重要的问题，也是令办展方最头痛的一个问题。

所幸的是，珠海航展二十年，每次飞行表演，均为零事故，而且每次飞行表演，都惊艳全场。当然，每届航展都会令人忧心忡忡，提心吊胆，但又总是让人身不由己，心向往之。

1996 年，当珠海要办航展的消息传开时，成了举国关注的一件大事。其中一个重要的原因，不能不说与珠海航展当时是中国唯一一个有飞行表演的航展有关。

遗憾的是，虽然第一届珠海航展包括中国在内有二十五个国家和地区四百余家厂商参展，可一些顶尖的装备和飞行表演队却不愿前来参展。为什么？因为当时在一些西方人的眼里，珠海航展就像个"农村集市"！别人不愿意跟你玩，更不愿意"掉价"为你站台。但随着中国经济的飞速发展，综合国力的增长，加上国际地位的不断提升，尤其是国防现代化技术装备和航空航天技术突飞猛进，国外的飞行表演队很快便陆续跨进了珠海航展的大门。

1996 年 11 月 5 日，首届珠海航展隆重开幕。湛蓝的天空下，前来参展的飞机达九十六架之多。九十六架飞机挤在展坪上，并未与观众进行隔离，于是参展飞机伸手可摸，还能亲身登临。此举虽说并不规范，也不符国际惯例，却大大吸引了参观者对航展的兴趣与热情。

1998 年，第二届珠海航展。天公作美，几乎每天都是阳光灿烂。白色的巨大机身在蓝天背景里熠熠闪光，漂亮至极。此届航展不仅参展飞机不少，而且还增添了多个"第一"。比如中国空军"八一"表演队第一次在民用机场对老百姓进行表演；俄罗斯空军"勇士"飞行表演队第一次来华表演；欧洲空客 A330 宽体客机第一次来华表演；中国飞豹歼击轰炸机第一次用"FBC-1"的代号参展等等。

飞行表演中，尤为突出者，当属"八一"队。"八一"飞行表演队一般采用六机编队队形，其惊险处无异于自叩魔鬼之门，故被国际航空界称为"魔鬼编队"。六机队形表演时，飞机前后左右仅隔三米，高度差仅为半米至一米，速度为每秒二百米。在珠海航展中，"八一"的机翼间隔仅半米至一米、垂直一至二米、高度差基本为零。飞行中，倘若长机有 0.05 秒的动作失误，僚机就会与之相撞。而队形的不断变换，更是惊心动魄。比如空中横滚，在八秒钟内飞机将横滚一千零八十度，这意味飞机的角速度将达到每秒一百三十五度，飞行员每翻转一圈就要承受 5.5 个大气压。滚转中，人们从地面看上去，飞机似乎一直在往下掉，好像要与大地"接吻"。此时飞行员的操纵难度在于，既要控制好飞机的滚转半径，又要在飞机滚转的瞬间克服惯性，将飞机与天地线拉成水平。飞行中施展的种种绝技，不仅让观望者目眩神迷，更展示出飞行员高超的胆识与技艺，也彰显出中国空军的强大实力。

其实，在历届珠海航展上，中国空军"八一"飞行表演队都堪称飞行表演中的"台柱"。珠海十一届航展，"八一"飞行表演队就参加了八次，既是中国空军的骄傲，也是世界四大第三代超音速飞行表演队之一。读者可能有所不知，战斗机飞行员，本身就是飞行员群体中的精英；而表演飞行员，更是精英中的精英。"八一"飞行表演队的队员，飞行时间均在一千小时以上，表演飞机歼 –10 的飞行时间则在三百小时以上。在 2009 年年底举行的庆祝人民空军成立六十周年的飞行表演中，歼 –10 与歼 –7GB 同场亮相惊艳全场！此后，中国成为世界上仅有的三个使用第三代战机进行特技飞行表演的国家之一。

此外，空客 A330 在第二届珠海航展上的表演也值得一提。如此庞大的民航机，所有动作都在观众视线范围内完成，轻盈、优雅、干净而漂亮。初次亮相便不同凡响，给观众留下了深刻的印象。

俄罗斯"勇士"飞行表演队应该说是珠海航展的常客，也是中国观众最亲密的飞行表演队。成立于 1991 年的俄罗斯"勇士"飞行表演队是世界上唯一一支使用重型战斗机进行表演的飞行队，他们采用的是苏 –27UB 型战斗机，其标志为天蓝色背景中的菱形盾牌。苏 –27 被公认为当今世界现役战斗机中机动性能最优，而俄罗斯的勇士们又将其优异的机动性能发挥得淋漓尽致，尽善尽美。在六十米的低空中，飞行编队高速掠过，在撕扯空气的巨大音爆中，完成种种惊心动魄、出乎意料的表演，令人唏嘘不已，叹为观止。于是有网友戏称：看俄罗斯"勇士"的表演，你需要做的并不是拿着相机拍照，而是扶好你的下巴，以免掉下来。

不过，实事求是地说，俄罗斯"勇士"队若与英国的"红箭"、美国的"蓝天使"和法国的"法兰西巡逻兵"等世界知名飞行表演队相比，还有一定的差距。原因是俄罗斯"勇士"队每年的训练时间和表演次数要少很多——每年大概只有五十小时的训练时间，表演次数也仅为数十次。但俄罗斯"勇士"仍以精湛的技艺征服了国内外观众。

当然了，俄罗斯"勇士"队也曾有过失败的记录。2009 年 8 月，莫斯科航展前夕，俄罗斯"勇士"队在进行飞行表演彩排时，曾多次来过珠海的队长特卡琴科因两机相撞而不幸身亡。"勇士"队现任队长安德烈·阿列克谢耶夫曾是特卡琴科的助理，他在接受媒体采访时说："特卡琴科是一名伟大的飞行大师，但'勇士'队现在的水平，我相信不会让特卡琴科失望！"

2000 年，第三届珠海航展，飞行表演中最大的明星当属俄罗斯 SU-30MK 战斗机和 KA-50 武装直升机。尤其是编号 502 的 SU-30MK 战斗机，很早就抵达航展现场，一亮相，便显示出一副威武肃杀的气派。而两位试飞员则是俄罗斯最好的飞行员之一，不仅技艺超人，大名鼎鼎，而且有过多次参加世界各大航展表演的历史。

2002 年，第四届珠海航展，开展前的 7 月，乌克兰一架苏 -27 战斗机在进行特技表演时发生惨重事故，导致现场观众百余人伤亡，震惊世界！事件发生后，引起全世界对航展安全的关注，同时促使航展在飞行表演方面某些相关条例发生变更。而此次珠海航展，也因此而取消了全部的飞行表演。如此一来，此前珠海航展所积攒起的人气和口碑似乎戛然而止，许多航空航天爱好者因飞行表演项目的取消，也匆匆取消了自己的行程。于是，第四届珠海航展虽然也有乌克兰派出了几架实机参加静态展览，但整个航展却比过往冷清了许多。

2004 年，第五届珠海航展。此届珠海航展重新恢复了飞行表演项目；加之恰逢中法建交四十周年，于是航展开幕前夕，"法兰西巡逻兵"飞行表演队如约而至。这是第一只在中国进行巡回表演的外军飞行队。除珠海航展外，"法兰西巡逻兵"表演队还分别在北京、武汉、香港进行了飞行表演，飞越了长城、维多利亚港等多个中国地标性景点。在珠海航展做飞行表演时，恰逢非常适宜飞行的大蓝天，因而效果奇好，赢得现场观众一片喝彩。

此外，第五届珠海航展最大的亮点，就是俄罗斯"雨燕"飞行表演队了。除"勇士"表演队之外，俄罗斯空军还有"雨燕"和"空中骠骑兵"两支国际知名飞行表演队。因某种原因，俄罗斯"雨燕"飞行表演队是在开展后才抵达航展现场的。与俄罗斯"勇士"飞行表演队不同，"雨燕"的 MIG-29 战斗机明显体量小了一圈。但一旦飞起来，"雨燕"却一点不输"勇士"，不仅编队间距一致，动作整齐，甚至噪音大小，都和"勇士"难分伯仲。

2006 年，第六届珠海航展。此届航展适逢珠海航展十周年华诞，除了俄罗斯"勇士"队和英国"金梦"表演队这样的常客外，还有 E-190、IL-62、IL-76、IL-86、IL-96、TU-204、TU-334 等民航飞机参加静展。中国航空技术进出口总公司还派出了 FTC-2000（即后来的 JL-10）、MA-60、Z-9、Z-11、Y-12 参加了飞行表演。

2008 年，第七届珠海航展。此届航展最值一提的是，中国空军终于以主办方之一的身份参展。即是说，从第七届珠海航展开始，国产战机才真正成为珠海航展上的"主角"。在此届航展中，中国空军不仅首次派出了歼-10 战机进行公开展示，还派出了规模空前的包括歼-8D、歼轰-7A、轰油-6 等多种现役装备的空军代表团参展。歼-10 的飞行表演由中国空军明星飞行员严峰驾驶，其精彩程度完全超乎人们的想象。而其他各国的众多机型，也进行了空中分列式的表演，如印度空军"阳光"飞行表演队等。

2010 年，第八届珠海航展。中国空军"八一"飞行表演队换装后的 J-10 表演机重临珠海，还有 J-8F、H-6D、JH-7A 等主力战机也前来助阵参展。巴基斯坦派出了"雄狮"飞行表演队和 FC-1 枭龙战斗机参展。巴基斯坦"雄狮"飞行表演队使用的是中国与巴基斯坦联合研制的 K-8"喀喇昆仑"教练机，进行的是九机编队表演，驾驶员均为空军飞行学校的优秀教官，因而为此次航展增色不少。

2012 年，第九届珠海航展。此届航展最大的明星非"百年灵"喷气飞行表演队莫属。"百年灵"喷气机队（Breitling Jet Team）乃目前世界上最大的私人专业喷气机特技飞行表演队，由七架捷克造 L-39C 双座喷气式军用教练机和七位来自法国空军和"法兰西巡逻兵"的飞行员精英组成。"百年灵"建队十年以来，凭借独一无二的默契度，在三十个国家进行过特技飞行表演，从未有过失误的记录，故被航空界视为唯——支超过军方特技飞行队的非军方表演队。"百年灵"喷气机队每年都会在世界各地进行五十场左右的飞行表演，一些知名的航空展、一级方程式大奖赛均有其身影，甚至还去过中东地区。而且每一次亮相，献给观众的都是一场惊心动魄的视觉盛宴。此次"百年灵"喷气机队首次远赴中国珠海，从驻地法国第戎出发，穿越七个时区，飞越一万三千公里，创下了机队有史以来航程最远、最具挑战性的一次飞行。"百年灵"喷气机队在珠海表演那天，飞机以高达七百五十公里的时速直冲天际，破云而出，"贴身"演绎空中芭蕾，机身间距竟然只有 2.5 米！为纪念首次中国之行，"百年灵"喷气机队还特意为中国观众设计了一套全新的特技动作——"游龙戏珠"。七架飞机，蓝天共舞，队形整齐、配合精准，优雅自如；飞行员在空中同步翻滚，循环转动，挑战重力，优美如芭蕾，精准似仪器，令现场观众欢呼雀跃，叹为观止。

2014 年，第十届珠海航展。11 月 11 日开幕这天，恰逢中国空军六十五岁生日，中国自主研发的代号为"鹘鹰"的最先进的第四代隐形战斗机歼 -31，成为本届航展最耀眼的"明星"之一；中国空军"八一"队、俄罗斯空军"勇士"队、阿联酋空军"骑士"队三支特技飞行表演队同台竞技，惊艳全场；国产隐形战斗机歼 -31 与首次亮相的俄罗斯四代半战机苏 -35 比肩亮相，非但一点也不逊色，反而相映生辉。虽说歼 -31 目前尚未列装，但中国有自行研制先进战机的能力已无容置疑。此外，中国自主研发的代号"鲲鹏"的新一代重型军用运输机运 -20，也与美国空军号称"环球霸王"的大型运输机 C-17 和俄罗斯空军伊尔 -76 运输机首次同台亮相，为本届航展增色不少。

此外，本届航展还亮出了不少"杀手锏"。比如空军不仅展出了空警 -2000、空警 -200 等重要主战装备，参展飞机还摆上一大排外挂，显得气度非凡，威风凛凛。除了飞机的展示外，在展坪上也划了很大一片区域来展示雷达、防空导弹、高炮等地面武器。另外还专门搭建了两个展馆，展示坦克、自行火炮等步兵武器。

而参展的外军，除了老面孔俄罗斯空军"勇士"飞行表演队，也有"新面孔"悉数亮相。如阿联酋空军由十架 MB-339A 教练机组成的"骑士"表演队，也是首次亮相珠海。"骑士"队师从意大利"三色箭"飞行表演队，在此次表演中表现精彩，给人留下深刻印象。亮相本届航展的，还有一个"大明星"，即超级侧卫SU-35。这架装备了矢量喷口的重型战斗机在著名试飞员博格丹的驾驶下，动作迅猛平稳，令人瞠目结舌。

2016年，第十一届珠海航展。此届航展，飞行表演可谓高潮迭起，大放异彩。除中国人民解放军空军"八一"飞行表演队的精彩表演外，英国皇家空军"红箭"飞行表演队、俄罗斯空军"勇士""雨燕"飞行表演队和巴基斯坦空军的"枭龙"战机，还联袂献上了多场视觉盛宴。而英国皇家空军"红箭"飞行表演队十二架Hawk T1"鹰"式教练机，则是首次参加珠海参展，标志着珠海航展邀请欧美核心国家飞行表演队取得重大突破。

航展开幕式当天，即11月1日上午九时三十分左右，"八一"飞行表演队率先出场。这是有着五十四载岁月历程的"八一"飞行表演队第七次参加珠海航展。"八一"飞行表演队历史上曾换装过六种机型，而歼-10战斗机这已是第四次参加珠海航展了。歼-10是中航工业集团成都飞机工业公司从二十世纪八十年代末开始自主研制的中型单发战斗机。该机采用大推力涡扇发动机和鸭式气动布局，是中型、多功能、超音速、全天候空中优势战斗机。此前的珠海航展上，"八一"队多次驾驶歼-10表演过不少招牌动作，如"空中横滚1080度""倒挂金钟""狭路相逢"等。此次航展期间，"八一"飞行表演队连续六天出场表演，每天一场，除表演了"对头交叉""四机开花"等高难度动作外，还首次带来了"六机向下开花"的精彩表演。

歼-10战斗机表演结束后，伴随着一阵轰鸣，万众瞩目的中国自主研制的两架新一代隐身战斗机歼-20，以雷霆万钧之势从蓝天呼啸而来。两架歼-20首先低空通场，从观众头顶飞过，顿时引爆全场。随后一架歼-20表演了空中滚转、小半径转弯以及高速垂直爬升等机动动作。可惜因保密原因，仅仅一分钟，两架歼-20便直插云霄，消失远方，只留下一片白色的云烟。但紧接着，随着一阵强大的轰鸣爆裂声，两架歼-20又进行双机通场，其中一架歼-20还陡然九十度爬升盘旋，向公众致意，引发一片欢呼声。随后在强烈的阳光照耀下，两机相向而行，遁入云层，转眼消失在茫茫蓝天。整个过程，不过十分钟。此次歼-20在珠海航展登场，是隐身战斗机在中国乃至亚洲的首次亮相，标志着中国空军新时代的来临。如空军新闻发言人所言：

"歼-20飞机将进一步提升我空军综合作战能力，有助于空军更好地肩负起维护国家主权、安全和领土完整的神圣使命。"

此届航展备受瞩目的，还有俄罗斯空军"勇士""雨燕"飞行表演队。该队首次以混合编队的形式在中国进行飞行表演，也是首次在俄罗斯联邦境外的空中绝技秀。俄罗斯"勇士"飞行表演队是全球唯一使用重型战斗机苏-27作为表演飞机的飞行表演队，其"涅斯捷罗夫筋斗""加力盘旋""跃升半滚倒转""对头跃升急降""郁金花开"等特技动作，均在飞行速度每小时八百至九百公里、高度六十至一百五十米的低空完成；而成立于1991年的"雨燕"飞行表演队使用米格-29战斗机所进行的特技表演，则有"叠罗汉""锤子""星星""箭""十字架"等。此外，俄罗斯还派出了由苏-27和米格-29战斗机组成的混合编队，做了"库宾卡钻石"等高难度特技动作的表演，同样深受观众喜爱。

而各国的特技飞行表演队，更是格外引人注目。每届航展，特技飞行表演队都是当之无愧的"巨星"；而精彩绝伦的"空中特技"，也历来是航展最亮丽的一道风景线。在第十一届珠海航展上，中、俄、英、巴四国空军同台献技，创下珠海航展的外军飞行表演队及飞机数量之最。尤其是各国两支飞行表演队的混编飞行表演，更是为观众留下深刻印象。

比如，俄罗斯"勇士""雨燕"特技飞行表演队。"雨燕"采用的是米格-29轻中型战斗机，俄罗斯"勇士"飞行表演队采用的是苏-27重型战斗机，这两支队伍采取的战斗机级别不同，混编的难度系数就很大，但结果却浑然天成。混编上空时，五架苏-27和4架米格-29组成了一个钻石编队，直飞、拐弯、爬坡，九架飞机间距几乎不变，犹如合为一机。这个动作看似简单，其实难度系数极高。

比如，英国的"红箭"特技飞行表演队。"红箭"是世界最早的特技飞行表演团队之一。自成立以来，先后有一百五十五名飞行员加入"红箭"。而要想成为"红箭"飞行队的队员并不容易，必须是现役英国皇家空军军官，并具备一千五百个小时以上的快速喷气机飞行经验。迄今为止，"红箭"已完成了四千八百多场表演，其经典队形有"钻""十字""酒杯""箭形""协和""阿波罗""天鹅""三角""八字"等。"红箭"此次参加珠海十一届航展，派出了十年来最大的团队，且代表的是英国皇家空军，驾驶的是"鹰"式教练机——机身喷涂了红色，还印有英国国旗。"红箭"的表演元素非常丰富，最突出的一点就是浪漫。每次表演，"红箭"的飞行员都要做出八组持续旋转动作，每架飞机持续拉烟的时间长达七分钟。队长蒙特尼格鲁在接受采访时说："我们的每位飞行员都必须保证足够的准确度，有时我们甚至连呼吸都要小心，为的就是精确计算时间。"

再比如，中国"八一"特技飞行表演队。"八一"队的亮点是空中翻筋斗。人在地面翻筋斗不易，飞机在空中翻筋斗可想而知；更何况，"八一"队是驾驶六架歼－10飞机在空中密集排列一起翻筋斗。这个动作难度系数极高，讲究的是默契配合。此外"六机向下开花"这一动作难度系数也很高，即六架飞机先向上快速拉起，再一起向下，然后朝着各自方向飞去。为使其形象更加生动丰富，"六机向下开花"时飞机还会拉出长长的彩色尾烟，整个过程如花儿绽放一般，优美而又浪漫。

"八一"队中的四位女飞行员，在飞行表演中更是大放异彩。四位女飞行员是：陶佳莉、余旭、盛懿绯、何晓莉。四人同为中国空军首批歼击机女飞行员，飞过四种机型，飞行时间均在八百小时以上，且具备独立驾驶三代机执行飞行表演任务的能力。她们是直接驾驶歼－10表演机抵达珠海的，与其他男队员一起共进行了六场表演，是中国歼击机女飞行员在珠海航展上的首次亮相。从2016年10月份起，她们就开始了针对性的训练，创新了一批飞行动作，工作节奏和飞行强度也有所增加，难度最大的动作是"水平开花"。陶佳莉在接受采访时说："我们的编队最小的间隔，仅有三米。飞行中突然四散分开，稍有不慎，就有可能撞在一起。"何晓莉说："我第一次上天飞行表演时非常兴奋，一点都不紧张。当时在哈尔滨，是一个春天，经过漫长的冬日，飞上天后才惊喜地看到，地上的草全绿了，很多地面上看不到的风景，在空中都看到了。"

特别值得一提的是女飞行员余旭。飞上蓝天，是这位四川姑娘浸入骨髓的梦想。在新中国成立六十周年的国庆首都阅兵庆典上，她曾驾机骄傲地飞越过天安门上空。她说："我喜欢蓝天，喜欢飞歼击机的感觉，那种感觉很自由，很酷！"当问及她此次表演感觉如何时，她说："最好的表演永远都是下一次！"

然而，非常遗憾的是，珠海第十一届航展的空中飞行表演却成了余旭的最后一次表演。十一届航展结束后的第六天，即 2016 年 11 月 12 日，余旭在河北飞行训练中因突发事故而壮烈牺牲，她那浸入骨髓的梦想伴着她的青春与生命，永远留在了蓝天。

国家实力，是航展的强大支撑

1983 年，第三十五届巴黎航展如期举行。开展第一天，美国别出心裁，剑走偏锋，用一架波音 747"驮着"航天飞机惊艳亮相。结果，举座皆惊，震撼全场！

有人问美方负责人："你们展出航天飞机，会有人买吗？"

美方负责人回答说："应该不会有人买。当然，我们也不会卖，就是顺便拉出来遛遛而已。对，遛遛而已。"

1989 年，同样在巴黎航展，同样是开展第一天，苏联如法炮制，用安 -225 巨型运输机"驮着""暴雪号"航天飞机昂首进场。结果，同样举座皆惊，同样震撼全场！

很显然，美国、苏联在航展上显示的，并非航天飞机本身，而是本国在航空航天方面的实力；倘若一个国家没有强大的实力做支撑，航展便无从谈起，亦将失去意义。

中国的珠海航展，又何尝不是如此。

自 1956 年起，中国航空工业从仿制苏联产品，到自主研发国产飞机；从一张白纸，到四代主力战机更新换代；从蹒跚起步，到跃入世界先进行列，跌跌撞撞，风风雨雨，走过了几十年的艰难历程。在这几十年的艰难历程里，中国的主力战机和美国的主力战机，始终存在着一代甚至两代的差距，直至中国歼 -20 的横空出世，才消除了中国自朝鲜战争以来与美国的这一差距。换句话说，几十年来正是中国依靠自己的努力，不断提升自己军事装备的质量，才终于结束了几百年来"器不如人"的历史。

而珠海航展，恰恰成为展示中国军事尖端技术的一个最佳平台。这个平台既体现了中国航天工业的进步与成果，又体现了中国军事的日益透明，同时还向世界显示了一个大国的气魄与自信。如中国空军的歼 -20、运 -20、轰 -6K 等尖端武器的亮相，就是中国航空工业强大的最好见证。它用事实告诉世人，中国的军队再也不用依靠血肉之躯，去对抗侵略者的滚滚钢铁洪流；过去听见敌机的轰鸣声便慌忙钻进防空洞的中国百姓，今天也可以指着天上的歼 -20 自豪地说：看，那是我们的战机！

国防科技大学的刘一鸣、石海明两位博士曾撰文指出：长久以来，在以官方为主的宣传下，大众头脑中的军队形象难免刻板，"高大上"的航空航天事业也似乎与日常无关。但当二者相结合，变成人们面前可以看到、听到、摸到的实物时，这些概念符号就立刻变成了丰满的现实，开始变得有趣而生动起来——参观珠海航展就是这样的一种体验。经过二十年的发展，如今的珠海航展已经成为集军事交流、军贸洽谈、国防科普等功能于一身的综合性博览会，也是公众了解国防的一个不可或缺的窗口。

当然，国力的展示，在航展上也经历了一个从弱小到强大、从被人瞧不起到举世瞩目的过程。

第一届珠海航展，中国的航空工业就显得很是"寒酸"，被军迷戏称为"模型展"，原因是本届航展的展品多为模型，而实物很少。空军装备研究院高级工程师张文昌说："在首届珠海航展上，中国空军主力参展机型就是歼 -8ⅡM，装备歼 -7 的'八一'飞行表演队也没有出现。因为我们确实拿不出更多的东西来，而且当时还特别怕别人知道我们有什么。"

第二届珠海航展，珠海的天空则几乎被俄罗斯的战机所垄断，中国军方所能拿出的新机型只有我国自主研制的歼轰 -7"飞豹"。由于当时中国军队十分封闭，新式武器的研制都是秘而不宣，所以"飞豹"一露脸，便轰动全场。在历届航展中，参展飞机最少的是第四届航展——仅有二十四架飞机。但随着中国航空工业的崛起与腾飞，此后珠海航展的展览程序开始与国际惯例接轨。第六届航展后，珠海航展便正式进入国际著名航展之列。到第十届航展，珠海航展开始由纯粹的航空航天展会向全面的中国军工主导的国际防务展会转变。

尤其是到第十一届航展，珠海航展则紧紧围绕提升国际化、专业化、市场化、品牌化、信息化水平，在展出规模、展品结构、展览形式、参展国家、参展厂商、军方飞行表演队、专业会议活动、军政贸易代表团的数量及质量、成交金额等方面，都创下了历史新高。作为主办单位之一的中国空军，有十八型飞机、地导、雷达等主战装备和三十九型配套武器、车辆，一共一百一十余件展品参加了本届航展，充分展现了中国空军战略转型的新成就和中国军工实力。空军装备部一位负责人表示："与历届航展相比，本届航展开放度更高、种类更全、新装备更多，百分之五十是首次公开亮相，是一次成体系的展示。"多次在航展进行飞行表演的中国空军特级飞行员张信民则说："第十一届珠海航展中，我国包括运-20 大型运输机、歼-10B 战斗机、轰-6K 轰炸机等装备的一一亮相，强有力的展示了正加快向'空天一体、攻防兼备'转型的人民空军的良好形象，极大地增强了民族自信心。这些强大的装备为中华民族实现中国梦、强军梦提供了坚强后盾。"

可见，珠海航展经过二十年的磨砺，既见证了中国航空武器装备的跨越式发展，也有力地促进了中国与世界各国的军事和商业交流，为国际航空航天产业创新跨越发展提供了一个有力而开放的平台，从而成功地跻身世界第五大航展之列。

巴基斯坦空军领队、空军准将苏海尔·赛义德·奈克说，中国的航空产业发展非常迅速，每次来参加珠海航展都可以感受到新的发展和变化。尤其是这次有机会看到歼-20 飞机，实在太让人兴奋了！而有的军事专家则指出，通过珠海航展可以看到，中国陆战装备研发及开拓国际市场的能力已经非常成熟。这充分反映了中国航空、航天、防务领域以及国防现代化的成果，尤其是以歼-20、运-20 为代表的高新武器装备的公开亮相，更昭示着珠海航展未来兼容并蓄发展有着巨大的空间和潜力。此外，英国美捷特航空业亚太区公司区域销售总监李有明也十分感慨，他说："我们见证了珠海航展的成长，规模越来越大，服务越来越完善；同样也见证了中国航空航天业的崛起。"而波音和空客两大公司则明确表示，珠海航展是中国航空市场发展的缩影，必须重视。未来二十年中国将成为世界首个总价值超万亿美元的市场，中国将成为全球最大的航空市场。

而另一方面，珠海航展不仅已成为中国航空航天产业的一个展示平台，同时也为国防的公众理解提供了一个开放的交流平台，可谓是对公众进行国防科普教育的一个绝佳窗口。在遵守必要的保密原则下，通过航展这一平台，让公众更多地走近国防，既是构筑新时代国家安全屏障的必要，也是彰显新时代大国防务自信的必然。

事实上，珠海航展二十年，正是中国航空工业实现跨越式发展的二十年。从第二代战斗机到第四代战斗机、从中小型飞机到大型飞机、从机械化装备到信息化装备、从陆基装备到舰载装备、从有人机到无人机、从偏重局部突破到注重体系化发展，中国无疑已跻身世界少数几个能系列化、网络化、多谱系自主研制先进航空武器装备的国家之列。而从航展规模来看，从八千平方米的"小作坊"，到超八万平方米的庞大展厅；从"看热闹"到"观门道"，航展规模逐渐扩大的背后，实质上是专业水平和航空航天工业实力水平的不断攀升。

的确，但凡熟悉珠海航展历史的人都清楚，1996 年首届珠海航展上，中国参展的最先进的战机，也不过是利用俄罗斯航电改进的歼 -8IIM 而已，其性能根本无法和苏 -27 战机相比，而且最后外销成绩竟然是零！直到2008 年第七届珠海航展上，中国参展的战机才有了重大突破。中国空军不仅首次公开派出了歼 -10 战机，同时还派出了规模空前的包括歼 -8D、歼轰 -7A、轰油 -6 等多种现役装备的空军代表团。即是说，从本届航展起，珠海航展上的"主角"才真正开始由国产战机担纲。2012 年第九届珠海航展上，歼 -8DF 和"翼龙"无人机的出场，标志着中国已成为继美国之后全世界唯一具备新一代察打一体无人机研制能力的国家。2014 年第十届珠海航展上，中国参展军机的数量和先进程度再破纪录，运 -20 和歼 -31"鹘鹰"成为中国航空工业最强新势力的代表。

特别值得提起的是 2016 年第十一届珠海航展，不仅以歼 -20 为代表的"20"家族军用飞机让人目不暇接，其他各种各样的地面装备、导弹武器装备、陆空天全域打击武器装备和全域攻防装备也同样令人惊叹不已。尤其是首次公开亮相的歼 -20，在"20 家族"中技术最先进，指标最突出，战斗力最强大，是"20 家族"中当之无愧的"大哥"，堪称中国空军力量的"铁拳"！尽管歼 -20在珠海航展的蓝天上空通场飞过的时间只有短短的一分钟，但这短短的一分钟却是中国乃至世界航空史上的一个里程碑，它似乎向世人宣告：中国最新一代战机将很快入列！其理由是，美国的 F-22、F-35 和俄罗斯的 T-50 都是常规布局，中国的歼-20 则是世界唯一一款采用鸭翼布局的四代战斗机。而鸭翼布局对于实现四代战斗机的两项重要指标——超音速巡航和超机动性都极为重要。能在四代战斗机上独此一家使用这一布局，足见中国航空设计师的大胆与自信，而其背后的支撑，自然离不开中国航空工业整体技术水平的发展与进步。因此，若与美国相比，第一届珠海航展中国展出的战机如果说比美国的 F-22 落后了整整两代，难以望其项背的话，那么二十年后中国与美国的战机，则几乎可看作是同一级别的差距了。

是的，珠海航展绝不是一场"红毯秀"。由于军用航空航天技术代表着一个国家航空航天技术的最高水准，所以但凡国际性的航空航天展，举办国的空军都是当仁不让的主角。而二十年的珠海航展，正好见证了中国航空武器装备的六大跨越，即从第二代战斗机到第四代战斗机、从中小型飞机到大型飞机、从机械化装备到信息化装备、从陆基装备到舰载装备、从有人机到无人机、从偏重局部突破到注重体系化发展的跨越。

当然，除去战机，支撑珠海航展、显示国家实力的展品，还有很多很多。其代表性的产业，有如下五种：

一是无人机。

无人机是近几年来航展上的一个新亮点。第十一届珠海航展上，国产"彩虹"系列无人机、"云影"家族无人机，均以强大的阵容参展，展品之丰富为历届航展之最。中国航天科技集团在本届航展上发布的最新的彩虹-5察打一体无人机，机翼展二十一米，最大外载一千公斤，可挂载多种类导弹。据军事评论家陈虎介绍说："彩虹-5 最大的优势是载荷能力强，导弹挂得多，挂载了十六枚不同类型的地空导弹，所以一次出动能打的目标就多。更令人惊奇的是，虽然彩虹-5 的发动机功率只有'翼龙Ⅱ'的一半，但载弹量和航程却很接近，可见其设计的精妙。"

如果说"彩虹-5"是航天科技集团的一把利剑，那么"翼龙Ⅱ"就是中航工业集团成飞公司的一块金字招牌。作为"翼龙"家族的最新成员，"翼龙Ⅱ"有着更大的体型和更强的战斗力,拥有四百八十千克的载弹量和六个挂架,使用复合挂架时可以挂载十二枚反坦克导弹。同时"翼龙Ⅱ"以更先进的涡桨-9A发动机替换了之前"翼龙"家族使用的活塞发动机,动力系统的进步为"翼龙Ⅱ"采用更大的机体设计,挂载更多的弹药创造了条件。据"翼龙"无人机总设计师李屹东介绍,"翼龙Ⅱ"已经获得了至今为止国内各厂家各型号军用无人机中最大的一笔订单。而美国《陆军技术》杂志在2016年2月评出的世界上最致命的五款军用无人机中,中国的"翼龙Ⅱ"无人机荣幸入选,成为有史以来唯一一款"非美国籍"的无人机。

而中航工业新推出的最新式的"云影"察打一体无人机,同样引人注目。"云影"无人机能在一万四千米高空进行巡航,可以躲避近程对空武器系统,配备涡喷发动机,快速秒杀目标,因而填补了中国高空高速外贸无人机的空白。"云影"无人机总设计师何敏介绍说:"这款飞机以前国家是不允许出口的,因为它的技术比较超前,在国际上都算比较先进的。这次国家批准了我们这款飞机对外出口,说明中国现在在国际上是非常自信的,不怕先进武器到国外去使用。"

除上述三个系列无人机外,十一届航展上还展出了多款技术新颖的无人机。如"鹞鹰Ⅲ"无人机,采用了飞翼式气动布局,强调隐身设计,拥有内部弹舱,可以有效降低无人机的雷达反射面积。此外,亮相航展的还有无人直升机。如CR500"金雕"察打一体无人直升机,采用的是共轴双旋翼技术,缩短了机身长度,可携带两枚反坦克导弹。据有关人士介绍,这种直升机很有可能成为一种新的、更加经济的反坦克平台。

二是"导弹家族"。

所谓"导弹家族",即指对地、对空、对海等各种型号的导弹。"导弹家族"在珠海航展上的亮相,首次向世界展示了中国全方位的打击能力。比如,空军的PL-10E导弹,是目前国内最先进的近距空空导弹,它采用先进的红外成像制导模式,能有效区分真正的敌机和假目标诱饵,还可由飞行员佩戴的头盔瞄准具控制发射,做到"看哪打哪",性能跃居国际一流水准。该导弹还采用了先进的推力矢量技术,具备了极高的过载能力和优秀的高机动性能,可与美国最先进的"响尾蛇"AIM-9X导弹一较高下,是一种非常致命的空战武器。在目前世界各国服役的战斗机当中，几乎没有机型有可能摆脱该型导弹的锁定，甚至它可以在近距格斗中压制四代机。如此高端利器敢于高调亮相航展，说明该型导弹的研发和装配工作已经相当成熟，并可以进行外贸出口交易。

再比如，海军的 CM-302 全程超音速反舰导弹，因其体积小、重量轻、威力大、模块化、精度高，具有防区外发射、突防能力强、毁伤威力大、命中精度高等特点，适装多种平台，是打击航空母舰、驱逐舰等大型水面舰艇的有力武器。据中国航天科工集团负责人介绍，CM-302 可实现全程超音速，它比以往在航展上出现的反舰导弹的速度更快，对敌方防空系统的压制更强；再加上它本身还可更换包括穿甲、爆破、延时等不同的战斗部，因而拥有更加多样的打击能力，使导弹威胁更大，任务弹性更强。

此外，还有陆军的红箭 -10 反坦克导弹，其最大特点是采用光纤制导，操纵人员在回路控制，可同时攻击两个目标，实现"隔山打牛"的火力打击。

三是地面武器装备。

大规模的地面武器装备参展，是珠海航展的一大进步，也是第十一届珠海航展的一大亮点。本届参展的地面武器装备系统仍然以出口为导向，以 VT4 主战坦克、VT5 轻型坦克、VN12 履带式步兵战车、VP11 型轻型防雷车等为代表的装甲车辆悉数亮相。VT-4 主战坦克是中国外贸坦克中的拳头产品，其信息化程度非常高，防御性能极强，具有高机动性能和强大的越野能力。它所配置的可发射激光制导炮射导弹的一百二十五毫米滑膛炮，是现役坦克中口径最大的火炮系统，性能优越，弹种齐全，火力输出强悍，定位为国际坦克市场的中高端客户。

而首次亮相的 VT-5 轻型坦克，则是目前全世界唯一专门研制的轻型坦克。VT-5 轻型坦克首次在中国坦克上采用了城市战模块化装甲组件，成为中国第一种城市作战坦克。它采用的是模块化的多级别防护设计，在车体正面上下部均可安装一套反应装甲，以应对正面来袭的重火力打击；在车体侧面是用厚重的反应装甲替换中国坦克传统的橡胶或轻合金裙板，并在后部安装格栅装甲，有效防止 RPG 火箭筒、反坦克导弹、路边炸弹的打击；在车体顶部防护方面，也可根据情况安装附加装甲，这些都大大增强了 VT-5 在城市作战中的生存能力。

再就是装甲车。装甲车的代表是强化了防护能力的 VN-12 履带式装甲车。在火力方面，VN-12 装备了三十毫米机关炮，炮塔两侧各一具红箭-73 反坦克导弹武器系统，具有对敌坦克、步兵战车、火力点、有生力量及低空飞行目标的打击能力。近些年随着低强度冲突、反恐行动、城市战的不断演进，防地雷反伏击车一度成为抢手货，美国和南非的此类车型早已在国际上打开了市场。中国兵器工业集团的 VP-11，就是一款中国自主研发的先进防地雷反伏击车，它的"V"形底盘、车体装甲可抵御重型地雷爆炸的冲击波，具有高机动性、多用途性，在航展上一经亮相便斩获阿联酋一百五十辆的采购订单。

四是海陆空天全域打击武器装备。

第十一届珠海航展，中方参展企业用庞大的展厅，展示了其海陆空天全域打击武器装备。其中，最引人注目的有五大板块，一是海防体系，二是对地作战体系，三是防空体系，四是无人作战体系，五是海面监视指挥信息管理体系和航天应用与航天服务。

在海防作战体系中，中方参展企业展示了大量舰对舰导弹、岸对舰导弹、空对舰导弹以及潜射反舰导弹等多种反舰导弹。从大到小、由远及近，构成了多区域反舰防御体系。其中最为引人注目的当属 CM-302 全程超音速反舰导弹，它射程远、威力大、速度快，是中国出口型反舰导弹的翘楚之作。

在对地作战体系中，中方参展企业则为客户带来了各种型号、各种射程的火箭炮以及短程弹道导弹和空地导弹等。以 M20 为核心的短程弹道导弹，配合"WS"系列制导火箭弹，可对敌纵深区域造成毁灭性的打击，是未来战争中反介入作战的"法宝"。

在防空作战体系中，航空武器的参展数量也非常之多，如"红旗"系列防空导弹、LY-80N 防空导弹和 FK-1000 弹炮合一系统均有亮相。据悉，中国出口型防空导弹目前已成家族化、体系化，射程与射高均能满足各个国家军队的不同需求。

此外，中国航天科工集团公司还展出了全域攻防装备体系，每个体系中的明星产品都悉数亮相。在防空体系中，集中展出了已达世界先进水平的全空域防空导弹武器装备：一是新一代中近程导弹武器系统 FM-3000，这是区域和要地防空的主战武器；二是 FL-2000C 末端防空导弹武器系统，它可使敌方的武装直升机和无人机无法实施对地攻击，成为武装直升机和无人机的克星；而海防体系中的超声速反舰导弹 CM-302，则是打击大中型水面舰艇的撒手锏武器。

　　五是航天产品。

　　在珠海航展上，中国不仅显示国防实力的军事武器装备夺人眼球，和平利用外层空间的航天产品同样震撼人心。1992 年 9 月 21 日，中国载人航天工程可行性论证报告获得中央批复，中国载人航天工程此后正式起步。二十六年来，中国航天事业高速发展，每一个航天硕果都令国人为之震撼，为之惊叹。中国不仅与俄罗斯和欧洲签订了关于和平利用外层空间的合作议定书及协议，还与印度、德国等国家也签署了和平利用外层空间谅解备忘录，如日中天的航天事业已成为中国和平崛起重要象征和未来发展的突破口。

　　尤其是在第十一届珠海航展上，中国航天应用与航天服务领域的产品，可谓重磅推出。在中国航天科技集团公司展台上，"长征五号"大火箭，中国火星计划的火星探测器、火星环绕器，执行月球采样返回任务的"嫦娥五号"探测器等模型，在航展上非常抢眼。如"天宫二号"载人飞船一比一模型、探月计划与火星探测计划相关模型、鸿雁星座系统等，每一件展品既体现了中国航天技术的飞速发展与进步，同时也体现了中国和平利用太空、造福人类的雄心与壮志。

　　此外，中国航天科工集团还展出了中国首个具有低成本、快速集成、快速入轨创新特点的小型固体运载火箭——"快舟一号"。它是世界上首个星箭一体化设计的小型固体运载火箭，具备了"太空快速响应"能力，一旦需要，可在几天甚至几小时内将卫星发射上天。据悉，"快舟"系列火箭将成为面向商业航天的重要支撑。

　　据此，相关分析人士表示，经过十到十五年的科研投入，中国航空装备已进入丰收期，这种集中"爆发"可能还会持续十多年。中国在一些领域研发的装备数量和质量均居于世界前列。例如，第十一届珠海航展中，防空导弹型号包括第一种第四代防空导弹系统 FM-3000，红旗 -9B、红旗 -22 以及大量的便携式红外制导导弹。无论从数量还是质量上，中国都可能超越俄罗斯，成为世界第一大防空导弹研制生产国。另外，中国展出的多型反舰导弹、对地打击武器和侦察监视装备，也形成了成体系研发先进装备的能力。

珠海航展良好的国际形象，引来无数中外媒体的极大关注。仅在第十一届航展上，外国媒体就有六十七家，记者一百八十名，其中包括《华尔街日报》《金融时报》《纽约时报》《泰晤士报》、俄新社、法新社、美联社、路透社等。而且这些媒体对珠海航展给予了高度评价——

俄罗斯《生意人报》称，中国第五代战机歼-20首次亮相，引起世界媒体的震动，表明了"中国空军力量正在得到大幅提升"。

路透社文章称，中国希望借由这款隐形战机缩小与美国的差距。随着中国在东海和南海展示实力，投射空中力量的能力对中国来说至关重要，歼-20把中国远程打击能力提升了一个档次。

俄罗斯"航空港"网站报道称，中国展出了数量创纪录的新型航空技术和成果，除了首次展示最新型的歼-20隐形战机、运-20重型运输机以外，还展出轰-6K战略轰炸机和歼-10B多用途战机及空警-500预警机等，这些先进军机表明了中国军工企业在航空领域取得重大进展。

日本富士电视台的评论称，二十年前中国开始在航空技术上追赶世界水平，每两年一次的珠海航展在过去二十年间可以说是中国空军战斗力水平的一个象征。中国曾依赖于进口别国战机等来提升自己的战斗力，但现在已进入自主开发和制造的阶段。

CNN报道称，珠海航展表明，中国日益增长的空中力量潜力，建立在能力不断增强的航空工业基础上，正在逐步将中国推向独立研制作战飞机的方向。

路透社报道称，珠海航展给中国提供了一个展示其民用航天雄心和强调其国防雄心的机会。

香港《大公报》刊文称，相比往届的珠海航展，"中国制造"持续奏响珠海航展的主旋律，从战机到无人机，从民用大飞机到支线机，从直升机到水陆两栖机等，均全面渗透着"中国血统"，成为珠海航展的最大看点。

是的，经济强国若没有强大国防与之匹配，发展通道必将遭受阻遏，发展成果也终将无法确保。而要有强大的国防，就必须拥有先进的武器装备。中国要实现中华民族伟大复兴的梦想，强大的国防是必备的前提，否则"强国梦"只能是一个自欺欺人的白日梦。

伴着航展一起长大的后生们

有人说，珠海航展是一个实实在在的会展，又是一个神奇变幻的会展。

二十年来，有人因航展而改变了认知，有人因航展而改变了观念，有人因航展而改变了志趣，甚至有人因航展而改变了命运。总之，在这个昔日的边陲小镇而今的现代化滨海新城里，航展已成为人们生活中一个无法拒绝的重大事件，一个无法避开的热门话题。

二十年来，航展不仅吸引了无数的珠海人，也吸引了无数的外地人，同时还吸引了无数的外国人。不少人为了看航展，千里迢迢，不辞辛苦，甚至明知要付出不小的代价，也心甘情愿，在所不辞。

例如，珠海有一位女士，2014 年 10 下旬，她接到久别多年的同学打来的电话，说自己和新婚的丈夫要在第十届珠海航展期间来珠海看航展，拜托她为他们订一个酒店的房间。作为珠海人，罗芳当然知道航展期间酒店房间紧张，但至于紧张到哪种程度，她却并不清楚。第二天是周末，她计划早上八点出门，订好房间后，九点回家洗衣、做饭。不料，罗芳跑遍了珠海市区七八家酒店，也没订上一间合适的房间。更让她没想到的是，普通的商务酒店，一间标准间，平时是一百八十八元至两百多元，但航展期间居然涨到了五百至六百元！而最离谱的是珠海机场附近的一家酒店，一间标准间平时是一百七十八元，航展期间居然飙升到上千元！例如，广州有一位男士，他要从广州去珠海看航展。去之前，他向珠海的酒店订房间，可订了好几家都订不上，他只好给珠海的朋友打电话，说："我要来珠海看航展，但订不上房间，只有来你家住一晚上了。"对方是他的多年的好朋友，他原以为借宿一晚上，区区小事一桩，绝对没有问题。不料朋友当即告诉他说："哥们儿不行了，我家来了很多人，都是看航展的。你说晚了，对不起，没地方了！"他说："那就给我打地铺，凑合一晚上得了。"朋友说："地铺也没地儿了，全都打满了，只剩一个厕所了。"万般无奈，又别无选择，他只好一早开车赶到珠海，看完航展，当晚再开车返回广州。等进了家门，已是翌日凌晨三点了。

例如，上海有一位男士，他在上海订了珠海航展票，却只有两天时间。他计划 2014 年 11 月 14 号飞珠海，11 月 15 号返回上海，所以不能预订珠海市区的酒店，只能预订珠海机场周边的酒店，因为航展展馆在珠海机场附近。但他一连问了好几家酒店，机场周边的酒店全都订满了。他急忙在朋友圈里向所有朋友救助，结果还是没人帮他订到酒店。他马上又抛出优惠条件：只要有房住，商务酒店一晚一千元，四星或五星酒店一晚五千元，他都能接受。可惜，他最终还是没有订上酒店，只好于 14 号晚间航班飞抵珠海，15 号全天去看航展；看完后在机场椅子上眯了一会儿，再飞回上海。

再如，河南开封有一对父子。父亲一直从事航空工作，儿子从小受父亲影响，是个十足的"航空迷"。儿子在银行工作，连续两届航展，都没有公休假去看航展。第十届航展时，三十二岁的儿子带着六十二岁的父亲兴致勃勃地来到珠海。不料所有酒店的价格在原基础上都至少上涨了三倍——四星级酒店两千八百元，五星级酒店五千多元！然而尽管价格高得如此吓人，父子俩哪怕想订一个床位也没门。于是父子俩毅然决定：白天在珠海看航展，晚上去澳门睡觉，第二天再看一天航展，而后再连夜乘飞机返回开封。对此，父亲的一位朋友很不理解，说："不就是看个航展吗？珠海没房住就别看了呗，何必还要跑到澳门去花冤枉钱，值吗？"父亲却笑而答道："去澳门，既把觉睡了，还顺便把祖国的另一半也看了，值！"

上述事例还有很多。航展期间，一房难订，一床难求的情况，实属正常。但凡珠海人或者航展期间到过珠海的人，几乎都会有一个关于订房的故事。想想吧，短短一周的航展，就有近百万人拥向珠海，使珠海酒店的接待量远超黄金周，尤其是一些四五星级酒店，如银都酒店、度假村酒店、德翰大酒店、中邦艺术酒店等，多为国外参展商或专业观众团体预订酒店。这些国外参展商或专业观众团体，早在一个月甚至一年前便预订了酒店，所以航展期间这些酒店一房难求一点也不奇怪。于是一周航展下来，珠海及周边地区的酒店，实现了相当于一个月甚至三个月的营业额。而那些远道而来又订不到房间的观展者，就只好到中山、虎门甚至澳门去住上一个晚上或者几个晚上，第二天早上六点再返回珠海，赶去现场看航展。

当前，随着瑞吉·喜来登、万豪洲际、希尔顿等国际品牌酒店相继在珠海落地开业，珠海城市承载力得到大幅度增强，一房难订、一床难求的情况也随之得到较大改观。

航展不仅吸引了成千上万的人，同时也影响了成千上万的人，甚至不少人还伴随着航展一起成长，一起成熟，成了和珠海航展一起长大的珠海人。在他们的青葱岁月里，航展留给他们的，并非转瞬飘逝的浪荡云彩，而是难以忘却的美好记忆。

她叫卢寻，父亲是珠海著名诗人卢卫平。父亲从老家湖北到珠海，已经二十八年了。二十八年来，父亲与大多数珠海移民一样，既是珠海特区建设的参与者，又是珠海航展二十年的见证人。如今二十年过去了，她依然记得四岁那年她骑在父亲脖子上第一次去看第一届珠海航展的情景。一路上，她看见的不是人就是车，不是车便是人；到了航展现场，她还看到了各式各样的飞机。这些飞机有的像听话的玩具，乖乖地趴在地上一动不动；有的则像展翅的大鸟，在高高的天上飞来飞去……从那以后，航展便像春天盛开的花朵，深深印在了她的脑子里。

其实，卢寻并不是一个真正的"航展迷"，也不是每一届航展都去观看；但用她自己的话来说，航展就像她家里的事一样，总是让她牵挂在心，无法回避。两年一届的航展，但凡临近，即使不在现场，她的眼前，她的耳旁，或者说她的心里，到处都是展品，到处都是人群；尤其是那一架架翱翔于蓝天白云之上的飞机，总是历历在目，挥之不去。总之，航展伴着她长大，她随着航展成长，漫长而又短暂的二十年一眨眼就这么过来了。2016年第十一届珠海航展开幕时，她已是一位二十四岁的大姑娘。开幕那天，二十四岁的她第五次走在看航展的路上，眼前的一切早已时过境迁，物是人非，可在她的感觉中，既梦幻又真实，既熟悉又亲切。一路上，依然是热热闹闹，依然是人多车多，依然是阳光灿烂，依然是朝气勃勃。唯一不同的，是方方面面都焕然一新，井然有序。虽然离第一次父亲带她去看航展已经过去了二十年，但二十年间有关航展的一个个场景，一幅幅画面，早已深深刻进了她记忆的硬盘里，每每想起，总是念念不忘，常忆常新。

他叫唐辉，是个"航展迷"，也是个"军事迷"。1996年首届航展时，他还是个读高一的学生娃。那时的他就喜欢看军事画报，看各种与武器有关的书籍。得知珠海要举办航展，尤其是苏-27要来参加珠海航展时，他兴奋得坐卧难安。他说："当时我很想去看看，特别是看看飞机上有没有挂载超视距的攻击武器。"

后来是父亲带着他去看珠海航展的。那天早上，他五点半钟起床，六点钟和父亲准时出发，可路上的"大堵车"还是给他留下了深刻的印象，他说："那个时候珠海大道的路况远不如现在这么优越，展区的停车场也没有现在这么宽大。我们在路上折腾了四个多小时，到展区的时候已经中午了。马路上塞满了来自珠三角各个地区的车辆，还有更远地方的车，很多城市的人都跑过来看热闹，当时这个场景让我觉得作为珠海人，感到很自豪。"

到了展馆，唐辉找到了他最着迷的苏-27。他围着它转，唯恐漏掉一个细节。他把眼前的战斗机的功能和幻影战机进行各种比较，感觉异常兴奋。后来在展馆发现有飞机模型卖，他赶紧去买，却发现没有他喜欢的战斗机模型，只好买了一个波音客机模型。波音客机的模型有一本书长，造型流畅威武。这是首届航展的模型，他小心翼翼地将模型带回家，放在自己的书桌上，从此再也没有搬动过，甚至没有拆过封。二十年过去了，这个波音客机的模型仍然静静地躺在唐辉的书桌上；而被他和波音客机模型一道珍藏的，还有第一届航展的门票以及他在展馆现场用胶卷相机拍下的各种飞机的图像。

如今的唐辉在珠海一家公司做财务工作。因为工作原因，他无法每次都能亲临航展现场。第十届珠海航展时，他因工作原因未能成行，但晚上下班后他便马上耗在电视机前，直至所有与航展有关的节目结束为止。作为一个"军事迷"，珠海航展是唐辉关心中国空军发展的一个窗口，通过这个窗口，不经意间他便成了中国军事实力飞速发展的一个见证者。以飞行表演为例，首届珠海航展的飞行表演机型还是歼-8，等到第十届珠海航展，歼-31、运-20等都出来了。所以他为自己能生在珠海而感到幸运，也为中国军事实力的不断增强而感到骄傲。他说，看了这么多届珠海航展，他心里只有一个小小的愿望，就是希望珠海航展能吸引更多国家的飞机来参展，比如欧洲国家和以色列的战机等，哪怕是模型，也能让大家一开眼界。

他叫刘建辉，二十岁，与珠海航展同龄。记忆中，他从四岁起就跟着父亲去看航展了，此后一届都没落下。所以，他称自己是珠海航展的"老观众"，珠海航展是他的"成长打卡机"。他与航展互为见证：历届珠海航展现场都留下了他成长的脚印，他则见证了珠海航展从"乡村庙会"到"国际盛会"的全过程。

大约在七八岁时，刘建辉的脑海里便留下了有关飞机的印象。后来每一届珠海航展，这种印象层层叠加，最后他发自真心，爱上了飞机，并渐渐在心中形成了一个非常具体的梦想："长大后，我要做一名飞行员，如果不能翱翔蓝天，做个飞机装配师也行。"

因了这个梦想，刘建辉的童年像许多珠海长大的孩子一样，混沌而特别。小时候，他的爸妈给他报了很多兴趣班，如旱冰、网球、羽毛球等，他都兴趣不大，常常上几天就拜拜了。八岁那年，他发现少年宫有个航模兴趣班，立即报了名，从此痴迷不已，一发而不可收。后来，还主动上网学习航模制作技巧，不久便能自己动手设计图纸、制作航模了。制作航模的过程并非一帆风顺，他记不清自己"栽了"多少架飞机模型。但他不服输，每次失败后，他捡起来再琢磨再改进，直到自己设计的飞机模型飞上天，而且飞得漂亮。好的遥控器上千元，他大都自己存钱买。多年来，大大小小的航模比赛他参加过十八次，2012年珠海市中小学生航模制作飞行大赛，他还获得了"击落目标"项目组冠军。

如今的刘建辉是珠海市高级技师学校的学生，飞机已成了他人生最好的"哥们儿"。他现在学的也是跟飞机制造有关的专业——机械控制与自动化（飞机装配）专业。他非常享受自己现在的专业，深感爱好能变为学业，是一件再幸运不过的事。现在的他，每天都沉浸在有关飞机制造的专业知识、专业英语学习中，感觉梦想正在渐渐变成现实。对此，他深有感慨地说："其实，一切都归功于航展对我的吸引。我从小跟着爸妈看航展，那些飞机、驾驶舱的样板，还有各个国家那些让我眼花缭乱的飞行表演，二十年来对我的成长进步，都起到了潜移默化的作用。"

他叫朱怀远，自称是个"航展迷"。

1992年出生的朱怀远，首届珠海航展时年仅四岁。他是骑在爸爸的肩膀上挤进珠海航展现场的。之后的珠海航展，除了第三届、第四届他没能跟着父母到现场外，其他年度的珠海航展，他一届不缺。

朱怀远对飞行和航模的热爱伴随着他二十年的成长。如今的朱怀远在韶关旅游学院读大学，可他仍痴迷于航空和飞行。最让他难以忘怀的是第八届珠海航展，他有幸成为小鹰500的乘客之一。在航展现场的上空，他和其他体验者一道，在体验自由飞翔快感的同时，也感受了拔地而起的刺激。

这个机会对朱怀远来说，来得有点偶然。当时，中航通飞在网上面向全国招聘志愿者体验小鹰500。作为航展迷，他当然不能错过这个机会，于是毫不犹豫地报了名。他说："当时在我的身边，还有很多同学和我一样，都对飞行感兴趣。但出于一个有点坏坏的自私的想法，我没有把这个消息告诉他们，为的是减小竞争压力。"

当时报名者有一千多人，最终只录取十个人，可谓百里挑一。面试的环节虽不复杂，却精准而击中要害：要求身体强健，并具备相当丰富的航空知识，包括民航和通用航空知识。自小对航展入迷的朱怀远当场被录取，顺利成了其中的一个。当晚，他兴奋得一夜未眠。

面试提前了一个月，中航方面希望给体验者足够的准备时间。那一个月，朱怀远调整食谱，整理作息时间，力争把自己的状态调整到最佳。他在焦急和兴奋中等待着，最后终于盼到了航展，盼到了走进小鹰500的那一刻。

小鹰500腾地升空的那一瞬，朱怀远说他感觉有点像坐过山车。坐普通的民航客机，一般看不到飞机外的情况；即使坐在窗边，视野也非常有限。而小鹰500升空时，他就坐在机头的位置。为了加深体验，驾驶员来回盘旋，俯跃腾挪。他向下俯瞰，整个珠海尽收眼底，胸怀好像一下子就打开了，那种自由翱翔的感觉真是棒极了！

原定八分钟的飞行体验，后来因其他飞行需要改为了五分钟。飞机着陆后，朱怀远从机舱走出，感觉自己像是脱胎换骨了一样。他说："这次体验是我人生中最珍贵的经历。之后我就告诉自己，我可以错过很多事，但绝不能错过航展。这次体验还让我有了一个意外的收获，就是作为一名被录用的志愿者，后来的两届航展我都拿到了专业证，也就是说，航展专业日我也可以出现在现场了。"

他叫刘杰，说起与航展的缘分，他说这要感谢他的那份工作。由于他所在的公司与航空公司有业务往来，所以从2006年起，刘杰每届航展都能以专业观众的身份参与珠海航展这一国际盛事。

2008年，刘杰参加第七届航展，第一次得到几枚珍贵的空客380小徽章，从此迷上了搜集航展徽章。几届航展下来，他便收藏了二百多枚各式各样的航展徽章。其中特别珍贵的是一套中国载人航天徽章，他说这套徽章做得特别精致，飞机上还贴着用硅胶做的小小的宇航员。

后来，当刘杰了解到每届航展都会有爱好者自发组成的兑换点后，他的搜集之旅也渐入佳境。他说，大家通过以物易物的形式，换得自己心仪的徽章。在这里，无须语言，不分国籍，你只要把自己收集到的各种徽章挂在胸前，便有不同肤色的人主动过来跟你打招呼，聊心得。

通过交换和交流，刘杰结识了一群有着相同爱好的朋友。有一次，北京一家航空公司的飞行师看到他搜集的徽章颇具规模，很受感动，便摘下自己胸前一枚立体感很强的、像鹰一样的徽章送给了他。刘杰说："那次我特别感动，因为这枚胸章每位飞行师只有一枚，可想而知有多么珍贵。后来南航的一位负责人在看到刘杰的收藏后，还留下电话，希望如果哪天刘杰没收藏兴趣了，就寄给他，他愿意用南航头等舱机票作交换。

每次参加航展，刘杰还会拍上好些纪念照，最让他骄傲的是和歼-10的合影。刘杰说，当时有个飞行师对他手头的徽章很感兴趣，于是提出帮他和歼-10合影，并送他中国人民解放军空军的肩章和领扣，用来交换一枚空客380徽章。

有了丰富的航展经历和经验，每当有朋友从外地来珠海看航展，刘杰总是主动担任起讲解员的工作。而朋友们也会因为兴趣爱好，带走几枚刘杰收集的徽章。刘杰说："搜集徽章是我的一个兴趣爱好，但只要朋友喜欢，我也会毫不犹豫地送给他们。我希望今后能有个相关的平台，供珠海本地志同道合的朋友一起交流、探讨。"

她叫李梅，1998年第二届珠海航展时，她还在珠海的一家五星级酒店工作。那年的飞行表演，李梅记忆深刻。尤其是中国空军"八一"飞行表演队、俄罗斯"勇士"飞行表演队、加拿大"北极光"飞行表演队以及英国"金梦"飞行表演队的特技飞行表演，更是令她眼花缭乱，心醉神迷。

李梅接待的是加拿大"北极光"飞行表演队。印象中该队有六位成员，其中还有一位女性，而且是个妈妈级的人物。"北极光"飞行表演队没带翻译，李梅就承担日常简单的翻译工作。因为工作需要，"北极光"给李梅办了一张证件，她就归属于飞行表演队工作人员了。所以李梅可乘坐"北极光"表演队的专车，进入人山人海的航展现场，同时还能进入与空中飞行表演队联络的地面指挥核心区域。而最令李梅兴奋的，是有一次指挥员把对讲机指向她，让她跟天上的飞行员打个招呼。那一刻，她简直忘乎所以，兴奋得大叫："Hello，Hello，This is Mary！"至今说起这事，她依然亢奋不已。

飞机返回地面后，李梅激动地跑过去想给飞行员打个招呼，但被指挥员制止了，说要给他们几分钟的自我调整休息时间，才能与人接触。因为他们刚在空中高速旋转做了各种花样动作，回到地面会有短暂的眩晕，甚至呕吐。等飞行员出了机舱，李梅看到，他们脸色确实不好，非常疲倦，但依然打起精神向现场的观众挥手致意。那一刻，李梅这才第一次意识到，那高空光彩炫目的飞行表演背后，满是观众无法知道的风险与辛劳。

那时的李梅很年轻，下班后便叫上同事一起，带着飞行员们去蹦迪，大家都玩得非常开心。李梅说飞行员个个都很帅，有几个来自加拿大魁北克。他们都说英语，有时候也说法语，非常尊重女性，很有绅士风度。

航展结束后，李梅还和"北极光"飞行表演队的队员们通过信，后来因各种原因，渐渐中断了。但李梅至今还留着"北极光"飞行队送给她的一张北极光的卡片，上面有所有飞行表演队队员的签名。李梅说："这张卡片对我来说很珍贵，我会好好珍藏它的。因为珍藏它，就是珍藏一段有关航展的特别记忆。"

她叫伊眉，是位记者。她不是第一个采访珠海航展的记者，却是一个与珠海航展有着奇特情缘的记者。

1998年，第二届珠海航展举办时，伊眉还是内地电力系统的一名内刊编辑。她第一次去珠海，是以游客的身份漫步在海边的情侣路上的。她感觉珠海的悠然和宁静，非常吻合内心的那个自己，于是 2000 年她做出了一个重大选择：辞去电力系统待遇优厚的工作，应聘到香港一家报纸驻珠海的分社做编辑和记者。当年 11 月，正值第三届航展开幕，这家报纸并没打算派伊眉去报道珠海航展；但初到珠海的伊眉却自己花钱买了门票，以一个参观者的身份第一次走进了珠海航展的现场。

"不知为什么，我特别喜欢听飞机划破长空、呼啸而至的那种声音。"伊眉说，"它充满了力量，积极、向上，好似能冲破一切阻碍，所向披靡。"这是伊眉第一次看航展的感觉，这种感觉与珠海宁静悠然的感觉截然不同；但两种感觉都强烈地刺激着她，只不过航展带给她的不仅是刺激、新奇、惊喜，还有一段奇妙的姻缘。

2002 年，伊眉应聘进入珠海电视台新闻部，在新闻评论栏目《新闻视点》做编导和记者。当年 11 月，恰逢第四届珠海航展，她首次以电视记者的身份采访和报道珠海航展。此次采访珠海航展，她制作的电视新闻评论节目《从范堡罗航展到珠海航展》，引起强烈关注。节目中，她以客观、公正的态度比较了国内外航展的不同，指出尚处于起步阶段的中国航展与国际航展间的差距，从而让人们认识到中国航展需从哪些方面改进才能真正跻身世界一流航展之列。她对航展的认知，开始从感性进入理性。这是伊眉此次采访的最大收获。

2004 年 11 月，第五届珠海航展如期举行。此届航展除中国空军"八一"飞行表演队外，还有俄罗斯空军"雨燕"飞行表演队、英国"金梦"和 UBB 飞行表演队等好几个国家的特技飞行表演队。伊眉以记者的身份参加此届航展采访，并幸运地领受了一个非常特殊的任务：采访各国飞行表演队——既要展示他们翱翔于蓝天的英姿，也可报道他们平实而紧张的地面生活。

在一个以飞行为主题的联谊会上，伊眉引起了"八一"飞行表演队的中校、一级特技飞行员丛雪枫的注意。丛雪枫后来回忆说："当时眉子和一位同事就坐在我和战友的旁边，她给我的感觉是内敛、羞报、不张扬，是我比较喜欢的那种女子。那次眉子受命对我们进行采访，我们聊了很多，自然又轻松。可惜活动很快就结束了。为了和她多说几句话，我追上正要离开的眉子，问了她一句广东话里'有'字里面少两横,念什么字? 其实我当时是没话找话,因为我忘了留她的手机号……"

后来的几天时间里,为了获取更多素材,伊眉和摄像进入"八一"队在斗门的临时驻地进行拍摄采访,丛雪枫很自然地便成了她最热心的"帮手"。丛雪枫不仅帮助她联系部队领导的采访,也"怂恿"其他战友接受她的采访,同时还告诉伊眉什么时机采访最合适,最恰当。这让伊眉对帅气的丛雪枫充满感激,并有了好感;而丛雪枫也对伊眉有了更多的了解。航展结束后,丛雪枫离开珠海回到天津,此后两人便开始在网上聊了起来。

2008年9月19日,即第七届珠海航展开幕前夕,航展为媒,蓝天做证,伊眉和丛雪枫在珠海度假村举办了一场特别的草坪婚礼。电视台领导在祝词中风趣地说道:"这是中国航展史上结出的又一硕果!"

2012年底,丛雪枫脱下军装,结束了二十年的空军飞行生涯,转业到了珠海中航通飞公司,负责筹建"爱飞客"航空俱乐部。两人从此落户珠海,共筑爱巢。

伊眉说:"我俩因航展而相识,因航展而结缘。我俩能有今天,最要感谢的,就是航展。"

航展托起一座城

珠海航展留下的记忆,当然不只在上述后生们的脑海,也不只是有关他们的那些趣味和故事。珠海航展的精彩与深刻,远远不是这些后生们的记忆所能包含的;人们印象深刻的,也是最重要的,是航展改变了这座城,是航展托起了这座城。二十年的航展,不仅改变了珠海这座小城的面貌,催生了这座小城的经济,注入了这座小城的活力,而且还给这座小城带来了蓬勃的生机和无限的希望。

珠海的大型会展活动始于上世纪九十年代,以1993年的珠海赛车节、1994年的珠海电影节、1996年的首届珠海航展三大会展拉开序幕。从那时起,珠海的会展活动逐步深入广大市民的生活和游客的观光游览之中。

　　然而，尝试发展会展业的珠海，一开始并非顺风顺水，或者说一开始便遭受挫败。1994 年，珠海举办了"中国珠海海峡两岸暨香港电影节"，一度被称为中国三大电影节之一。但电影节仅举办了两届，便落下帷幕，从此销声匿迹。差不多与此同时，珠海还曾尝试引入国际汽联的一级方程式大赛，即 F1，并在唐家湾修建珠海赛车场。但由于珠海赛车场的投资方受东南亚金融危机影响，后续配套工程资金八千万元无法到位，结果眼看着就要到手的 F1 举办权两个月后即被取消，F1 最终选择了上海。对此，时任珠海航展有限公司董事长的周乐伟深有感慨："珠海会展起了个大早，却赶了个晚集。"直至 2014 年，珠海会展业才迎来新的转折点。同年 5 月，珠海市会议展览局正式挂牌，有了一个发展、扶持会展业的专门机构，接着又密集出炉了《珠海市会展活动管理办法（暂行）》《珠海市会展业发展专项资金管理办法》等一系列配套政策。至 10 月，面积 3.4 万平方米、可同时容纳上万人的高规格建设的珠海国际会展中心正式投入运营，从而彻底改写了珠海市区一直没有专业会展场馆的历史。于是随着软硬件的完善、管理机制的健全，珠海长期滞后的会展产业才迎来曙光。

　　由此可见，在上述多个会展中，唯有珠海航展举世瞩目，影响最大。这是因为，珠海航展汇聚了航空航天高端科技，成功激发了珠海的发展潜力，推动了珠海经济转型升级，从而为珠海的城市建设注入了一股新的强劲的正能量。正如珠海原市委书记梁广大所言："航空航天领域集中了人类文明的精华，珠海的名字与集中人类最高智慧的展会捆绑在一起，每两年就在世界各地回响一次，这样的影响力和声誉，是花钱做广告得不到的，这就是财富，就是资源。"

　　的确，没有二十年的航展，就没有今天的珠海。每一届珠海航展，既是珠海以举办航展为契机，倒逼城市基础设施建设和管理服务水平加速提高；同时也是珠海不断朝国际宜居城市迈进，走向世界舞台的最佳时机。

　　然而，残酷的现实是，航空产业投资巨大，见效慢，回报周期长，在短时间内，珠海经济和政府财政很难从航空产业中获得理想的收益。

　　2008 年，即珠海航展走到第十四个年头，借助航展的影响力，珠海终于引来一只"金母鸡"——规划总面积九十九平方公里的珠海航空产业园在金湾落户开园。

珠海市航空产业园堪称珠海航空产业当之无愧的代言人。作为广东省唯一经批复正式成立的航空产业基地，该园区占地 57.18 平方公里，定位利用国内航空产业资源和引进国外技术，重点发展飞机制造及总装、飞机维修及改装、飞机零部件加工制造、数控中心、航空维护、航空服务和航空物流等项目，建设成为在国内外航空领域具有较大影响力、较强竞争力、集产学研于一体的航空制造产业基地。

事实上，在珠海航空产业园开园前，珠海市领导就已多次奔赴北京开展筹备工作，重点是拜会中航工业集团的高层，期望引进中航工业进而吸引中小产业链聚集。其时，国务院刚公布七个战略性新兴产业，"以干支线飞机和通用飞机为主的航空装备"被列为高端装备制造业之首，中航也有重组区域布局的意愿。而珠海有航展的金字招牌，又有得天独厚的生态优势，加上区域内大学校园众多，是仅次于广州的第二大高校聚集地，发展通用航空的条件堪称完美，于是双方一拍即合。

接下来，珠海航空产业园只用了短短四年时间，便依托航展这一"先天优势"，先后引进了我国通用飞机制造龙头的中航通飞、投资规模国内最大的发动机维修基地摩天宇以及中国首个飞机 4S 店落户。在第九届珠海航展上，珠海航空产业园大获丰收，签约八个招商项目，总投资十九亿元。至此，在珠海金湾落户的航空产业达到了二十九个，总投资额一百三十亿元。

大项目的相继落户，夯实了珠海本地航空产业的基础，也改写了"广东不产飞机"的历史。2009 年和 2010 年，珠海分别拿到"航空产业国家级高技术产业基地"和"国家新型工业化产业示范基地"两块"金字招牌"，此后珠海航空产业快速崛起，并很快便跻身九个国家级航空产业园之列。尽管这些项目从投资到产生效益的过程较为漫长，尽管珠海航空产业现在还面临着产业基础薄弱、核心能力不强、人才匮乏等问题，但珠海发展航空产业的框架已经搭起，产业井喷的态势已箭在弦上，指日可待。

其实，在珠海申办航展之初，带着大家"第一个吃螃蟹"的梁广大并没有清醒地意识到，在珠海举办航展到底能给珠海带来什么，究竟能获得多大经济效益；但在他的心里却有一个坚定的看法，航展代表的是当今国际先进科技主流，展示的是当今世界航空航天业发展水平的"高大上"项目，只要珠海沿着"高精尖"的方向发展下去，通过办航展，说不定就能打出一张国际名片来。

果然，1998年第二届珠海航展开展前夕，世界最大的发动机企业——德国摩天宇发动机维修公司受邀参加珠海航展时，也许是机缘巧合，也许是命中注定，找到了合作伙伴南方航空公司，决定在珠海建设世界一流维修水平的飞机发动机维修企业。于是2001年，珠海成功引进了摩天宇发动机维修公司，从此珠海航空产业有了一个良好的开端。不久，珠海又引入了雁洲轻型飞机制造公司，实现了飞机制造零的突破。接着，南方航空公司与加拿大CAE合资的翔翼飞行训练中心也在珠海开始运作，十台飞机模拟机每年培训数千人次的飞行员。借助航展，这家新型飞行培训机构在中国的航空市场异军突起，不久便成为中国最大、亚洲前三名的民航飞行员培训的行业龙头。

然而，此前的珠海，由于长期没有知名的飞机龙头企业，没有高精尖产业，没有技术、人才和基础配套的支撑，航展一直处于外界的质疑甚至误解之中。其主要原因在于，当时的中国尚处改革之初，很多条件均不具备；加上对航空产业的需求有限，很多国外的企业进入中国建厂的内在冲动还不够强烈，存在观望情绪。因此珠海航展在很长一个时期内，所承担的其实是也只能是培育中国航空产业、启蒙国人航空文化的任务，落得的也仅是一个"赔本买卖"的名声。正如时任《光明日报》驻珠海记者站站长杨连成所言："在2008年航空产业园建设之前，最初的航展像过家家，甚至连展位费都赚不回来。"即便是从航展游客身上最受益的海澄村，也没多少实惠可言。虽然每届珠海航展举办时，这个相对偏僻的小村都会变得比过年还热闹，外出打工仔和外嫁女们全部回到村里，或卖水或卖饭，小生意做得风生水起笑容满面，甚至随便一间小门面，一周租金也是七八千元。可等短短一周航展期过去后，一月的租金马上就跌回到二百来元，有的甚至只有一百五十元。所以村民们盼望航展，远远胜过过年。有的村民还戏言："珠海航展两年等一回，比牛郎见织女还难。"

另一方面，实事求是地说，珠海航展并不是珠海会展经济的"亲生儿子"，即是说，从航展诞生之初，它就长着标准的"国字脸"。这是因为，从第十届航展的主办机构看，珠海航展是由广东省人民政府、工业和信息化部、中国国际贸易促进委员会、中国民用航空局、中国人民解放军空军、中国航空工业集团公司、中国商用飞机有限责任公司、中国航天科技集团公司和中国航天科工集团公司中国兵器工业集团公司、中国兵器装备集团公司共同主办的，里面其实看不到"珠海"的身影。珠海一位熟悉航展历史的学者就曾经坦言："航展是国家战略部署的一步重要棋子，我们珠海相当于提供住房的二手房东。双方只有两层租赁关系，至于租客要在房间里面做什么，租客是否有买下房子做业主的心思，就由不得我们了。"

然而，就是这样一个没有血缘嫡亲关系的"领养儿"，二十年来却一直在珠海安心成长，且每隔两年便准时在珠海机场旁的航展中心亮相。珠海市不仅为这个外来的"租客"修建了规模不俗的固定展馆，而且还在基础设施建设上进行了大投入。为了能在珠海成功举办航展，其总投资便高达十一亿元！其中，对航展配套道路——机场环形路的建设的投入资金就高达六亿多元。这条总长三十多公里的道路1998年建成，既解决了堵车问题，又为航展中心所在的三灶镇的招商引资开辟了新的路子。三灶镇正是依托这条公路，建立了几个工业园区，引进了数百个工业项目。

于是，"只赚吆喝不赚钱"的历史终于结束，创富的赚钱机会总算来临。

在中航通飞这一龙头企业的带领下，短短六年时间，珠海航空产业园已落户近三十个航空项目，总投资超过一百五十亿元，涵盖通用飞机制造、通用航空运营服务、飞行培训、通用飞机零部件制造、无人机研发生产等业务的航空产业体系初步形成。广东航空产业从珠海起飞，以通用飞机制造为核心，2015年航空产业实现产值约五百亿元。作为龙头的中航工业通飞不仅走出国门，参与了多起具有标志性意义的海外并购——如收购了全球第二大通用飞机制造企业美国西锐，而且还总装完成了全球最大在研水陆两栖飞机。在第十届珠海航展上，中航工业通飞就有三机型四架机参加飞行表演。而且2014年7月才首飞成功的公务机"领世 AG300"，也做了令人惊艳的飞行表演，并吸引了众多专业买家目光。据有关负责人介绍，"领世 AG300"是中国首款具有完全自主知识产权的公务机，是世界同类单引擎涡桨飞机中飞得最快的公务机。它用全碳纤维复合材料制作，采用的是整体成型技术，整个机身非常轻巧，且壮美又漂亮，充分体现了中航工业通飞在国际合作及自主研发方面取得的新成就。

此外，在第十届航展上，中航通飞还重点展出了"大块头"——AG600模型，这是当今世界上最大的一款在研的水陆两栖飞机，比波音737还大。而在2016第十一届珠海航展上，大型水陆两栖飞机AG600，更是"珠海造"装备的重量级代表。这架举世瞩目的中国大飞机——大型AG600真机，2016年7月23日才在珠海总装下线，它的研制者，正是中航工业通飞。

尤其值得一提的是第十一届航展。在短短六天展期里，珠海接待游客七十万人次，过夜人次超过"十一"黄金周，旅游收入高达四亿多元！这对珠海第三产业的发展无疑起到了催化剂的作用。而且，还签订了四百零二个项目价值超过四百亿美元的合同、协议及合作意向，成交一百八十七架各种型号飞机；签约金额比上届二百三十四亿美元增长了41.5%，为首届航展的二十倍之多，从而创下历史新高。不仅为中国会展经济塑造了新标杆，更为中国迈向航天航空强国打通了新通道，为全球创新要素的快速对接打造了新平台。

当然，相对于北京、天津、沈阳、西安、成都、大连等国内鼎鼎有名的航空工业大市而言，地处南海之滨的珠海不过是这个行业里一个名副其实的"小弟弟"；但就是这座没有多少航空文化、在飞机生产制造方面曾经近乎空白的经济特区，却卖出了四百多架大飞机！

而相对于会展经济衍生的衣食住行消费，各种与航空产业相关的投资项目，更让人感到"航展效应"给城市经济带来的深刻变化。尤其是第十一届珠海航展后，AG600在珠海的首飞进入倒计时，其所在的珠海航空产业园，恒瑞（珠三角）碳纤维研发生产基地等十八个项目签约落户。2016年底，与横琴自贸片区一水之隔的珠海保税区又报好消息：由中航国际珠海公司投资1.8亿元建设的航空标准件保税仓储基地正式投入运行。该项目将打破欧美对航空标准件供应链的垄断，推动珠海乃至全国航空产业的发展。

据珠海市有关部门统计，仅2014年，航空产业园区落户航空产业项目共十个，项目投资总额达 21.4 亿元，其中有八个已完成工商注册，注册资本达 5.41 亿元，包括实际到位外资四百七十五万美元，另两个项目已签署落户协议。2016 年底，珠海会展业更是实现了创新跨越发展，总体经济效应达 134.04 亿元，占全市 GDP 的 6.02%，其中展览业总体经济效应（含航展）超过 104.65 亿元。此外，举办各类展览三十二场，参展企业 3831 家，观众总数 93.37 万人次。会议业实现总体经济效应 29.39 亿，举办大型会议 2982 场，数量较上年同比增长 108.82%；参会总人数 47.5 万人次，同比增长 25.18%。万人以上的超大型会议六场，同比增长 200%。

在航展的拉动下，珠海航空产业园已引进航空产业项目六十九个，总投资高达六百七十亿元！此外，珠海还将投入七十多亿元来完善珠海航空产业园配套。目前已完工、在建和正在谋划建设前期工作的项目总计有二十个，其中土地平整、围填造地、围海造地类项目十个，市政配套类项目十个。至 2025 年，珠海航空产业园还将建成"四个基地，一座新城"：广东省与中航集团共建的民用航空产业基地；世界著名的航空展览基地；全国最大、国际一流的通用航空产业基地；亚太地区综合性航空维修基地；市政基础设施完善，航空企业、人才、资本聚集，极具航空产业特色，生态宜居的现代化航空新城。

而且，珠海在《2016 年珠海市会展业发展报告》中还明确提出，珠海要着力打造一个国际会展城市！对此，珠海市会展局负责人士表示，港珠澳大桥通车后，珠海将成为全国唯一与港澳陆路相连的城市，拥有承接港澳会展业转移和辐射的先天优势。过去几年，珠海市会展局与亚洲国际博览馆、香港贸发局、澳门贸易投促局等机构多次开展互访交流，已经推动澳门动漫文化产业协会将澳门国际动漫节移植到珠海举办并获得成功。但这还不够，珠海还将鼓励企业利用展会平台"走出去"，开拓国际新市场，同时将积极创新办展办会思路，围绕通用航空、船舶与海洋工程装备、智能电网、3D 打印设备、游艇、医疗器械、节能与新能源汽车、智能家居、机器人等优势产业、特色产业、战略潜力性产业、新兴产业，加强与国际知名企业、国内外会展行业协会和机构的交流合作。

由此可见，珠海航展不仅已成为展示中国航空航天和国防工业实力的一个大窗口，更对产业发展和中外交流起到了重要的带动作用。一方面，航展汇聚了中外空军和世界各国航空航天领域的优秀企业，进一步推动中外技术交流与合作；另一方面，通过会展及后续机会与世界优秀同行的交流碰撞，进一步增强了中国航空航天企业的国际视野、市场意识和竞争意识，从而促进了产业创新的发展。于是在短短几年时间里，年轻的珠海航空产业园便实现了从弱到强的跨越发展，而且毫不逊色于上海、西安这些老牌航空制造基地。

对此，国内业内人士对珠海航展给予了高度评价。

航空航天界不少专家表示，航空航天产业既体现一国综合实力，又关乎未来国家安全，同时又是一个有着巨大市场潜力的产业，被诸多国家列为重要的国家性战略产业加以推进、发展。从珠海航展这面镜子看，不论是航空还是航天产业，中国都取得了巨大进步。无论是对于"新常态"下的中国经济而言，还是对于普通公众的日常生活来说，航展上那些"奇形怪状"的飞行器和展品背后，都蕴藏着无限丰富的经济价值和社会效益。

《航空知识》主编王亚男说："过去，我们是通过航展看到国际航空航天业界的变化，通过国际展商来到珠海，带来与国际航空航天界交流的窗口。但如今，珠海航展已逐渐演变成了一个国际航空航天界领略中国航空航天工业风采的窗口。"

中国空军装备部原综合计划部副部长潘治曾说："我们经常出去参加其他国际航展，和国外厂商交流、谈判的时候，经常会说，希望你们到中国珠海参加航展，我们在珠海欢迎你！现在我们终于有了自己的品牌，这是多少年前想象不到的事情。有没有自己的品牌，感觉是很不一样的。第一次参加巴黎航展，第一天我穿着军装，第二天就脱了。而在珠海，天气虽然很热，可我几乎是天天穿着军装，而且一碰到人就说，到我们空军展台去看看，心里有一种自豪感。"

珠海航展公司董事长周作德更是深有感慨。他说："二十年来，珠海为了航展真金白银投入巨大，对于政府而言，直接收入或许看不到，但是航展给珠海第三产业带来的综合效应非常巨大，餐饮、旅游、酒店、交通运输、通信等方方面面都有巨大的拉动和收益；同时也提升了城市知名度、影响力，带动了珠海产业优化升级，特别是催生了航天航空业，使珠海航空产业园开园并发展壮大，这些都是政府在航展上投入之后产生的积极成果，很难用金钱来衡量。而随着航展今后不断发展壮大，为珠海带来的效益将更加巨大。"

而不少外国专家和同行，对珠海航展也兴趣有加，好评如潮。

连续四届参展的俄罗斯发动机制造联合体负责人 Vladimir V.Ivanov 先生曾两次来珠海，他说："正是因为中国航展，让我们的产品摆上世界的市场；也正是因为中国航展，让我认识了碧海蓝天的珠海，喜欢上了绿色宜居的珠海。"

美国《航空周刊》亚太地区主管白广原说："珠海航展最大的变化，就是产品多。从 2005 年开始，中央政府特别重视关注航空工业的发展。"

俄罗斯"勇士"飞行表演队队长阿耶克·叶拉菲耶夫说："我的三次珠海之旅，每一次我都能看到珠海航展无论是规模、组织还是观众数量，都在发生着变化。"

意大利阿维奥公司航天部名誉主席詹姆斯·巴雷特说："中国航空业的发展着实迅猛，发展速度之快，着实令人感到惊讶。"

玻利维亚驻华大使吉列尔莫·查卢普·连多说："我参观珠海航展是为了看看世界科技发展的进步。在珠海航展上，不仅可以参观到中国公司的产品，还有其他外国公司的产品，珠海航展已经成为展示世界航空航天科技的窗口。我希望这个窗口可以不断扩大，展示更多的技术，而第十一届航展的最大亮点正是有更多的新技术出现。中国在短短二十年内就取得了其他国家很多年才能取得的成果。中国快速发展本国航空航天事业之外，还帮助其他国家发展自己的航空航天事业，为其他国家发展航空航天事业降低了成本。"

是的，如果说珠海这座小城的快速崛起是一个奇迹，那么珠海航展正是这个奇迹的创造者、参与者和见证者。

尾声　还在路上

一眨眼，珠海航展已走过了二十年。

二十年风风雨雨，二十年举步维艰，二十年筚路蓝缕，二十年砥砺向前。

二十年前，中国首届国际航空航天博览会在珠海隆重举行。或许当时谁也不曾想到，这个后来被习惯称之为"珠海航展"的航空航天博览会会成功跻身世界五大航展之列，与百年老牌的巴黎航展等比肩媲美，从而成为中国综合国力崛起的象征。

二十年，对历史长河而言，不过弹指一挥间；但对中国航展人来说，却是一段摸着石头过河的漫长而艰难的岁月。其间，磕磕碰碰有之，坡坡坎坎有之，唇枪舌剑有之，寸步不让有之，是是非非有之，莫衷一是有之。尽管每一届航展都举步维艰，但每一届航展都上了一个台阶。从第一届航展的惊艳亮相，到第二、三届航展的艰难迷茫；从第四、五届航展的调整探索，到第六、七届航展的恢复上升；从第八、九届航展的高调亮相，再到第十、十一届航展的成果辉煌，珠海航展如同一架引擎，驱动了中国航空航天产业蓬勃发展；好比一扇窗户，向世界展示了珠海的城市形象和"中国制造"的国家实力；更像一道桥梁，联结起了中国与世界的交流合作。而今，历经珠海与航展主办方二十年的携手并肩，共同努力，终于柳暗花明，破茧成蝶，实现了从无到有、从小到大、从弱到强的巨大转变，从而收获了一块有口皆碑、万众点赞的"金字招牌"。

而珠海这座滨海小城，历经二十年的不断探索与发展之后，在经济发展、城市化进程上也有了一个质的飞跃。航展既给珠海这座小城注入了新的活力，又为这座小城带来蓬勃的生机；既催生了这座小城的经济，又刺激了这座小城的生长点；既改变了这种小城的面貌与格局，又丰富了这座小城的色彩与内涵。

回首二十年，珠海航展与中国航空航天产业和国防产业始终相互扶持，彼此促进，尽管一路跌跌撞撞，步履蹒跚，但始终同舟共济，荣辱与共，筚路蓝缕，砥砺奋进；另一方面，珠海航展又一直以国际舞台为立足点，持续不断地打造珠海航展的专业化和国际化这两把利刃。作为中国唯一的国际性专业会展，珠海航展以实物展示、技术交流、商贸洽谈和飞行表演为主要内容，集中展示了当今世界航空航天事业发展的最高水平。从开办之初在国际上的默默无闻，到而今航展行业巨头云集，珠海航展为世界和中国在航空航天领域的交流与合作提供了广阔的天地。珠海航展不仅成为世界航空航天制造业进入中国市场的最佳门户，也成为中国航空武器出口最大的展示平台；不仅见证了中国航空工业脱胎换骨的发展历程，也见证了中国战斗机从第二代到第四代的大步跨越；不仅吸引了国内航空航天企业的积极参展，也为国外企业抢占中国市场开辟了阵地。

二十年的事实证明，珠海航展的品牌效应已经充分外溢。今天的珠海航展，集贸易性、专业性、观赏性于一体，已发展成为代表当今国际航空航天业先进科技主流、展示当今世界航空航天业最新发展水平的盛会，为促进中外航空航天和国防工业交流、推动军事外交和军贸发展发挥了重要的作用。航展不仅成了珠海发展航空产业重要的国际化平台，而且也成了中国航空航天和国防现代化建设对外合作交流的重要平台。通过这个平台，中国与国际航空业界得以广泛交流，并在投资合作方面创造了很多的绝佳机会，从而承担起了国家的重大使命。

作为国家行为，珠海航展坚持对标世界一流，通过培育更高水平的展商结构，汇聚更大规模的"高精尖"展品，推出更高质量的专业活动，使国内外航空航天产业要素得以充分涌动，驱动产业不断跃进。珠海航展的点滴变化，体现的既是中国航空工业前进的步伐，也是中国在航空航天领域的最新探索。从二十年前的望尘莫及，到中途的望其项背，再到后来的同台竞技，对于中国航空航天产业的发展而言，一批批"高精尖"展品在历届航展上高调亮相，既展现了中国实力，也推动了国际交流与合作，使中国航展的国际影响力随着国家综合实力的攀升而不断增强。于是在航展效应下，一个较为完整的通用航空制造和服务产业体系在广东快速崛起，大力助推了经济的飞速发展。

因此，珠海航展所承载的，其实是我中华泱泱大国敢为天下先的一种追求精神，体现的是我中华民族不甘落后、勇于追赶世界的大国情怀。它让世界看到的，不光是中国的力量，中国的自信，还有中国的希望。正如中国航天英雄杨利伟所言："珠海航展从它的最初的起步到现在二十年了，从知名度不是特别高到现在的这种规模，变成一个国家级的航展，说明我们珠海航展的发展和影响越来越大，同时也反映了我们国家整个经济科技的综合实力越来越强。"

是的，五光十色的航展背后，其实是世界航空工业的飞速发展。从百年前经营小作坊的航空先驱，到而今的航空巨头，他们既是台前的表演者，也是台后的搭建者。航展的发展，是区域航空需求和航空航天工业实力的共同结果。拥有百年历史的老牌航展，长盛不衰的事实已为我们充分证明，只有本国坚实的航空航天工业才能撑起自己航展的一片蓝天，开放的、与国际接轨的航展才会成为展示本国航空航天工业最好的舞台；而二十年的珠海航展，不仅向国人证明同时也向世界证明，珠海不仅是广东的珠海、中国的珠海，也是世界的珠海。正是二十年的航展，托起了珠海这座城，使航展成为珠海这座小城最大的一张"名片"。因此，我们似乎可以有足够的理由说，珠海这座海滨小城，必将连同珠海航展一起，载入中国航空航天工业和世界航空航天工业的发展史册；而为之付出辛勤努力和心血智慧的无数中国航展人，也必将深深留在国人的记忆之中。

当然，我们不得不承认，世界老牌航展已经走过了上百年，而珠海航展才走过了短短二十年，若与世界老牌航展相比，还有一定的差距，甚至在某些方面还有相当大的差距。

中国会展经济研究会常务副会长储祥银说："若与其余世界四大航展相比，珠海航展在展商结构、核心国家参展规模、国际观众、展会服务以及人才等主要国际化指标上，仍有不小差距。"珠海航展有限公司董事长周作德也认为，珠海航展究竟能吸引多少世界前二十强、前五十强的航空航天核心展商？这些展商的参展面积有多大？展会服务是否接轨国际？这是珠海航展目前应该思考的关键问题。打造航展 2.0 升级版，不仅需要国际展商数量上的突破，更需要进一步深化与世界航空航天大国的合作关系，实现国际化"质量"的提升。此外，在展会组织管理和服务上，珠海航展仍需进一步向国际标准看齐。一方面，在很多展览规则、流程和组织上，航展的市场化水平仍有较大提升空间；另一方面，接轨国际标准，需要引进和培育更多国际化会展人才，这是实现展会服务国际化的重要支撑。珠海航展经过二十年的艰苦努力，尽管取得了很大的成绩，但与世界一流航展相比，珠海航展在展会专业化运作和体制机制的创新上，仍需努力；在市场化、专业化的水平上，还有待提升。这也是珠海航展迈向 2.0 升级版的空间所在。

还有专家表示，总体来讲，中国国防科技和军事装备足以支撑起我们作为一个军事强国的实力。不过，中国也要看到自身的差距，在庆祝和狂欢之后更需要冷静。中国跟西方国家和俄罗斯在动力装备上还存在差距，在高技术装备的技术成熟度上也有不足。在观众更多出于兴趣观看珠海航展的背后，也凸显了当下中国通用航空产业发展仍不充分、航空产业能量仍被严重束缚的窘迫现实。一些小飞机、通用飞机在航展上亮相后受到观众的热烈追捧，但是否能迅速迎来真正的产业春天，还没有人敢下结论。目前西方国家的航展无论规模还是展品内容、质量和展览水平都还高于珠海航展，主要原因是受制于欧美对华武器禁运。西方各国航空尖端产品不参展，尤其是航空军事装备不参展，这就造成了国际化的珠海航展缺少欧美尖端航空航天军事装备的参展而影响力不足。

好在面对上述问题，中国航展人有着清醒的认识。他们在思考，在反省，在不断总结现存的种种问题，同时也在不断探索未来发展的种种可能。

目前，珠海依托航展，正致力于引入更多产业和元素，把比较优势、潜力切实转化为竞争力、发展力，打造全国最大、世界一流的通用航空产业基地，从而实现更高水平的发展。根据 2010 年至 2025 年的《广东省航空产业发展规划》，广东将以通用航空制造产业为核心，以珠海、广州、深圳为发展重点，同时涉及佛山、东莞、惠州、阳江等十二个主要工业城市，构建一个珠、广、深三位一体，辐射全省的航空产业集群。

而珠海得天独厚的自然环境，也是未来航展发展的独特优势。珠海不仅有纯净得可以卖钱的鲜美空气，还有风情万种的情侣路；不仅有一望无际的海岸线，还有空气清新的野狸岛；不仅有号称"中国马尔代夫"的庙湾岛，还有史称"王者之乡"的凤凰山。

此外，珠海人文环境优越，政策环境宽松，商务休闲服务设施高端；加之毗邻港澳，交通区位优势独特，城市规划良好，人口密度较低，等等这些对海内外航空航天产业的巨头们聚会珠海均有很强的吸引力；尤其是随着港珠澳大桥的建成和横琴新区的开发，珠海未来的交通枢纽位置必将得到大幅度提升，对航展的发展更是十分有利，不可限量。

对此，国际大牌们也十分看好。

时任欧洲空客中国公司总裁陈菊明说："我们非常高兴地看到珠海航展和中国航空业不断成长壮大。中国将成为世界最大航空市场之一，交付中国的飞机已占其全球生产量的百分之二十五。我们预测，未来十年内，中国国内航空市场将超过美国，成为全球最大的市场。空中客车致力于中国航空业的长远发展，为快速发展的中国市场提供最能满足其市场需求的产品和业界最高标准的服务和支援。同时，与中国航空业积极开展互利共赢的工业合作。"美国波音公司前中国总裁唐义恩（伊恩·托马斯）也说："要制造一架飞机需要国家意志、政治决心、雄厚的财政资源和丰富的人才储备，而所有这一切，中国都有很多。"

而据波音中国总裁庄博润（John Bruns）透露，波音每年在中国的总投入已达八亿至十亿美元。在未来二十年，中国将需要六千八百一十架新飞机，总价值达一万多亿美元。波音在中国的合作范围不断扩大，层次不断深入，合作总量不断提高，包括工业合作、技术与研发、培训与服务、独资及合资企业运营等在内。

然而，未来之路，任重而道远。

二十年来，尽管珠海人一直坚持走在通往国际顶尖航展的路上，可二十年后再出发，则是一个充满挑战与变数的全新的漫漫征程。因此，当我们展望"百年航展"时，应该清醒地意识到，也必须清醒地意识到，我们还在路上，或者说还在艰难跋涉的路上。正如时任珠海市会展局局长、珠海航展有限公司董事长周乐伟所言："只有以国际化的视野、科学的理念、战略的思维寻找国际合作，创新办展模式，不断提升国际化、专业化、市场化等'三化'水平，珠海航展才能真正打造成生命力旺盛的百年品牌。"

　　是的，二十年的航展之路，本已十分艰难；百年航展之旅，更是难上加难。这种难，不仅对珠海、对中国，对世界任何一个国家，都不例外。

　　然而再难，中国航展人也一直坚持往前走，哪怕是一步步地往前走，一点一点地往前挪，甚至一寸寸地往前拱。因为航展不仅是珠海一笔宝贵的财富，更是中国一笔巨大的无形资产。唯有前行，才有进步；唯有向上，才会提升；唯有重新出发，方能抵达高峰。只要坚持往前走，就有盼头，就有希望。而这盼头，这希望，不在远方，不在他乡，就在中国航展人自己的脚下，就在通往明天的路上。

2018 年 5 月 29 日初稿

2018 年 10 月 8 日第二稿

2019 年 4 月 19 日第三稿